# *Späte Heimkehr*

Die Autorin

Di Morrissey ist die erfolgreichste Autorin Australiens. Als Journalistin arbeitete sie für Frauenmagazine, Radio und Fernsehen, schrieb Drehbücher und Theaterstücke und wirkte an zahlreichen TV-Produktionen mit. Sie lebt heute auf einer Farm in Byron Bay, New South Wales.

Di Morrissey

# *Späte Heimkehr*

Roman

Aus dem australischen Englisch
von Katarina Ganslandt

Weltbild

Die australische Originalausgabe erschien unter dem Titel
*The Last Mile Home* bei Pan Macmillan Australia.

Besuchen Sie uns im Internet:
*www.weltbild.de*

Genehmigte Lizenzausgabe für Verlagsgruppe Weltbild GmbH,
Steinerne Furt, 86167 Augsburg

Übersetzung: Katarina Ganslandt
Umschlaggestaltung: *zeichenpool, München
Umschlagmotiv: www.shutterstock.com,
Trevillion Images, Brighton (© Susan Fox)
Gesamtherstellung: CPI Moravia Books s.r.o., Pohorelice
Printed in the EU
ISBN 978-3-86800-418-2

2015 2014 2013 2012
Die letzte Jahreszahl gibt die aktuelle Lizenzausgabe an.

Dieses Buch ist den Familien dieser Welt gewidmet, deren Mitglieder für alle Zeiten miteinander verbunden sind – ob sie heute leben, ob sie gestorben sind und in unserer Erinnerung fortleben oder ob sie erst noch geboren werden. In der Hoffnung, daß die Achtung und die Liebe, die wir für unsere eigene Familie empfinden, uns über alle Grenzen hinweg zu einer einzigen großen Weltfamilie zusammenschweißen mögen.

Und in der Erinnerung an Poppys Lieblingssatz:
*»Die letzte Meile bis nach Hause ist immer*
*die längste ... aber es ist so schön heimzukommen!«*

*Danksagung*

Für meine Kinder Gabrielle und Nicolas, die mich immer wieder durch ihre Einsicht, ihr Mitgefühl mit anderen Menschen und ihre herrliche Eigenständigkeit in Erstaunen versetzen und mir bewußt machen, wieviel es noch zu lernen gibt.

Für meine Mutter, die einen Ehemann und einen Sohn verlor und ihre Tochter dennoch lehrte, an das Gute in der Welt zu glauben.

Für Jim, Ro, David und Damien Revitt ... soviel Verständnis findet man nur in der Familie.

Und ganz besonders für meinen besten Freund, der mir Liebe und Kraft schenkt und an mich glaubt.

# ERSTES KAPITEL

*1958*

Ganz langsam öffnete sich die in die Bibliothek führende Flügeltür aus dunklem Holz, und durch den Spalt drang der etwas muffige Geruch von altem Samt, Leder und Möbelpolitur in den Korridor. Einen kurzen Moment lang wurde ein schmaler Lichtstreif sichtbar, ein Schatten huschte ins Zimmer, dann drückten kleine Hände die Messingklinken behutsam nach unten, um beim Zumachen möglichst kein Geräusch zu verursachen, und schlossen den Raum wieder von der Außenwelt ab.

Obwohl es drinnen dunkel war, bewegte sich die kleine Gestalt mit sicherem Schritt auf die üppigen bordeauxroten Vorhänge zu, griff nach einer der schweren Stoffbahnen und zerrte sie zur Seite. So unerwartet wie ein plötzlicher Gewehrschuß ergoß sich ein Schwall gleißendes Sonnenlicht ins Zimmer.

Der Strahl erhellte den Raum, so daß sich die Möbelstücke – ein sperriger Schreibtisch, eine Stehlampe und ein niedriger Beistelltisch – aus dem Dunkel hervorhoben. Zwei Wände des Raumes wurden vollständig von Bücherregalen eingenommen, an einer dritten standen zu beiden Seiten eines Kamins bleiverglaste Bücherschränke. Hinter den schweren Gardinen, die den Ausblick auf eine gepflegte Gartenlandschaft verborgen hatten, kam eine hohe Fensterwand zum Vorschein. Es war, als sei ein Bühnenvorhang aufgezogen worden, um für ein Publikum, das nie kommen würde, die Welt der Bibliothek und die Schönheit des Gartens zu enthüllen.

Die winzige Gestalt in kurzen Hosen, gestärktem Hemd und wollenen Kniestrümpfen schob die kleine Trittleiter vor eine der Bücherwände, kletterte dann auf die dritte Stufe, beugte sich vor und griff, ohne zu zögern, nach einem in rotes Leder gebundenen Buch mit goldenen Lettern auf dem Rücken. Drei Bücher weiter stand eines mit schwarzem Einband, und auch dieses wurde aus dem Regal gezogen. Der Junge ging zielstrebig auf einen der Bücherschränke neben dem Kamin zu, drehte den Schlüssel, um die Glastür zu öffnen, und fügte dem kleinen Stapel zu seinen Füßen drei weitere Beutestücke hinzu. Anschließend schleppte er den Bücherberg zum Fenster, wo er sich, eingerahmt vom lockeren Faltenwurf der Samtvorhänge, zurücklehnte und das oberste der Bücher ins Sonnenlicht hob, das über seine Schultern hereinfiel.

Zuerst hielt er es nur auf den Knien und ließ andächtig die Hände über den Einband gleiten. Dann schlug er den schweren Buchdeckel auf und beugte sich hinunter, um den würzigen Geruch von Leder und altem Papier einzuatmen und endlich mit erwartungsvoller Vorfreude bedächtig das dünne Seidenpapier zurückzuschlagen und das Bild auf der Titelseite freizulegen.

Ein verträumtes Lächeln umspielte seine Mundwinkel, während er es eingehend betrachtete. Es zeigte eine um einen langen Küchentisch versammelte Familie mit einem vergnügt aussehenden Vater, der ein langes Tranchiermesser in der Hand hielt, mit dem er gleich den vor ihm stehenden knusprig gebratenen, dampfenden Truthahn zerteilen würde. Der Junge hatte sich die um den Tisch versammelten Menschen schon oft angesehen – die freundlich lächelnde Mutter, die gespannten Mienen der Kinder – und sich immer gefragt, wie sie wohl hießen und was sie zueinander sagten. Er schloß die Augen und atmete tief ein, nahm die Wärme der Küche in sich auf, den Duft des gebratenen Puters und der im Kamin gerösteten Kastanien, und einen kurzen Augenblick lang meinte er, sogar in der Stille der Bibliothek den Widerhall ihres fröhlichen Geplappers und Gelächters zu hören.

Er schloß das Buch, hob das nächste auf den Schoß und blätterte die Seiten aufmerksam durch, bis er unter den Federzeichnungen sein Lieblingsbild gefunden hatte. Diese Familie scharte sich um einen einfachen Herd, in dem ein helles Feuer brannte. Der Vater hielt eine henkellose Tasse in die Höhe, mit der er den anderen zuprostete. Ganz dicht neben ihm kauerte auf einem Hocker ein kleiner Junge. Er war krank, seine Beine mußten von

Metallschienen gestützt werden, und zu seinen Füßen lag eine kleine Krücke. Der Mann umklammerte die schmale Hand seines Sohnes fest mit der seinen, als liebte er ihn so sehr, daß er ihn nie mehr loslassen wollte. Der kleine Junge sagte etwas zu seiner Familie und blickte dabei hingebungsvoll zu seinem Vater auf.

Unter dem Bild standen Buchstaben, die Wörter formten, und diese ergaben einen Satz: *»Gott segne uns alle!« sagte Tiny Tim.* Aber für den Jungen mit dem Buch waren es Hieroglyphen. Wie gerne hätte er erfahren, was der kleine Junge gerade sagte. Wurde er wohl je wieder gesund? Aber auf die Antwort würde er warten müssen, bis er selbst lesen gelernt hatte und die zwischen den Buchdeckeln verborgenen Schätze bergen konnte.

Schuldbewußt blickte er auf, und als hätte er die Strafe heraufbeschworen, wurde die Tür zur Bibliothek aufgerissen.

»Hab ich dich erwischt! Du ungezogener Bursche!« dröhnte eine wütende Stimme. Im Türrahmen stand eine bedrohlich aufragende Gestalt, und der Junge sprang eilig auf die Füße, wobei er gleichzeitig versuchte, die Bücher hinter seinem Rücken zu verstecken.

Ein hochgewachsener Mann stürzte auf ihn zu und packte ihn am Kragen. »Du weißt ganz genau, daß du hier nichts zu suchen hast. Das sind wertvolle Bücher. Du hast hier nichts anzufassen.« Die Stimme des Mannes wurde noch lauter. »Mrs. Anderson«, rief er. »Mrs. Anderson!«.

Er stieß das Kind auf die Tür zu. Im Korridor vernahm man jetzt Schritte, die eilig näher kamen, und eine besorgte Stimme. »Ich komme schon, Sir.«

Die Haushälterin hastete ins Zimmer, sie wirkte aufgeregt. Einzelne mit Grau durchsetzte Strähnen hatten sich aus ihrem Haarknoten gelöst, auf ihrem runden, rosa angelaufenen Gesicht glänzten Schweißperlen, und sie wischte sich die Hände an der Schürze ab. »Ach, Richie, was hast du denn jetzt schon wieder angestellt?« fragte sie tadelnd.

Phillip Holten hielt den Jungen am Kragen gepackt wie einen streunenden Welpen. Er schob ihn ihr entgegen. »Bringen Sie ihn auf sein Zimmer. Er darf erst wieder herunter, wenn ich es sage.« Dann drehte er den mit gesenktem Kopf vor ihm stehenden Jungen zu sich hin und starrte ärgerlich auf ihn nieder. »Sieh mich gefälligst an, wenn ich mit dir spreche, Richard.«

Zögernd hob der Junge, um dessen Mundwinkel es bereits verdächtig zuckte, das Kinn und sah aus blauen Augen eingeschüchtert zu ihm auf.

Der Mann senkte die Stimme und sprach langsam und deutlich. »Ich verbiete dir, diese Bücher anzufassen oder dieses Zimmer zu betreten. Hast du mich verstanden?«

Der Junge nickte.

»Antworte bitte, wenn ich mit dir spreche.«

»Ja, Sir«, sagte der Kleine mit bebender Stimme. »Ich wollte mir nur die Bücher mit den Bildern …«

»Das reicht. Du lernst lesen, wenn ich es dir sage, und dann wirst du Bücher lesen, die für Kinder geeignet sind. Du bekommst eine Hauslehrerin, die dich auf eine gute Schule vorbereiten wird. Bis dahin tust du, was dir gesagt wird. Verstanden?«

»Ja, Sir«, kam es unterwürfig zurück.

»Und jetzt entschuldige dich, mein Herzchen«, erinnerte ihn Mrs. Anderson, nahm dabei seine Hand und drückte sie liebevoll.

»Es tut mir leid, Sir.«

»Ab nach oben. Sorgen Sie dafür, daß das Zimmer wieder in Ordnung gebracht wird, Mrs. Anderson.«

»Ja, Mr. Holten. Ich bringe ihn nur vorher noch auf sein Zimmer.«

Sie führte den Jungen an der Hand nach oben. Als sie hörte, wie die Tür zum Arbeitszimmer geschlossen wurde, bückte sie sich und hob ihn hoch. »Warum bist du denn auch da hineingegangen, mein Spätzchen? Du weißt doch, daß du das nicht darfst. Du hast so viele Spielsachen und schöne Bücher im Kinderzimmer. Du kletterst wohl gern die Trittleiter hoch? Ich weiß ja, daß du dir nichts Böses dabei gedacht hast, aber der Spaß ist es doch nicht wert, daß er jetzt zornig und wütend auf dich ist.«

Der Junge schmiegte sein Gesicht an ihre warme Schulter. »Denk nicht mehr daran, Spätzchen. Ich bringe dir ein leckeres Abendessen aufs Zimmer und wenn du brav bist, bekommst du vielleicht noch eine Überraschung.«

An der Tür zum Kinderzimmer setzte sie ihn keuchend wieder ab.

Zurück in der Bibliothek, zog Mrs. Anderson die Vorhänge wieder vor, stellte die Trittleiter an ihren Platz zurück und hob die Bücher auf. Sie blätterte ein wenig darin herum und fragte sich dabei, warum der Junge ausgerechnet diese ausgesucht hatte. Sie spürte einen Kloß im Hals, als sie die Bilder betrachtete. »Armer kleiner Spatz«, seufzte sie. »So ein Leben hätte er bestimmt selbst gern. Das wäre für uns alle schöner ...« Sie schob die Bücher wieder ins Regal und ging das Abendessen vorbereiten.

Weit davon entfernt, sein einsames Mahl als Strafe zu empfinden, genoß es Richie sogar. Auf dem Tablett, das ihm Mrs. Anderson auf den niedrigen Tisch gestellt hatte, fand sich unter einem gestrickten Eierwärmer ein weichgekochtes Ei und daneben eine in schmale Streifen geschnittene Scheibe Toastbrot. Dazu ein Schälchen Pudding mit Apfelkompott, ein Becher mit heißer Schokolade, und als besondere Überraschung stand neben dem Ei ein mit bunten Zuckerstreuseln verzierter Muffin in einem Papierförmchen.

Dann ließ sie Richie allein, der langsam und mit Vergnügen zu essen begann und die Toaststreifen gerade so tief in das Ei stippte, daß das Eigelb nicht oben herausquoll, genau wie Mrs. Anderson es ihm gezeigt hatte. Er spielte mit seinem Essen, summte vor sich hin, leckte sich die Finger ab und ließ Blasen in seinem Kakao blubbern. Das war doch viel schöner, als im kalten, ungemütlichen Eßzimmer zu essen, wie er es fast jeden Abend tat.

Normalerweise wurde er an den langen Eßtisch aus Palisanderholz gesetzt, wo seine Beine in der Luft baumelten und die unangenehme Höhe es ihm noch zusätzlich erschwerte, mit Messer und Gabel zu hantieren. Am anderen Ende der Tafel saß Phillip Holten und verzehrte andächtig und aufmerksam sein Mahl. Gelegentlich legte er das Besteck zur Seite, nahm einen Schluck Rotwein und stellte dem kleinen Jungen eine Frage, der es jedoch schwierig fand, längere Antworten zu geben und gleichzeitig darauf zu achten, daß ihm die Erbsen nicht von der Gabel rollten. Er lernte, die Hände im Schoß zu falten, falls das Antworten mehr Zeit in Anspruch nahm, beim Sprechen dem strengen, ruhigen Blick seines Gegenübers nicht auszuweichen und seine Aufmerksamkeit anschließend wieder der komplizierten Angelegenheit der manierlichen Nahrungsaufnahme zu widmen.

Mrs. Anderson servierte die einzelnen Gänge, lächelte ihrem kleinen Burschen, wie sie ihn heimlich nannte, aufmunternd zu und gab ihm hilfreiche Fingerzeige. Wenn sie die Teller in die Küche zurücktrug, meinte sie häufig mit einem Seufzer zu ihrem Mann Jim: »Der arme kleine Wurm. In seinem Alter sollte er eigentlich noch auf dem Schoß von seiner Mama sitzen und sich nicht mit großen Silbergabeln und Messern abplagen müssen.«

»Wenn er da drinnen bestehen kann, dann wird er im Leben mit allem fertig«, antwortete Jim dann immer. »Misch dich nicht ein. Du kennst doch die Regeln – es hat keinen Zweck, darüber zu diskutieren, wie es anders sein könnte.«

Das allabendliche Essensritual wurde genauso streng eingehalten wie zu der Zeit, als Phillip Holten selbst ein Junge gewesen war, und er hielt an der Weiterführung dieser Tradition fest. Aber für den kleinen Richie, der sich in der feinen Kleidung und den geschnürten Schuhen unwohl fühlte und sich allergrößte Mühe gab, sich gut zu benehmen, bedeutete es jedesmal eine Tortur. Gegen Ende der Mahlzeit, wenn Mrs. Anderson ihm durch ein leichtes Kopfnicken das Zeichen gegeben hatte, sagte Richie sein Sprüchlein auf: »Darf ich bitte aufstehen?« Phillip Holten zündete sich dann seine Zigarre an und nickte. Mrs. Anderson wartete diskret an der Tür, bis er vom Stuhl gerutscht war und gute Nacht gewünscht hatte, um dann eilig in sein Schlafzimmer zu entfliehen.

Aber heute, wo er das Abendessen ›zur Strafe‹ im Kinderzimmer einnehmen mußte, trug er seinen Schlafanzug und kümmerte sich nicht darum, ob er krümelte oder mit dem Eigelb kleckerte. Jetzt war er ganz allein, konnte Weihnachten spielen und so tun, als säße er im Kreis seiner Familie und Freunde um den Tisch und würde Teller mit Truthahn und Plumpudding weiterreichen. Er lachte und freute sich über die fröhliche Stimmung, von der ihm nur die stummen Bilder in den verbotenen Büchern eine Vorstellung gaben.

Später dann kam Mrs. Anderson, um das Tablett

wegzuräumen und dafür zu sorgen, daß Richie sich wusch und die Zähne putzte. Sie lächelte, als sie ihn so fröhlich fand.

»Soll ich dir noch eine Gutenachtgeschichte vorlesen, Spätzchen?«

Richie nickte eifrig, kuschelte sich ins Bett und machte Platz für Mrs. Anderson, damit sie sich neben ihn setzten konnte.

Es ging etwas langsam und schwerfällig, als sie mit leiser Stimme jeden Satz nach und nach zusammensetzte, aber Richie folgte der Geschichte dennoch voller Aufmerksamkeit, fuhr mit dem Finger die Sätze nach, die sie vorlas, und merkte sich jeden einzelnen. Er hatte sie so oft gehört, daß er das Buch Wort für Wort schon alleine ›lesen‹ konnte.

Es stammte noch aus der Zeit, als seine Eltern Kinder gewesen waren, und gehörte zu der Art von Lektüre, die Phillip Holten für kleine Jungen als geeignet erachtete. Zu Weihnachten hatte Mrs. Anderson Richie einmal ein buntes Bilderbuch mit Abenteuergeschichten für Jungen geschenkt. Phillip Holten hatte sich zwar bedankt, ihr jedoch gleichzeitig zu verstehen gegeben, daß er es vorzöge, wenn Richie wertvolleren Lesestoff bekäme und hinzugefügt: »Sie müssen dem Jungen nichts zu Weihnachten schenken. Er hat ohnehin schon genug.«

»Bald ist Weihnachten«, überlegte Mrs. Anderson laut und dachte an die Bücher, die sich Richie in der Bibliothek angesehen hatte. »Und dann ist schon wieder ein neues Jahr – 1959. Ich frage mich, was es uns wohl bringen wird. Du wirst dann zum Beispiel schon zur Schule gehen.«

Aber Richies Blick war traurig. »Warum gibt es bei uns eigentlich kein Weihnachtsfest wie bei den Leuten in den Büchern?« wollte er wissen, denn in seinem Zuhause wurde Weihnachten nicht gefeiert.

Am Weihnachtsmorgen begleitete Richie Phillip Holten zur Kirche, wo er dem Gottesdienst zwar keine besonders große Aufmerksamkeit schenkte, sich aber trotzdem brav und still verhielt. Das Singen gefiel ihm, aber mehr noch faszinierte ihn die festlich dekorierte Kirche mit den bändergeschmückten Kränzen am Eingang, dem Lametta, dem Blumenschmuck und den brennenden Kerzen im Innenraum. An diesem Tag war es anders als bei der üblichen Sonntagsmesse, die Kirche war brechend voll mit gutgelaunten Menschen, die ihre besten Kleider trugen. Alle wünschten sich gegenseitig »Fröhliche Weihnachten«, und die Augen der anderen Kinder strahlten vor Aufregung.

Während des Gottesdiensts in der einfachen presbyterianischen Kirche stand Phillip Holten immer feierlich in der ersten Reihe, und wenn er sich anschließend von den verschiedenen Gemeindemitgliedern mit einem Nicken und vom Pfarrer mit Handschlag verabschiedete, blieb Richie dicht neben ihm.

Beim anschließenden Mittagessen servierte ihnen Mrs. Anderson zum Nachtisch ihren Plumpudding – weitere Zugeständnisse an den Festtag gab es nicht.

Einmal hatte sie angedeutet, der Junge würde sich sicherlich über einen Weihnachtsbaum und ein paar »kleine Geschenke« freuen.

»Vielen Dank, Mrs. Anderson, aber die Erziehung des Kindes können Sie getrost mir überlassen. Abgesehen davon ist er noch zu klein, um für den unsinnigen Flitter, von dem einige Leute nicht lassen können, einen Sinn zu haben ... wie man sein hart erarbeitetes Geld nur so verschleudern kann.«

Mrs. Anderson hatte darauf wohlweislich nichts erwidert, sich aber bei ihrem Mann verärgert über Mr. Holtens gnadenlose Sparsamkeit ausgelassen und den Jungen wegen seiner freudlosen Kindheit bedauert.

Jim Anderson klopfte den Kopf seiner Pfeife gegen die Ofenklappe und leerte den Bodensatz dann in den Aschekasten unter dem Herd. »Tja, Rene, vielleicht ist er ja wirklich ein schäbiger Geizkragen, aber du darfst dich nicht in seine Angelegenheiten einmischen. Wenn er es so für gut befindet, dann wird es eben so gemacht. Außerdem kannst du dem Mann kaum zum Vorwurf machen, daß er an Weihnachten nicht gerade fröhlich gestimmt ist.«

Richie spürte instinktiv, daß ihm etwas entging. Irgendwo da draußen mußte es noch eine andere Welt geben, und er hätte nur zu gern gewußt, wie man dort hinkam. Er sah zu, wie Mrs. Anderson das Buch weglegte. »Was haben Sie an Weihnachten gemacht, als Sie so klein waren wie ich?« wollte er wissen.

Ohne weiter darüber nachzudenken, begann

Mrs. Anderson von ihren Geschwistern zu erzählen, was für lustige Spiele sie immer gespielt hatten und wie schön es gewesen war, am Weihnachtsmorgen aufzuwachen und die mit Süßigkeiten und Spielzeug gefüllten Strümpfe zu finden. Als sie allerdings Richies traurigen Blick sah und die Sehnsucht in seinem Herzen spürte, biß sie sich auf die Zunge und fügte ohne viel Überzeugungskraft hinzu: »Unser Leben bestand natürlich nicht nur aus Spiel und Spaß. Die Zeiten waren schwer, und Geld war knapp. Wir lebten von der Hand in den Mund. Du hast es da schon viel besser, daß du in einem so herrschaftlichen Haus aufwachsen kannst. Und später wirst du auf die besten Schulen gehen und ein kluger Mann werden, und dann kannst du alle Bücher auf der ganzen Welt lesen. Vielleicht schreibst du dann ja sogar selbst eines!« Aber ihre Worte hatten einen hohlen Klang, und Richie schien nicht ganz überzeugt davon, daß er es besser hatte.

Mrs. Anderson deckte ihn zärtlich zu und drückte ihm dann einen Kuß auf die Wange.

In der Stille unter den kühlen, weißen Laken legte der kleine Junge die Arme um sein Kissen und drückte es fest an sich. Unter seinen zusammengepreßten Lidern begannen die Bilder, die er sich in den Büchern der Bibliothek angesehen hatte, plötzlich lebendig zu werden. In jeder dieser Szenen sah er sich selbst, und immer lachte er.

Den Engeln oder den tanzenden Rentieren, die an Weihnachten über die im Mondenschein schlummernde Landschaft eilten, war es wohl kaum zu verübeln, daß sie bei dem großen Haus nicht Halt machten. Die Fenster blickten schwarz, und keine Kerze brannte darin, um sie willkommen zu heißen. Das Haus wirkte nicht einladend, es schien sich in sich selbst zurückzuziehen, sich von den Außenwelt abzuschirmen ... versunken in Erinnerungen. Zwar war das düstere Herrenhaus nie ein fröhliches oder sonniges Heim gewesen, aber immerhin hatte darin einmal eine richtige Familie gelebt.

# ZWEITES KAPITEL

*1953*

Die Sonne strahlte auf das frisch gemähte Grün der eingezäunten Weide nieder, die als Spielfeld für das vierteljährlich stattfindende Kricketmatch der Graziers gegen die Townies diente. Aus der Ferne betrachtet wirkte es, als seien die weißgekleideten Gestalten Schachfiguren auf einem Stück groben Flanellstoffs, der von Autos, Lastwagen, Pferden und den Ehefrauen, Freundinnen und Kindern in buntgemusterten Kleidern farbig umsäumt wurde. Die Zuschauer saßen auf Wolldecken oder hockten auf Motorhauben, und manche schützten sich mit Sonnenschirmen vor der Hitze des späten Nachmittags. Die Bäume ließen ihre Blätter hängen, so schwül war es, und die Szenerie wirkte friedlich wie ein Ölgemälde, dem man den Titel »Sommernachmittag« geben könnte. Wenn von Zeit zu Zeit ein gut plazierter Sechserschlag den Ball ohne Bodenberührung außerhalb des Spielfelds landen ließ, richtete die Menge ihre Aufmerksamkeit auf das Spiel und applaudierte höflich. Der Doktor ließ dem letzten Schlagmann des gegnerischen Teams keine Chance und entschied das Spiel damit zuletzt für die Townies. Als die beiden Mannschaften vom Spielfeld schlenderten, wartete Phillip Holten bereits auf seinen hochgewachsenen Sohn, der ihm mit großen Schritten entgegeneilte.

»Nicht übel, Barney. Gutes Spiel«, lobte er und reichte ihm förmlich die Hand.

»Danke. War ganz gut, obwohl wir verloren haben.«

»Immer den Sieg im Auge, ohne den Spaß zu verlieren. Darum geht es beim Sport«, sagte Phillip Holten und wandte sich einem der anderen Spieler zu, um zu gratulieren.

Barnard Holten wischte sich mit dem Handrücken über die feuchte Stirn und rieb ihn dann an seinen beigen Flanellhosen trocken, während er auf die kleine Gruppe von Frauen zusteuerte, die sich in der Nähe des Wagens der Holtens versammelt hatte. Seine Mutter stand nicht bei ihnen: Sie setzte sich ungern länger der Sonne aus und kam aus demselben Grund auch selten zu seinen Polospielen.

Die Frauen, die sich immer noch über das Match unterhielten, musterten den gutaussehenden jungen Mann, der jetzt neben seinem Vater vor dem geöffneten Kofferraum des Autos stand. Phillip Holten war groß und kräftig gebaut, und wäre sein Gesicht nicht von der Sonne verbrannt und vom Wetter gegerbt gewesen, hätte er noch wesentlich vornehmer ausgesehen, als es dank seiner römischen Nase, den geschwungenen Augenbrauen und den scharf gezeichneten Lippen ohnehin schon der Fall war.

Barnard hatte graugrüne Augen und war mit seinen vierundzwanzig Jahren größer und auch etwas schlanker als sein Vater. Im Gegensatz zu diesem hatte er auch kein rötliches, sondern sonnengebleichtes hellbraunes Haar. Sein Vater galt als ziemlich mürrisch, wohingegen Barney, wie er von allen genannt wurde, immer fröhlich und zu Scherzen aufgelegt war. Unter den Mädchen des Landkreises hatte er zahlreiche Verehrerinnen, und da sein Vater mit seinem Besitz Amba eine der einträglichsten Schaffarmen der Gegend besaß, war er außerdem noch eine gute Partie.

Spieler und Zuschauer hatten sich inzwischen vor der provisorisch aufgebauten Teeküche eingefunden, wo freiwillige Helferinnen heißen Tee verteilten. Alle taten sich an den Platten mit selbstgebackenen Torten, Keksen, süßen Brötchen und warmem, mit Butter bestrichenem Teegebäck gütlich, fachsimpelten über das Spiel und trafen Verabredungen für den Abend. Doch schon bald verlagerte sich das Gesprächsthema auf den rekordverdächtigen Wollpreis und die Frage, wie lange der Wirtschaftsboom wohl noch anhalten würde.

»Das Geschäft mit der Wolle ist so sicher wie nur irgendwas, Frank. Ohne Wolle wäre das Land aufgeschmissen.«

»Wolle wird auf der ganzen Welt immer gebraucht.«

»Davon kann's überhaupt nicht genug geben, Kumpel.«

Die Optimisten bildeten die Mehrheit, und die

Stimmung war glänzend. Obwohl keiner offen zugegeben hätte, bei einem Preis von etwas über einem Pfund pro Pfund Wolle sogar einen noch höheren Gewinn gemacht zu haben als erwartet, ließen doch alle durchblicken, daß das Geschäftsjahr nicht übel gewesen war.

Der Landkreis war wohlhabend, und es gab genug Arbeit. Mit dem durch den Verkauf der Wolle verdienten Geld konnten neue Maschinen, Zäune und Vieh angeschafft werden, die Löhne stiegen, man verreiste ins Ausland oder steckte die Einkünfte in die Renovierung der Häuser.

Barney brachte seine Tasse in die Küche zurück, wo gerade zwei der Frauen, die weite Küchenschürzen über Bluse und Rock trugen, mit dem Abwasch beschäftigt waren.

»Danke, Barney. Wie geht's deiner Mutter?«

»Danke gut, Mrs. Graham. Und bei Ihnen zu Hause?«

»Da steht alles bestens«, antwortete sie rasch. Was sich vermutlich vor allem auf ihre zwanzigjährige Tochter bezog. »Gehst du heute Abend zum Tanz zu den Frenchams?«

»Weiß ich noch nicht so genau, aber ich denke schon. Hat mich gefreut, Sie zu sehen, Mrs. Andrews.« Er nickte den beiden Frauen zu und machte sich dann schnell aus dem Staub.

»So ein netter Junge. Ganz anders als sein Vater.«

»Das hat er wahrscheinlich von der Mutter. Enid muß in ihrer Jugend wirklich hübsch gewesen sein.«

»Ich dachte eigentlich weniger an sein Aussehen als an seinen Charakter. Barney wirkt so ungezwungen und natürlich.«

»Nicht so überheblich wie sein Vater, meinst du?« sagte Mrs. Andrews unverblümt.

»Ich würde es nicht einmal überheblich nennen. Phillip Holten kommt mir so kalt vor. Barney ist viel herzlicher, falls du verstehst, was ich meine.«

»Ja, ich weiß. Dabei ist das eigentlich verwunderlich. Ich bezweifle nämlich, daß das Leben auf Amba besonders lustig ist.« Bettina Andrews trocknete sich die Hände ab und zog die Schürze aus. »Nach allem, was man so hört, muß es dort ziemlich traurig zugehen. Ich will ja nicht tratschen, aber ...«

Nachdem Barney und sein Vater ein paar höfliche Sätze über das Match ausgetauscht hatten, fuhren sie beinahe schweigend nach Hause.

»Ich überlege mir, ob ich dieses Jahr zur *Royal Easter Show* fahren soll«, erklärte Barney beiläufig, als sie von der Straße in den Feldweg einbogen, der an ihren Weiden vorbei nach Amba führte.

»Pure Zeit- und Geldverschwendung«, knurrte sein Vater. Jeder in der Gegend fuhr auf die alljährliche Landwirtschaftsausstellung nach Sydney, nur Phillip Holten widersetzte sich beharrlich. Er fand es unerträglich, wie sich die ›Bushies‹ bei ihrem Besuch in der großen Stadt zusammentaten und verbrüderten. Er war ein Einzelgänger, führte seine Geschäfte, wie es ihm gefiel, und hätte niemals mit anderen über seine Pläne gesprochen.

»Es ist doch immer gut, auf dem laufenden zu bleiben. Vielleicht könnten wir ja einen oder zwei Zuchtböcke kaufen und ein paar neue Bekanntschaften machen«, sagte Barney.

»Genau wie ich gesagt habe – Geld ausgeben und Zeit verschwenden. Von einem Nachmittag wie heute hast du viel mehr. Von manchen der erfahreneren Züchter aus der Gegend kannst du noch einiges lernen, und junge Leute triffst du da genauso. Halte dich an deinesgleichen, Barnard.«

Barney antwortete nicht. Er hielt die alteingesessenen Schaffarmer der Gegend, von denen sein Vater sprach, für konservativ, und das nicht nur im politischen Sinne, sondern in ihrem gesamten Denken. Alles Neue mußte sich für sie erst einmal gründlich bewährt haben, bevor sie es akzeptierten. Und was die Gleichaltrigen anging, so hatten sich tatsächlich einige Töchter wohlhabender Familien das Spiel angesehen, aber die kannte er alle und sonderlich interessiert war er an keiner von ihnen. Barney war sich darüber im klaren, daß die Mütter aller heiratsfähigen Mädchen in der Umgebung von ihm als zukünftigem Schwiegersohn träumten. Er wußte, daß sein Leben genau vorgezeichnet war – da er keine Geschwister hatte, würde er in die Fußstapfen seines Vaters treten.

Sie bogen in die am Garten entlangführende Auffahrt zum Haus ein, und Phillip lenkte den Wagen auf den überdachten Stellplatz neben dem Vordereingang.

Barney stieg aus und ging mit federnden Schritten

seitlich um das mit einer großzügigen Veranda ausgestattete Haus herum in den Rosengarten, dessen gepflegte Beete von hohen Blumenrabatten und gestutzten Sträuchern gesäumt wurden.

Von der gebückten Gestalt seiner Mutter, die damit beschäftigt war, die Beete zu säubern und verwelkte Blüten abzuschneiden, sah man lediglich den Strohhut. Sobald ihre ständigen Begleiter, zwei unablässig kläffende und quirlige weiße Spitze, die vertraute Gestalt sahen, die in das Territorium ihrer Herrin eingedrungen war, begannen sie aufgeregt zu springen und zu japsen. Enid Holten blickte auf, als Barney ihr zuwinkte und auf den Seitenflügel zusteuerte, wo sein Schlafzimmer, sein Bad und ein eigener kleiner Wohnraum lagen. Sie winkte ihrem Sohn flüchtig mit der Gartenschere zu und widmete sich dann wieder ihrer Arbeit.

Im Schlafzimmer zog Barney seine verschwitzten hellen Hosen und das Hemd aus, schnappte sich von einem hölzernen Handtuchhalter ein frisches Handtuch und stellte sich unter die Dusche. Er spürte, wie sich seine verkrampften Muskeln langsam entspannten, als der Strahl wie spitze Nadeln auf Nacken und Schultern prasselte.

Er blieb länger als gewöhnlich unter der Dusche, ohne sich ein schlechtes Gewissen zu machen, weil er so verschwenderisch mit dem Wasser umging. Schließlich drehte er den Hahn zu, schlang sich das Badetuch um die Hüfte und tappte in sein Zimmer, um sich etwas Frisches zum Anziehen herauszusuchen. Er war froh, seinen eigenen Flügel zu haben, wo er tun und lassen konnte, was er wollte. Phillip Holten hatte bei allen Entscheidungen das letzte Wort, aber es war Enid gewesen, die den Anbau für Barney angeregt hatte. Schließlich arbeitete er so viel und so hart auf der Farm.

Schon zu Internatszeiten hatte sich Barney während der Schulferien nach und nach in alle Aufgabengebiete der väterlichen Schafzucht eingearbeitet, um sie später kompetent verwalten zu können. Mittlerweile besaß er seinen eigenen Verantwortungsbereich, aber die Entscheidungsgewalt lag letztlich immer noch bei seinem Vater, und so würde es bleiben, bis er sich zur Ruhe setzte oder eines Tages tot umfiel. So war es immer schon gewesen. Der Gedanke, daß es auch anders sein könnte, kam Phillip einfach niemals in den Sinn. Sein Leben und das seines Sohnes waren bis ins kleinste Detail vorgezeichnet.

Nachdem Barney sich geduscht und umgezogen hatte, ging er auf der Suche nach der Haushälterin Mrs. Anderson in die Küche.

»Meinen Sie, ich könnte vielleicht eine Tasse Tee bekommen?«

»Ich hätte eigentlich gedacht, daß du schon nach dem Match welchen bekommen hast. Hat das Frauenkomitee euch etwa nicht mit Tee versorgt?« fragte sie lächelnd und füllte den Wasserkocher.

»Schon. Aber das ist doch über eine Stunde her.«

»Ich mache gleich eine ganze Kanne, vielleicht möchte deine Mutter ja auch eine Tasse. Ich bringe den Tee dann auf die Veranda.«

»Ist Vater im Arbeitszimmer?«

»Ja. Er möchte nicht gestört werden.«

Barney nickte. Sein Vater zog sich bei Sonnenuntergang immer in sein Arbeitszimmer zurück und tauchte dann bis zum Abendessen nicht mehr auf. Barney nahm sich einen Apfel, bevor er zur Küche hinaus und ein zweites Mal durch den Garten ging. Seine Mutter begutachtete gerade die neuen Triebe der Kletterhortensien, die sich an der Außenwand des Schlafzimmerflügels emporrankten. Die beiden Hunde stürzten sich auf ihn, als hätten sie ihn noch nie im Leben gesehen. Seine Mutter drehte sich um.

»Hallo, Schatz. Gutes Spiel gehabt?«

»Ja, obwohl wir verloren haben. Aber nur ganz knapp. Mrs. Anderson macht uns Tee. Komm doch auf die Veranda, wenn du auch eine Tasse möchtest.«

Enid hob ihre beiden Hündchen hoch, die vergnügt mit den flauschigen Schwänzen wedelten und verzückt zu ihr aufsahen. »Habt ihr das gehört? Es gibt Tee. Möglicherweise können wir da ja ein oder zwei Kekse für euch stibitzen. Das würde euch gefallen, hm? Vielleicht bekommen wir sogar ein Stückchen Schokolade ... hhmmmm!« Sie strich über die schwarzglänzenden Nasen und machte sich dann, unter jedem Arm ein Tier, auf den Weg zum Haus. Aus der Rocktasche ragten ihre Arbeitshandschuhe und die Gartenschere hervor.

Barney folgte ihr etwas irritiert. Aber eigentlich war er schon daran gewöhnt, daß seine sonst so schweigsame Mutter mit ihren Hunden Diet und

Tucker in Babysprache plauderte. Wenn Besucher beobachteten, wie die normalerweise so zurückhaltende und unverbindlich wirkende Mrs. Holten mit ihren Hunden umging, hatten sie oft Mühe, ihre Belustigung und Verwunderung zu verbergen. Da ihr Sohn ihr nie Probleme bereitete und sie eine Haushälterin hatte, mußte sie kaum je einen Finger rühren. Jetzt, wo ihr einziges Kind erwachsen war, widmete sie sich mit Leib und Seele ihren Hunden. Sogar Barney hatte gelegentlich den Eindruck, daß ihr an ihnen mehr zu liegen schien als an Menschen.

Als Barneys Mutter sich die Hunde angeschafft hatte, war er noch im Internat gewesen, so daß er nicht mitbekommen hatte, wie es ihr überhaupt gelungen war, seinen Vater dazu zu überreden, der ihre beiden Spielkameraden aus tiefstem Herzen verabscheute. In seinen Augen waren die beiden keine richtigen Hunde, und er duldete sie nicht einmal in der Nähe seiner Hütehunde. Er hatte ihr prophezeit, die beiden würden über kurz oder lang ohnehin von einem Fuchs oder einem Dingo verschleppt. Weil sie sich allerdings nur selten vom Haus oder der Seite ihrer Herrin entfernten, waren sie diesem Schicksal bereits seit etlichen Jahren erfolgreich entronnen. Nachts schliefen sie in einem großen Weidenkorb in der Waschküche. Sobald sie morgens Geräusche aus der Küche hörten, sprangen sie auf und warteten geduldig auf der Fußmatte vor der Tür darauf, daß Mrs. Anderson sie hereinließ. Anschließend trippelten sie den Korridor hinunter zum Schlafzimmer, wo sie ausharrten, bis

Phillip Holten die Tür öffnete und auf dem Weg ins Badezimmer über sie stolperte. Sie sprangen zu Enid ins Doppelbett und wurden dort gestreichelt und leise gehätschelt, bis Mrs. Anderson kam und Tee und Toast servierte. Beide wurden mit kleinen Toasthäppchen gefüttert und schließlich vom Schlafzimmer aus in den Garten hinausgelassen.

Enid achtete sorgsam darauf, daß die Hunde ihrem Mann nicht im Weg waren, und dieser weigerte sich, sie zu sehen oder anzusprechen oder ihre Anwesenheit überhaupt zur Kenntnis zu nehmen, wenn sie ihm nicht gerade ganz besonders die Nerven gingen. In der Regel tat er so, als seien sie unsichtbar, obwohl Mrs. Anderson einmal zufällig beobachtet hatte, wie er gerade aus der Bibliothek kam, als die Hunde auf der Suche nach Enid an ihm vorbeiliefen. Er hatte rasch ausgeholt und Diet mit einem Tritt seines Stiefels winselnd den Korridor hinuntergejagt. Mrs. Anderson hatte sich weggedreht, auf den Stapel Bügelwäsche auf ihrem Arm herabgesehen und so getan, als ob sie den Vorfall und das grimmige, zufriedene Lächeln auf seinem Gesicht nicht bemerkt hätte.

Am Abend kam Barney ins Wohnzimmer, wo seine Eltern vor dem Essen noch einen Sherry zu sich nahmen. Sein Vater saß in dem Ledersessel, der seinem Großvater gehört hatte, während seine Mutter auf dem Sofa Platz genommen hatte. Rechts und links von ihr lagerten Diet und Tucker mit den Schnauzen in ihrem Schoß und beäugten gierig das mit Leberpastete bestrichene Kanapee, an dem sie knabberte. Barney trug dunkelgraue lange Hosen, ein hellblaues Hemd und die Krawatte seines Internats, der Kings School. Das Haar, das durch die Brillantine dunkler wirkte als sonst, hatte er glatt zurückgekämmt. Seine Schuhe waren wie immer auf Hochglanz poliert. Phillip Holten hatte ihm beigebracht, daß ein Mann, gleichgültig, wo er sich befand oder was er gerade tat, einen gewissen Standard zu wahren habe, der sich nicht zuletzt im Glanz seiner polierten Schuhe ausdrückte. Selbst vor einem harten und schmutzigen Arbeitstag auf Amba mußten die Reitstiefel gewichst und gewienert werden. Für Barney war es zu einem Ritual geworden, jeden Morgen vor dem Frühstück die Schuhcreme aus der an der Hintertür aufbewahrten Holzkiste zu holen, sie mit einem Lappen auf die angezogenen Stiefel aufzutragen, dann die Schuhbürste herauszunehmen, den Deckel wieder herunterzuklappen und den Fuß darauf abzustützen, während er das runzlige Leder mit der Bürste bearbeitete und wieder zum Glänzen brachte.

»Ich fahre zu den Frenchams rüber. Heute ist doch das Fest dort. Scheint eine ziemlich große Angelegenheit zu werden.«

»Du wirst einen langen Rückweg haben ... außerdem wird es recht spät werden, wie ich annehme. Ich hoffe, du fährst vorsichtig. Und hältst dich deshalb auch mit dem Trinken zurück«, mahnte sein Vater und blickte ihn über den Rand der Zeitung hinweg an.

»Ich dachte, ich übernachte gleich dort. Die meisten anderen bleiben auch. Morgen soll es ein großes Frühstück geben. Ich nehme meinen Schlafsack mit.«

»Das klingt aber nicht sehr gemütlich«, bemerkte seine Mutter, brach ein Kanapee durch und gab jedem Hund eine Hälfte.

»Es wird bestimmt lustig. Das Ganze ist bestens organisiert. Sie haben ein Festkomitee gebildet, und alle helfen mit«, sagte Barney und dachte an all die Familien, die das Fest gemeinsam ausrichteten. Phillip und Enid nahmen selten an solchen gemeinschaftlichen Veranstaltungen teil.

»Vergiß nicht, daß die Schafe bald geschoren werden müssen. Am Montag kannst du anfangen, das Team für das Scheren zusammenzustellen.« Sein Vater vertiefte sich wieder in seine Zeitung.

»Gut. Dann verschwinde ich jetzt mal.«

Sein Vater gab keine Antwort, und seine Mutter redete leise auf die Hunde ein.

»Auf Wiedersehen, Mutter.«

Sie blickte nicht auf. »Ach ja, auf Wiedersehen, Barney. Nicht so gierig, Tucker, sei ein braver Junge«, ermahnte sie den Hund und griff nach einem weiteren Kanapee, als Barney das Zimmer verließ.

Er warf seinen Schlafsack und einen Rucksack mit legerer Kleidung zum Wechseln hinten in den Pick-up und fuhr im Licht der Abendsonne los. Vorbei an den Äckern, den staubigen roten Feldweg entlang bis zur Abzweigung zur benachbarten Farm der Pembertons, die durch eine an einem Pfosten hängende rostige Milchkanne gekennzeichnet war, auf der ANGLESEA geschrieben stand. Anschließend ging es durch ein Eukalyptuswäldchen, in dem sich ein kleines, selten benutztes Sägewerk versteckte, vorbei an den Känguruhbäumen, die das Ufer des Bachbetts säumten, über die breite Furt, in der sich bei heftigen Regenfällen das Wasser sammelte, und weiter, bis der Weg nach drei Meilen schließlich auf die asphaltierte Straße traf. Eine Stunde und vier Briefkästen später bog er in die Auffahrt zu den Frenchams ein.

Das Tageslicht löste sich allmählich auf, und die blasse Leinwand des abendlichen Himmels begann sich mit den Aquarelltönen des Sonnenunterganges zu färben. Als er das Tor zur Farm der Frenchams erreichte, brannten in der Dämmerung bereits Lichter, man hörte wie die Band ihre Instrumente stimmte, und zwischen dem Haupthaus und dem Wollager huschten die Scheinwerfer von Fahrzeugen hin und her, mit denen Speisen, Getränke, Gäste, zusätzliche Tische, Stühle und Geschirr von einem Gebäude zum anderen transportiert wurden.

Weiter draußen auf dem verlassenen Highway bog zur selben Zeit ein alter Buick mit Anhänger, aus der Richtung von Glen Innes kommend, mit knatterndem Motor in die unbefestigte Straße ein, die nach Anglesea zur Farm der Pembertons führte.

Der große Wagen, der bald zwanzig Jahre auf dem Buckel hatte und dessen durchgesessene Sitze mittlerweile kaum mehr gefedert, dafür aber so weich waren, daß man gemütlich in ihnen versank, schien aus allen Nähten zu platzen. Drinnen ein Durcheinander von Menschen, dazu ein Hund, Gepäckstücke, Gelächter und Gesang. Der Buick quälte sich unermüdlich weiter, während seine Scheinwerfer über unbekanntes Terrain glitten. Bob McBride ließ beim Fahren einen Arm zum Fenster heraushängen und gab der Wagentür sanfte Klapse, wie ein Jockey, der seinen Vollblüter antreibt.

»Na los, Betsy, wir sind fast da. Du schaffst es.«

Die Zwillingsmädchen auf dem Rücksitz hüpften auf und ab und sangen dazu: »*Zippety doo da, zippety ay, my oh my what a wonderful day ...*«

»Es ist aber schon Abend«, kam es altklug von einem vierzehnjährigen Jungen.

»Psst, Kev. Laß sie doch singen. Das ist immer noch besser als das ständige ›Wie weit ist es noch?‹«, beschwichtigte ihn eine junge Frau flüsternd.

»Na los, zählt die Briefkästen«, schlug die Mutter fröhlich vor. »Es sind nur vier, haben sie gesagt.«

Das ganze Auto zählte mit. »Eins ...« Und dann, nach einer Zeitspanne, die allen unendlich lang erschien, plötzlich der Jubelschrei: »Vier! Wir sind da!«

»Nicht ganz. Wir müssen noch unser Haus finden«, erklang die Stimme der jungen Frau. Köpfe streckten sich zum Fenster hinaus, der Hund bellte, und der Wagen bog in die Abzweigung nach Anglesea ein.

»Das Gatter mach ich auf!« Kevin sprang aus dem Wagen, als im Licht der Scheinwerfer ein

Holztor auftauchte. Der Motor gab im Leerlauf ein unheilvolles müdes Husten von sich, während der Junge sich mit dem im Schlamm feststeckenden Gatter abmühte.

»Hilf ihm mal, Abby«, sagte der Vater und strich mit den Händen beschwörend über das breite Lenkrad, als versuche er, dem Wagen für diese letzte Hürde Kraft einzuflößen. Die schlanke Zwanzigjährige, die ihr langes dunkles Haar zu einem Pferdeschwanz gebunden hatte und zu ihrem ausgeblichenen Blümchenkleid alte Segeltuchschuhe trug, half ihrem Bruder, das Gatter hochzuhieven, und trat dann erwartungsvoll zur Seite.

Aber Betsy, wie der Buick liebevoll genannt wurde, war erledigt. Sie hatte es bis hierher geschafft, und das war nah genug. Als wäre der Wagen eine fette Matrone, die unvermittelt von ihrem engen Korsett befreit wird, platzten die Türen auf, und die Passagiere wälzten sich ins Freie, während Betsy in der kühlen Abendluft vor sich hindampfte und keuchte und einfach nicht mehr starten wollte.

Bob McBride kannte ihre Launen. »Das war's. Die rührt sich vor morgen früh nicht mehr.«

Das aufgeregte Geplapper und Gelächter verstummte, und die Kinder begannen zu quengeln. Gwen McBride trug einen kleinen, müden Jungen auf dem Arm, der Kopf des Dreijährigen lehnte schläfrig an ihrer Schulter. In der anderen Hand hielt sie den unruhigen Collie straff an der Leine. »Und was jetzt? Wie weit ist es wohl bis zum Haus, was denkst du?«

»Tja, ich fürchte, es gibt nur einen Weg, das rauszufinden. Mach das Gatter wieder zu, Kev. Jeder schnappt sich eine Tasche. Und kurbelt die Fenster hoch. Ab hier geht's auf Schusters Rappen weiter. Betsy wird morgen früh nachgeholt.«

»Nehmt auch etwas zu essen mit, in der Vorratsdose im Kofferraum sind Brot und Eier«, ordnete Gwen McBride an. »Nur für den Fall, daß nichts im Haus ist. Mrs. Pemberton hat zwar gesagt, daß sie alles für uns vorbereiten wird. Aber man weiß ja nie, was das bedeutet.«

Unter Murren und Jammern, Ermahnungen und unterdrücktem Kichern begann die siebenköpfige McBride-Sippe mitsamt Hund und einem Schuhkarton voller Seidenraupen den Feldweg entlangzutrotten. Der Mond stand inzwischen am Himmel und leuchtete ihnen den Weg. Schon bald hatte Bob McBride sie soweit, daß sie alle aus voller Kehle sangen: *»If I knew you were coming I'd have baked a cake …«* Und so stapften sie auf ihr unbekanntes neues Zuhause zu.

## DRITTES KAPITEL

Barney fuhr am späten Sonntagvormittag wieder zurück nach Amba. Und was für ein Bilderbuchsonntag das war: sonnig, warm, wie geschaffen zum Faulenzen. Trotzdem wußte er, daß sein Vater darauf bestehen würde, alles vorzubereiten, damit sie am nächsten Tag die Scherer aussuchen konnten.

Die Party bei den Frenchams war phantastisch gewesen. Sie hatten die ganze Nacht bis zum morgendlichen Barbecue durchgefeiert. Obwohl einige der Jungs zu tief ins Glas geschaut und am nächsten Morgen einen ziemlichen Kater gehabt hatten, hielt dies keinen davon ab, sich großzügig von den Würstchen, Koteletts und gebratenen Eiern mit Speck zu bedienen, die in einem kleinen Eukalyptuswäldchen auf dem Grill brutzelten. Die Teller auf dem Schoß, hockten sie auf gefällten Baumstämmen, die Mädchen hielten Stecken mit aufgespießtem Brot ins Feuer, um es zu rösten, oder sie reichten dicke, mit Grillfett vollgesogene Scheiben an die anderen weiter, und alle stimmten darin überein, daß es ein großartiges Fest gewesen war.

Die zwei Dutzend Partygäste kannten einander schon seit Jahren. Sie hatten die Gelegenheit genutzt, um alte Freundschaften aufzufrischen, nachdem sie ihre Internatszeit hinter sich gebracht, sich eine Zeitlang im Ausland aufgehalten oder außerhalb des Landkreises gearbeitet hatten. Die meisten von ihnen würden von nun an in der Gegend bleiben, wieder bei den Eltern wohnen und beginnen, eigene Familien zu gründen. Die Mädchen zogen nach der Hochzeit üblicherweise dorthin, wo ihre Ehemänner herkamen, doch man konnte davon ausgehen, daß die meisten sich innerhalb dieser Gruppe verheiraten würden.

Barney blickte zu den rosafarbenen Trieben der Eukalyptusbäume auf, die im blauen Licht des Vormittags beinahe durchsichtig zu sein schienen. Das war sein Australien. Wie sehr hatte er diese Klarheit des Lichts, den Duft des Buschs und den Gesang der einheimischen Vögel während seiner Jahre in der Stadt doch vermißt!

Nach seinem Abschluß an der Kings School in Parramatta war er, wie viele begabte und begüterte Jungen vom Land, in eines der großen Wollhandelshäuser eingetreten, um dort alles zu lernen, was ihm später für das eigene Geschäft von Nutzen sein konnte. In den holzgetäfelten Büroräumen und düsteren Lagerhäusern der Firma Goldsborough Mort hatte er nicht nur viel über die Klassierung und den Verkauf von Wolle gelernt, sondern die Farmer und Schafzüchter auch in allen anderen Bereichen beraten, von Finanzierungsfragen bis hin zum Kauf von

Schermaschinen. Sein Verhältnis zur Großstadt war gespalten, und er hatte das Leben auf dem Land während dieser Zeit schmerzlich vermißt. An jedem Feiertag und an verlängerten Wochenenden setzte er sich an der Central Station in die überfüllte Eisenbahn und fuhr heim nach Amba. Mrs. Anderson bereitete ihm jedesmal eines seiner Lieblingsgerichte zu. Vor dem Essen trank er mit seinem Vater einen Sherry und besprach geschäftliche Angelegenheiten, bevor er dann seinen Platz an der langen Tafel aus Palisanderholz einnahm. Seine Mutter freute sich, ihn zu sehen, das wußte er, aber abgesehen von ein paar oberflächlichen Fragen, zeigte sie kein sonderliches Interesse an seinem Leben in Sydney und schien ganz einfach davon auszugehen, daß es ihm dort gut ging und daß er glücklich war. Nach einiger Zeit gab er den Versuch auf, sie zu überreden, ihn in der Stadt zu besuchen, um einen Einkaufsbummel zu machen oder ins Theater zu gehen. Solange er in Sydney gewohnt hatte, waren seine Eltern nur zweimal gemeinsam dort gewesen. Einmal war sein Vater allein gekommen, weil er einen Termin beim Anwalt hatte, und sie hatten im Australia Hotel zu Mittag gegessen. Das Treffen war wenig erfreulich verlaufen. Phillip beschwerte sich über den Service, die Qualität des Essens und die Preise, und auf Barneys Angebot, die Rechnung zu übernehmen, hatte er nur barsch erwidert, er hoffe, das sei kein Beispiel dafür, wie leichtfertig er in Sydney sein Geld verschleudere.

Aber das städtische Leben hatte auch positive Seiten gehabt. Sydney war in den Jahren nach dem Krieg eine faszinierende Stadt. Immer mehr Einwanderer kamen nach Australien, viele von ihnen Heimatlose aus europäischen Flüchtlingslagern. Wenn Barney im Hafenviertel zu tun hatte, beobachtete er oft, wie die riesigen Dampfer, auf deren Decks sich unzählige Passagiere drängten, von Schleppern hereingezogen wurden. Er betrachtete die Reisenden und versuchte sich vorzustellen, was das für ein Gefühl war, in einem Land anzukommen, das so fremd war und so anders als die Heimat. Während manche der Menschen optimistisch und voller Erwartungen zu sein schienen, war anderen das erlittene Leid und das Grauen immer noch von den Gesichtern abzulesen.

Im Büro oder an den Wochenenden am Strand und auf Partys lernte Barney einige gleichaltrige Neuankömmlinge aus Großbritannien und dem übrigen Europa kennen. Wegen ihres ungewöhnlichen Akzents und ihres fremdartigen Aussehens fand er die Mädchen vor allem sehr attraktiv. Aber es war nicht einfach, sich mit ihnen anzufreunden, weil sie sich häufig reserviert verhielten und sich offenbar nicht an ein Land gewöhnen konnten, in dem junge Männer sie am glutheißen Strand stundenlang alleine sitzen ließen, um sich in einem gefährlich aussehenden Ozean zu vergnügen. Ebensowenig konnten sie sich dafür begeistern, daß ihre Gefährten sich nur mit einem Proviantbeutel ausgerüstet in die Wildnis aufmachten und auf Buschwanderung gingen.

Mit den australischen Mädchen war es einfacher, aber obwohl er sich mit vielen gut anfreundete und eine Menge Spaß hatte, blieben seine Beziehungen locker. Es war auch keine Frau darunter, mit der er sich eine Ehe hätte vorstellen können. Sydney boomte in jenen stürmischen Jahren nach dem Krieg, und die Menschen berauschten sich an den materiellen Genüssen, die das Leben in Friedenszeiten bot. Es war höchst unwahrscheinlich, daß eine dieser jungen Frauen sich damit zufriedengeben würde, Grenzzäune mit ihm abzureiten. Obwohl Amba ein herrlicher Besitz war und ein großes Vermögen darstellte, würde Barney ein relativ bescheidenes - wenn auch komfortables - Leben führen, bis er eines Tages den Platz seines Vaters einnahm. Anders als die Mädchen aus der Stadt, die an seiner ländlichen Herkunft ohnehin meist nicht interessiert waren, verstanden die Töchter der anderen Schafzüchter, was ein solcher Besitz bedeutete.

Er war froh gewesen, die Stadt hinter sich lassen zu können und in seine geliebte Heimat zurückzukehren, in die Weite New Englands, von der 5000 Morgen Land zu Amba gehörten. Die Farm selbst, die greifbaren Tatsachen, die ihr Recht, auf diesem Grund und Boden zu leben, verankerten, bedeuteten ihm weniger als das Land an sich, das Gefühl, dort hinzugehören.

Die Landschaft, die sich vor ihm ausbreitete, ihre Felsen und Bäume, Hügel und Wasserläufe, kannte er wie seine Westentasche. Obwohl er nur wenig über die Aborigines wußte, da in der unmittelbaren

Nachbarschaft keine lebten, glaubte er, ihre innige Verbundenheit mit diesem Land nachvollziehen zu können. Einige der Farmer beschäftigten zwar umherziehende Aborigines als Viehtreiber, aber mit denen kam er selten in Berührung. Phillip Holten traute ihnen nicht und hatte für »diese trägen Schwarzen«, wie er sagte, nichts übrig.

Barney schüttelte den Kopf und konzentrierte sich wieder auf die Straße. Er begann darüber nachzudenken, welche Ausrüstung sie noch benötigten und was vor dem Scheren sonst noch erledigt werden mußte. Es war gutes Weideland, das pro Morgen zwei Schafe ernährte. Sein Vater stellte hohe Anforderungen, und es lag an Barney, dafür zu sorgen, daß seine Vorgaben erfüllt wurden.

Er gab sich Mühe, seinen Vater nicht mit den anderen Männern zu vergleichen, mit denen er bei den Frenchams zusammengekommen war. Sie strahlten eine rauhbeinige Herzlichkeit aus, und er mochte ihren lakonischen Witz, ihre derben Späße und die endlosen Diskussionen, bei denen es um Politik, Wolle oder Landwirtschaft ging. In den Gesprächen mit seinem Vater nahm er dagegen meist die Zuhörerrolle ein und erhielt kaum Gelegenheit, seinen eigenen Standpunkt zu vertreten. Gelacht wurde zu Hause selten. Barney schob den Wunsch, sein Vater wäre ein anderer, rasch von sich. Schon als kleiner Junge hatte er begriffen, daß er niemals so sein würde wie die Väter seiner Freunde, und sich damit abgefunden. Er wußte, sein Vater war ein aufrichtiger Mann, der an das, was er tat, glaubte und auf das Erreichte stolz war. Aber Barney wünschte sich, er würde auch seine Leistungen anerkennen, und er sehnte sich insgeheim danach, von ihm zu hören, daß er auf seinen Sohn stolz sei.

Als er von der befestigten Straße in den Weg zur Farm einbog, hoffte er, daß ihn dort kein Sonntagsbraten erwartete. Er würde keinen Bissen mehr hinunterbringen. Dann sah er etwas Ungewöhnliches – vor der Auffahrt zu den Pembertons parkte ein Wagen. Nein, geparkt war er nicht. Die Motorhaube stand offen und jemand machte sich darunter zu schaffen. Das Auto gehörte niemandem, den er kannte – es war ein Buick, der bestenfalls aus den Dreißigern stammte. Barney bog in den Feldweg ein und hielt an.

»Hallo. Sieht aus, als hätten Sie eine Panne.«

»Die kommt nicht mehr auf die Beine, soviel ist sicher. Jedenfalls nicht so bald. Unsere Betsy ist ein launisches altes Weibsbild, aber ich weiß schon, wie man sie anpacken muß.« Bob McBride grinste Barney an. Er trug ein geflicktes Khakihemd, alte Armeehosen und Stiefel und hantierte mit einem Schraubenschlüssel herum. Seine Hände waren ölverschmiert, und quer über seine Wange verlief ein schwarzer Streifen.

»Kann ich helfen? Ich habe Werkzeug im Wagen. Oder soll ich Sie abschleppen?« bot Barney ihm an.

»Danke, Kumpel. Ich komm' schon zurecht, glaube ich. Aber Sie könnten sich mal reinsetzen und versuchen, sie anzulassen.«

Barney setzte sich hinters Steuer, wo er tief in

dem alten Polster versank. Er drehte den Zündschlüssel einmal, dann ein zweites Mal, bis der Motor spuckend anzuspringen begann. »Nicht lockerlassen, geben Sie ihr mehr Saft. Okay, das reicht.«

McBride schlug die Motorhaube mit einem Knall zu und verstaute den Schraubenschlüssel in der Hosentasche.

Barney vergewisserte sich, daß der Leerlauf eingelegt war und zwängte sich dann aus dem Auto. McBride drehte sich eine Zigarette.

»Tja, da hat sie sich den denkbar schlechtesten Moment ausgesucht, um aufzugeben«, sagte er.

»Wollten Sie zu den Pembertons?«

»Gestern abend, ja. Wir sind einen ganzen Tag lang unterwegs gewesen, aber so kurz vor dem Ziel muß sie natürlich schlappmachen. Uns blieb nichts anderes übrig, als im Dunkeln zum Haus zu wandern. Da hat sie uns wirklich sauber reingelegt«, fügte er gutgelaunt hinzu.

»Wohnen Sie bei den Pembertons?«

»Nein, wir sind in dem anderen Haus untergebracht. Ich mache mich bei ihnen ein bißchen nützlich und will mir nebenbei auch in meinem eigentlichen Beruf was suchen. Ich bin übrigens Bob McBride.« Er streckte eine Hand aus, zog sie aber gleich wieder zurück, um sie an der Hose abzuwischen. »Schmieröl, tut mir leid.«

»Barney Holten.« Er nahm die ölverschmierte Hand und schüttelte sie kräftig. »Was ist denn Ihr eigentlicher Beruf, wenn ich fragen darf?«

»Ich bin Scherer. Hab die Familie mitgebracht,

um mal für ein Weilchen an einem Ort zu bleiben. Ein Kumpel hat mir den Job bei Keith Pemberton vermittelt.«

Barney nickte. Er hatte schon gehört, daß die Pembertons jemanden gesucht hatten, der als eine Art Verwalter, Handwerker und Aushilfsarbeiter auf der Farm leben konnte.

»Meinen Sie, Ihr Wagen packt es jetzt? Ich kann Ihnen auch gerne noch hinterherfahren, nur für den Fall, daß er wieder den Geist aufgibt.«

»Das würde sie verflucht noch mal nicht wagen. Nein, wenn Betsy mal läuft, dann läuft sie. Die brauchte bloß eine Mütze Schlaf und einen kleinen Tritt in den Hintern«, grinste McBride, klemmte sich die Selbstgedrehte zwischen die Lippen und stieg ins Auto. »Na gut. Danke fürs Anhalten. Kommen Sie aus der Gegend?«

»Ja. Mein Vater ist der Besitzer von Amba. Wir sind Nachbarn.«

»Ach so? Na, dann laufen wir uns wahrscheinlich bald wieder über den Weg. Bis dann.« Bob McBride legte vorsichtig den ersten Gang ein, und der Wagen kroch langsam den Weg hinauf.

»Ich mache das Gatter zu«, rief Barney und McBride streckte den erhobenen Daumen aus dem Fenster und winkte, ohne sich umzudrehen. Barney lächelte, als er wieder in seinen Pick-up stieg und sich auf den Heimweg machte.

Die McBrides richteten sich unter viel Gelächter und Durcheinander im Verwalterhaus der Pembertons ein. Dann verteilten sie die Zimmer, und nach einem kurzen Gerangel darum, welche der zehnjährigen Zwillingsschwestern im oberen Stockbett schlafen durfte, wurde es wieder verhältnismäßig friedlich. Die zwanzigjährige Abigail bekam das dritte Bett in Shirley und Colleens Zimmer. Das Kinderbett des dreijährigen Brian stand im Zimmer seines großen Bruders Kevin. In ihrem eigenen Schlafzimmer nahm Gwen McBride die verblichenen Baumwollvorhänge ab, so daß sie und Bob vom Bett aus auf die Weiden und das kleine Wäldchen in der Ferne blicken konnten.

»Hier schnüffelt bestimmt keiner herum und schaut uns in die Fenster. Wozu brauchen wir da Gardinen?« sagte sie lächelnd.

»Dann werden wir jeden Morgen von der Sonne geweckt«, beschwerte sich Bob halb im Scherz. Er stand ohnehin fast immer bei Sonnenaufgang auf.

Sarah und Keith Pemberton hatten ihnen einen herzlichen Empfang bereitet und angeboten, ihnen alles zu leihen, was sie benötigten, bis sie sich eingerichtet hatten. »An Bettzeug, Geschirr, Besteck und Küchengerät haben wir mehr als genug. Sie wissen ja wie sich das Zeug mit der Zeit ansammelt«, sagte Sarah Pemberton zu Gwen, die selbst nie lange genug an einem Ort gelebt hatte, um mehr als das Allernotwendigste anzuschaffen.

Bei Tagesanbruch schwärmten die Kinder aus, um ihr neues Revier zu erforschen. Vorher wurden sie ermahnt, darauf zu achten, daß der kleine Brian auf keinen Fall in die Nähe des Stausees auf der oberen Weide kam.

»So weit kann er doch gar nicht laufen«, sagte Kevin.

»Ihr wißt doch genau, daß er sich schon mehr als einmal in einem Laster oder in einem Traktor versteckt hat«, erinnerte sie der Vater.

Die Zwillinge entdeckten einen zugewucherten Küchengarten, den sie sofort in Besitz nahmen, wobei sie hoch und heilig versprachen, regelmäßig zu gießen und Unkraut zu jäten. Ihr Vater ermahnte sie, nicht den gleichen Fehler zu machen wie letztes Mal, als sie die noch winzigen Karotten- und Kartoffelpflanzen aus dem Boden gezogen hatten, um zu sehen, ob sie auch gut wuchsen. Die beiden sahen ihn zutiefst gekränkt an. »Jetzt wissen wir doch wie's geht«, behaupteten sie.

Während Abigail ihrer Mutter beim Auspacken und Einrichten half, dachte sie darüber nach, ob sie in der Gegend wohl Arbeit finden würde. Sie hatte einen Pflegekurs absolviert, als Hilfsschwester im Krankenhaus gearbeitet und war auch schon als Bürogehilfin in einer Samen- und Getreidehandlung beschäftigt gewesen. Wenn keine Stadt in der Nähe war, hatte sie auf dem Land bei der Schur mitgeholfen.

Gwen sorgte sich um ihre Älteste und wünschte, sie könnten ihr dabei helfen, einen Beruf zu finden, damit sie eine gewisse finanzielle Sicherheit hatte und die Möglichkeit, sich die Dinge zu leisten, die sie ihr nicht geben konnten.

Bob McBride war gelassener. »Sie wird ihren Weg schon machen. Schließlich ist Abby hübsch, klug und begabt. Bestimmt lernt sie bald irgendeinen netten Burschen kennen.«

»Aber nicht, wenn wir auch weiterhin so oft umziehen«, seufzte Gwen.

Abby wußte, daß ihre Eltern über ihre Zukunft sprachen und fragte sich selbst, was wohl aus ihr werden würde. Trotzdem zerbrach sie sich darüber im Augenblick nicht so sehr den Kopf. Sie hoffte allerdings, daß sie diesmal etwas länger an einem Ort blieben, so daß sie Gleichaltrige kennenlernen und vielleicht sogar echte Freundschaften schließen könnte. Sie hatte gehört, daß es in der Gegend viele junge Leute gab, und ihr Vater hatte angedeutet, daß sie diesmal nicht so bald wieder umziehen würden. Das waren aufregende Aussichten, und Abby hatte ein ganz positives Gefühl, was ihr neues Zuhause und die neue Umgebung betraf.

Zwei Tage später beschloß Abby, sich einen freien Tag zu nehmen, borgte sich den kleinen Pritschenwagen aus, der ihrem Vater zur Verfügung gestellt worden war, und machte sich auf, einen Teil des insgesamt 3000 Morgen umfassenden Gebiets der Farm zu erkunden. Sie packte ein Sandwich und eine Flasche Limonade ein und fuhr quer über die Weiden los. Einige waren frisch gepflügt, und an der dunklen Farbe der Erde war zu erkennen, daß Regenfälle über die Jahre immer neuen Mutterboden angeschwemmt hatten. Auf einer der Weiden hatte man frisches Futtergras angesät, dessen Halme wie grüner Bodennebel in kleinen Grüppchen zu sprießen begannen. Träge Hereford- und Black-Angus-Rinder beobachteten den Eindringling ohne großes Interesse.

Im Schatten einer Gruppe von Eukalyptusbäumen ließ sie den Wagen stehen und wanderte etwa eine Meile am spärlich bewaldeten Bachufer entlang, bis sie an eine Stelle kam, die ideal zum Schwimmen war. Die Fluten hatten das Ufer im Laufe der Zeit so ausgehöhlt, daß ein breiter, stiller Tümpel entstanden war, durch den der Bach floß. Sie hatte die Stelle offensichtlich nicht als erste entdeckt, denn an einem Ast der sich über das Wasser neigenden Trauerweiden hing als Schaukel ein alter LKW-Reifen an einem Seil. Das dunkle Wasser sah so kühl und einladend aus, daß Abby beschloß, noch vor dem Essen zu schwimmen. Sie zog sich das Kleid über den Kopf, behielt jedoch BH und ›Schlüpfer‹, wie ihre Mutter sagen würde, schamhaft an, obwohl sie eigentlich ziemlich sicher war, meilenweit der einzige Mensch zu sein.

Das Wasser war kalt und prickelte auf ihrer Haut. Es roch nach modrigen Blättern, aufgeweichten Zweigen und ganz schwach nach Teebaumöl – ein sehr erdiger und nicht unangenehmer Geruch. Unter der Wasseroberfläche nahm ihre weiße Haut einen rötlichen Ton an.

Abby schwamm etwas herum, schreckte dabei mehrere Frösche auf und beschloß dann, ans Ufer zu klettern und sich auf den Reifen zu setzen. Sie zog ihn vorsichtig am Seil zu sich heran, stellte einen Fuß hinein und stieß sich mit dem anderen ab. Der Reifen schwang etwa bis zur Mitte des Baches, und als sie gerade loslassen wollte, um ins Wasser zu springen, riß das morsche Seil mittendurch, und sie landete alles andere als graziös im Bach. Spuckend und prustend kam sie wieder an die Oberfläche, schüttelte sich vor Lachen über dieses Mißgeschick und war gleichzeitig sehr erleichtert darüber, daß niemand ihren lächerlichen Sturz beobachtet hatte.

Später, das lange feuchte Haar fiel ihr offen über den Rücken, ließ sie sich unter den Bäumen von der Sonne trocknen und verzehrte ihr Sandwich. Es war angenehm, allein zu sein – was in der McBride-Familie nicht allzu häufig vorkam – und den jüngeren Geschwistern einmal nicht mit gutem Beispiel vorangehen zu müssen.

Schließlich zog sie ihr Kleid wieder an, schnürte die Schuhe zu und schlenderte den schmalen Trampelpfad am Bach entlang, der den Spuren nach wohl hauptsächlich von Schafen benutzt wurde. Nach einer Weile hörte sie den Hufschlag eines Pferdes. Sie blieb stehen und sah ein dunkelbraunes Pferd, das in leichtem Galopp zwischen den Bäumen auf den Bach zupreschte. Als der Reiter sie entdeckte, verfiel er in einen gemächlicheren Trott und lenkte das Tier auf sie zu.

Barney Holten ließ sein Pferd anhalten, tippte sich an den Hut und grinste auf Abby hinunter.

»Hallo! Wie war's im Wasser?«

Abby war schüchtern stehengeblieben, um zu sehen, wer da kam, und hatte sich auf ein kurzes Gespräch eingestellt. Aber beim Anblick des gutaussehenden jungen Mannes mit dem leicht belustigten Blick, dem frechen Grinsen und der kultivierten Stimme, genierte sie sich plötzlich fürchterlich und lief knallrot an. Bestimmt hatte er sie beim halbnackten Herumplanschen im Bach beobachtet. Sie senkte den Blick und stammelte etwas, aber dann drehte sie sich einfach um und flüchtete zu ihrem schützenden Wagen. Sie rutschte rasch hinters Steuer, startete den Motor, der gleich wieder abstarb, startete ihn noch einmal und fuhr, so schnell sie konnte, davon. Der Gedanke an seine funkelnden graugrünen Augen trieb ihr erneut die Schamesröte ins Gesicht.

Barney starrte ihr entgeistert hinterher. Was hatte er denn so Schlimmes gesagt, daß sie so panisch Reißaus genommen hatte? Er hatte doch nur angenommen, daß sie im alten Tümpel baden war, weil ihr nasses Haar auf dem Rücken ihres Kleides einen feuchten Fleck hinterlassen hatte. Hatte sie womöglich ein schlechtes Gewissen? Andererseits hielt sie sich ja wohl kaum unbefugt hier draußen auf. Er lenkte sein Pferd auf die Farm der Pembertons zu, aber der Anblick des Mädchens wollte ihm nicht mehr aus dem Kopf gehen.

In der Nähe des Geräteschuppens traf er auf Keith Pemberton.

»Hallo, Mr. Pemberton. Hat mein Vater Ihnen gesagt, daß ich vorbeikomme?«

»Stimmt, der hat vorhin angerufen. Ging aber ganz schön schnell bei dir.«

»Ich habe die Abkürzung über den Hügel genommen und bin dann am Bach entlanggeritten«, erklärte Barney.

»Du willst also mit McBride sprechen. Scheint ein guter Arbeiter zu sein, hat ordentliche Referenzen und ist ein umgänglicher Bursche. Ich hab gehört, er ist auch ein fähiger Scherer. Allerdings ist meine Mannschaft schon komplett, und ehrlich gesagt will ich nicht unbedingt riskieren, jetzt noch einen Außenseiter mit reinzubringen. Einige Männer haben damit so ihre Probleme.«

»Uns wäre es sehr recht, wenn Sie auf ihn verzichten könnten – wir könnten nämlich gut noch einen zusätzlichen Scherer gebrauchen ... natürlich nur, wenn Sie einverstanden sind.«

»Ich habe sowieso einen langfristigen Arbeitsvertrag mit ihm, da läßt es sich schon einrichten, daß er während der Schur für ein paar Wochen bei euch arbeitet. Er ist mit der ganzen Familie hier – eine Riesensippe.« Der Schafzüchter schob seinen Hut in den Nacken und lächelte. »Im alten Haus geht es jetzt mächtig rund.«

»Beim Bach unten ist mir ein Mädchen über den Weg gelaufen. Die gehörte dann vermutlich dazu. Ich hatte aber überhaupt keine Chance, mit ihr zu sprechen. Sie ist sofort davongehuscht wie ein verschrecktes Häschen«, erzählte Barney lächelnd. »Übrigens war sie sehr hübsch.«

»Normal ist das ja nicht, Barn, daß die Mädchen

vor dir davonlaufen«, entgegnete Keith Pemberton und grinste ein klein wenig schadenfroh. »Wahrscheinlich war das die Älteste. Wir hatten sie alle zum Abendessen bei uns. Du findest McBride – Bob – jedenfalls unten am See. Er meint, daß er die kaputte Pumpe wieder hinkriegen kann. Sag ihm, daß du mit mir gesprochen hast, und grüß deinen Vater.«

Barney bedankte sich, stieg wieder aufs Pferd und ritt zum See, der ganz in der Nähe des Grenzzauns zu Amba lag.

Er begrüßte Bob McBride, der wieder einmal ölverschmiert war und einen Schraubenschlüssel in der Hand hielt. »Eigentlich bin ich ja kein Mechaniker, aber jedesmal, wenn wir uns begegnen, schraube ich an irgendwelchen Maschinen herum«, sagte er grinsend.

In wenigen Sätzen erklärte ihm Barney, er habe mit Keith Pemberton gesprochen, der damit einverstanden sei, daß er den Holtens beim Scheren aushelfe, falls er interessiert sei.

Bob McBride richtete sich auf. »Tja, schlecht wäre das nicht. Als Schafscherer bin ich nämlich viel besser zu gebrauchen als als Mechaniker. Wann bräuchten Sie mich denn?«

»Mehr oder weniger sofort. Wir haben unsere Mannschaft beinahe zusammen. Die übrigen drei Scherer treffen morgen abend ein.«

»Gut, dann erledige ich hier morgen alles Wichtige. Wieviele sind's denn?«

»Zehntausend. Da können wir wirklich noch etwas Hilfe gebrauchen. Sie wohnen ja gleich nebenan, das paßt gut. Natürlich können Sie auch gerne in der Hütte bei den anderen Scherern übernachten, falls ...«

»Nein danke. Nicht, wenn ich auch in meinem eigenen Bett schlafen kann.« Nach kurzem Nachdenken setzte er lächelnd hinzu: »Abgesehen davon würde mein Clan mich bestimmt vermissen.«

»Gut, das wäre dann also geregelt.« Barney reichte ihm die Hand. »Wenn Sie rüberkommen, lernen Sie auch meinen Vater kennen. Ach, übrigens, wie groß ist der Clan denn?«

Bob McBride erwiderte Barneys Lächeln mit einem breiten Grinsen: »Groß ... jedenfalls groß genug, um mich jeden Tag bei Laune zu halten.«

Nachdem McBride gegen Abend sein Werkzeug weggeräumt hatte, suchte er Keith Pemberton, um ihm zu danken.

»Keine Sorge, Gwen und ich werden hier trotzdem ein Auge auf alles haben. Der junge Holten scheint ein netter Bursche zu sein. Ist er der Älteste?« McBride wußte, daß der älteste Sohn eines Farmers dem Vater üblicherweise zur Hand ging.

»Nein, er ist der einzige«, erwiderte Pemberton.

»Auch keine Mädchen?«

»Nein.«

McBride verstand den Wink und fragte nicht weiter.

»Da fällt mir ein«, wechselte Pemberton das Thema: »Hätten Ihre Mädchen vielleicht Spaß an ein paar Hühnern? Ich habe heute in der Stadt eine Kiste mit Küken angeboten bekommen.«

»Das würde ihnen sicher gefallen. Und die Eier könnten wir auch gebrauchen. Gwen backt sehr gern.«

»Dann schicken Sie doch eines der Kinder zu uns hoch, um sie abzuholen. Meine Frau hat sie irgendwo im Hof hinter der Küche untergebracht.«

McBride schlenderte zum Haus zurück, aus dessen Schornstein Rauch aufstieg. Der Duft von frischgebackenem Kuchen wehte von der Küche her, und die Zwillinge schubsten abwechselnd den kleinen Brian an, der auf der an einem Ast des Maulbeerbaums angebrachten neuen Schaukel saß. Abby kauerte, das Kinn in die Hand gestützt, auf der Hintertreppe und sah ihnen beim Spielen zu.

»Hallo, Rasselbande. Wo ist Kev?«

»Hackt gerade Brennholz für Mama«, antwortete Abby. »Du siehst so zufrieden aus, Daddy.«

»Rutsch mal rüber.« Er zwängte sich neben sie auf die alte, verwitterte Holztreppe und legte ihr einen Arm um die Schulter. »Gefällt's dir hier? Ich weiß, viel zu tun gibt es nicht für dich, aber du kannst deiner Mutter eine Zeitlang unter die Arme greifen. Ich bin mir sicher, es findet sich bald eine Arbeit.« Er drückte sie kurz an sich.

Abby lächelte ihn liebevoll an. »Es ist schön hier. Mama fühlt sich sehr wohl. Und wenn die Kleinen erst einmal in der Schule sind, fange ich an, mich nach einer Arbeit umzusehen. Mach dir um mich keine Sorgen, Dad.«

»Du bist ein gutes Mädchen, Abby. Nie beklagst du dich. Aber manchmal solltest du auch an dich selbst denken, Liebling. Nicht immer nur an die anderen.«

»Wenn's drauf ankommt, tue ich das schon.«

»Erzähl mal, was hast du heute unternommen?«

»Ich habe die Gegend erkundet. Bin ein bißchen den Bach hinaufgegangen. Da gibt's eine prima Stelle zum Schwimmen ...« Beim Gedanken an den Jungen – oder vielmehr den Mann – auf dem Pferd, vor dem sie weggerannt war, wurde Abby wieder ganz heiß, und sie schwieg für einen Moment. Wahrscheinlich hielt er sie für völlig unreif, für eine alberne Gans. Als sie jetzt darüber nachdachte, wurde ihr klar, daß er sie schon länger beobachtet haben mußte. Vermutlich hatte er gehofft, sie würde ganz nackt baden gehen.

»Sag mal, was geht dir denn durch den Kopf? Du machst ein Gesicht wie hundert Tage Regenwetter. Stimmt irgendwas nicht?«

»Ach, es ist nichts. Unterwegs ist mir so ein Junge auf einem Pferd begegnet. Ich habe mich nur ein bißchen erschreckt, das ist alles.«

»Aha, das muß Barney Holten gewesen sein. Der war wegen mir da.«

Abby zuckte zusammen. »Wieso das denn? Wer ist er?«

»Seinem Vater gehört die Nachbarfarm, Amba. Sie haben mir einen Job als Scherer angeboten. Das ist gutes Geld. Deine Mutter weiß noch gar nichts davon.«

»Und was wird mit deiner Arbeit hier?« Abby sah besorgt aus.

»Zerbrich dir darüber nicht den Kopf, Schatz. Mr. Pemberton ist einverstanden. Ich kann während der Schersaison für die Holtens arbeiten. Finde ich sehr anständig von ihm.«

»Wahrscheinlich hat er gemerkt, was für ein guter Arbeiter du bist, und will dich nicht verlieren«, sagte Abby liebevoll.

Sie wußte, wie geschickt ihr Vater war und daß er nichts dafür konnte, daß seine Arbeitsverhältnisse häufig nicht von Dauer waren, so daß die Familie oft umziehen mußte. Sie war voller Bewunderung für die unerschütterliche gute Laune ihrer Mutter, die fest hinter ihrem Vater stand. Ganz egal, was auch passierte, sie hielt immer zu ihm und beklagte sich nur ganz selten. Die Familie hatte schon an so vielen Orten gelebt, und trotzdem war die Ehe ihrer Eltern liebevoll, intakt und glücklich geblieben. Abby hoffte, daß auch sie eines Tages einen Mann kennenlernen würde, der diese Loyalität und Hingabe in ihr erwecken konnte.

Bob McBride erhob sich. »So, jetzt suche ich besser mal nach deiner Mutter und erzähle ihr die Neuigkeiten. Hmmm, das duftet aber lecker.« Er drehte sich noch einmal um. »Wir bekommen übrigens Familienzuwachs. Pemberton hat ein paar Hühner für uns. Du wirst mir helfen müssen, einen Stall zu bauen.«

Abby klatschte in die Hände. »Das ist ja toll. Die Kleinen werden begeistert sein.«

Bob McBride ging ins Haus. Ihm war anzusehen, wie zufrieden er mit sich und der Welt war.

# VIERTES KAPITEL

Der Scherschuppen war achtzig Jahre alt. Seine Wände, auf denen ein hohes, spitz zulaufendes, rostiges Wellblechdach ruhte, waren aus massiven unbehandelten Holzbrettern gezimmert. Die vom Wollfett geschwärzten, abgenutzten Bodenplanken hatten die Patina der Zeit angenommen. Glatte Pfeiler aus massiven Stämmen stützten das hochaufragende Dach. Es gab vier Scherstände, hinter denen sich jeweils schmale Boxen mit Schwingtüren befanden. Rutschen führten zu den Pferchen nach draußen. Die schweren Tische, auf denen die Wolle klassiert wurde, rochen nach Wollfett, und die Wollpackpresse war ein altmodischer Apparat, der jedoch seinen Zweck erfüllte und die Wolle in grobe Jutesäcke drückte.

Der Schuppen stand auf Pfählen, so daß die Schafe auch unter das Gebäude getrieben werden konnten, falls es während der Schur zu regnen anfing. Die meiste Zeit des Jahres stand er leer und wurde, wenn man von den darin nistenden Schwalben und Spatzen absah, nicht genutzt. Aber jetzt war der große Raum mit Leben und Energie erfüllt. Lautes

Stimmengewirr mischte sich mit dem Surren der Schermaschinen, dem Blöken der Schafe und Scharren der Hufe, wenn die geschorenen Tiere über die Rutschen wieder nach draußen befördert wurden. Das Scheren war eine anstrengende und schweißtreibende Tätigkeit.

Der metallische Gong einer Eisenstange, die auf ein Pflugmesser geschlagen wurde, brachte die Arbeit zum Stillstand. Die Scherer fertigten die letzten Schafe ab und richteten sich dann auf, um zu ihrer Unterkunft hinüberzuschlendern, wo der Koch das Mittagessen vorbereitet hatte.

Bob McBride streckte sich und rieb sich den Rücken, als er zu der Waschschüssel ging, die vor der Hütte stand. Er wusch sich Hände, Gesicht und Arme mit Kernseife, nahm dann seinen speckigen Filzhut ab, hielt ihn unters laufende Wasser und setzte ihn sich wieder auf den Kopf. Das Wasser rann seinen sehnigen Nacken hinab und hinterließ dunkle Flecken auf seinem marineblauen Unterhemd. Derart erfrischt setzte er sich an den langen Holztisch zu den anderen. Der Hitze zum Trotz füllten die Scherer sich ihre Teller randvoll mit dampfender *Shepherd's Pie*, Kürbisgemüse und Erbsen und übergossen das Ganze anschließend großzügig mit Bratensoße. Bevor der Koch den Vanillepudding mit Dosenpfirsichen servierte, wischten sie ihren Teller mit dicken, butterbeschmierten Brotscheiben aus. Nach dem Essen zündeten die Männer sich Zigaretten an und reichten die große Blechkanne mit Tee herum.

Barney Holten erschien und schenkte sich ebenfalls einen Becher ein. »Wie läuft's denn so?« wollte er wissen.

»Uns fehlt ein Mann. Der Junge, der aushelfen sollte, ist nicht aufgetaucht«, verkündete einer der Männer.

»Stimmt, wir brauchen noch einen, der da drinnen bißchen mit Hand anlegt. Können Sie nicht jemanden auftreiben? Für morgen vielleicht?«

»Ich sehe zu, was sich machen läßt«, versprach Barney.

Als die Männer zum Schuppen zurückkehrten, kam Barney auf Bob McBride zu. »Sie haben nicht zufällig noch einen kräftigen Jungen in ihrer Familie?«

»Um beim Scheren auszuhelfen?«

Barney nickte.

McBride schnippte seine Zigarette in den Sand. »Nein, aber dafür habe ich eine sehr fleißige Tochter. Abby hat schon öfter bei der Schur mitgearbeitet. Sie wäre sicher dabei, wenn die Männer nichts dagegen haben.«

Barney zögerte noch. Ihm fiel sonst niemand ein, der so kurzfristig einspringen konnte. Aber das letzte, was sie gebrauchen konnten, war ein nutzlos in der Gegend herumstehendes Mädchen. Wenn sie allerdings schon beim Scheren ausgeholfen hatte, würde sie sich von den Männern nicht einschüchtern lassen und wüßte, was sie zu tun hatte. »Warum nicht? Dann frage ich sie mal, ob sie Lust hat.«

Abby hatte sich für den Transport der Hühner ein paar Säcke besorgt und fuhr mit Kevin, der helfen wollte, im Pritschenwagen zu den Pembertons hinauf. Mrs. Pemberton führte sie zu einem kleinen Gehege, in dem das Geflügel vorübergehend untergebracht war.

»Es sind hauptsächlich kleine Bantamhühner, ein paar Australorps und zwei Hähne«, erklärte sie und zeigte auf die buntgemischte Gruppe, die ängstlich durch den Maschendraht äugte.

»Was ist denn das große Braune für eins?« fragte Kevin.

»Ach das, das ist ein Truthahn. Obwohl er noch ein Baby ist, ist er schon fünfmal größer als seine winzige Mutter. Er ist offenbar von dieser weißen Bantamhenne ausgebrütet worden. Aber jetzt sieht es so aus, als wolle sie mit dem Riesenmonster, das da aus dem Ei gekrochen ist, nichts mehr zu tun haben«, erzählte Sarah Pemberton lachend. »Schaut doch noch mal bei mir rein, wenn ihr hier fertig seid, dann bekommt ihr was Kaltes zu trinken.«

Kevin zwängte sich in den Stall und fing die kreischenden und mit den Flügeln flatternden Vögel ein. Abby band ihnen anschließend die Beine zusammen und bugsierte sie in den Sack. »Warum machst du dir überhaupt die Mühe, die Beine zusammenzubinden, Abby? Wir haben es doch nicht so weit«, fragte Kevin und stürzte sich mit sichtlichem Vergnügen auf den letzten Hahn. »Ha, hab ich dich!« keuchte er triumphierend.

»Wenn sie in Panik geraten oder miteinander kämpfen, könnten sie sich mit den Krallen gegenseitig verletzen«, erklärte Abby ihm. »So kann nichts passieren.«

Kurze Zeit später standen Abby und Kevin vor der Küchentür und wurden von Mrs. Pemberton, die bereits Früchtekuchen und Gläser mit Fruchtsaft auf den Tisch gestellt hatte, hereingebeten. »Greift zu. Habt ihr euch unten denn schon eingerichtet?«

»Vielen Dank, Mrs. Pemberton. Ja, wir fühlen uns hier wirklich wohl«, antwortete Abby mit einem warmen Lächeln. »Ab nächste Woche gehen die Kleinen in die Schule, und ich will mir eine Arbeit suchen. Sie wissen nicht zufällig etwas in der Stadt?«

»Nein, leider nicht. Aber ich bin mir sicher, daß du recht bald etwas finden wirst.« Was für ein nettes Mädchen diese Abby ist, dachte sie bei sich. »Was suchst du denn für eine Arbeit?«

»Ach, das ist mir eigentlich egal. Ich habe schon alles mögliche gemacht.«

»Sparst du vielleicht für eine Reise ins Ausland, oder ist es für die Aussteuer?«

»O Gott, nein. Nichts dergleichen. Ich möchte meiner Familie nur etwas unter die Arme greifen. Ich bin noch nie auf den Gedanken gekommen, ins Ausland zu reisen«, erwiderte Abby. Und für den Fall, daß das vielleicht zu bescheiden klang, setzte sie rasch hinzu: »Später vielleicht, wenn ich verheiratet bin.«

»Eine Reise in die Flitterwochen«, sagte Sarah Pemberton lächelnd.

»Ja genau, das wäre schön.« In diesem Augenblick bemerkte Abby, daß Kevin heimlich nach einem zweiten Stück Kuchen griff. »Kev! Frag Mrs. Pemberton vorher, ob du überhaupt ein zweites Stück haben kannst!«

Mit hochrotem Kopf zog Kevin eilig seine Hand zurück, und Abby und Mrs. Pemberton brachen in lautes Lachen aus.

»Der Kuchen schmeckt aber auch wirklich gut«, sagte Abby.

»Leider ist er bloß gekauft. Ich hatte diese Woche keine Zeit zu backen – außerdem backe ich sowieso nicht besonders gut. Nimm dir ruhig noch, Kevin. Habt ihr eigentlich Hühnerfutter? Nein? Dann gebe ich euch noch etwas von unserem Korn mit, damit sich eure Hühner gleich wohlfühlen.«

Als Abby und Kevin wieder zu Hause waren, stellten sie sich in den behelfsmäßig errichteten Hühnerstall, öffneten die Säcke und begannen die Hühner herauszuholen, um sie von ihren Fesseln zu befreien. Abby hielt gerade einen zornigen Hahn fest, während Kevin mit seinem stumpfen Messer an der Schnur herumsäbelte. Dann gab er plötzlich einen Schrei von sich. Dem Truthahn war es gelungen, sich aus seinem Sack zu befreien. Mit einem schrillen Kreischen spreizte er die prächtigen Flügel und suchte trotz seiner zusammengebunden Beine das Weite.

»O nein! Paß auf die anderen auf, Kev. Ich fange

ihn wieder ein.« Abby rannte dem wild flatternden Vogel hinterher, der in etwa ein Meter Höhe davonflog. Alle zehn Meter kam er mit einer Bruchlandung zu Boden, aber jedesmal, wenn Abby ihn packen wollte, flog er wieder taumelnd in die Höhe.

»Komm sofort zurück, Tom Turkey – du blödes Vieh!« rief Abby ihm verzweifelt nach.

Quer über die Koppel ging es, der Puter taumelte zwischen Himmel und Erde, und Abby lief ihm stolpernd hinterher. Sie wollte das arme Tier unbedingt wieder einfangen, weil sie befürchtete, daß es mit den zusammengebundenen Füßen in der Freiheit keine Überlebenschance hatte.

Mitten in der Flugbahn des Puters tauchte unversehens der kleine Stausee auf, in dem er prompt mit einem lauten Platschen landete. Flügelschlagend gelang es ihm, sich eine Zeitlang über Wasser zu halten, aber schließlich saugten seine Federn sich voll, und er ging unter.

Abby erreichte im Laufschritt des Ufer des Tümpels und warf sich, ohne zu Zögern, mit einem grandiosen Bauchklatscher an der Stelle ins Wasser, an der der Vogel versunken war. Im Trüben wild um sich greifend, bekam sie ihn endlich zu fassen, zog ihn an die Oberfläche und kämpfte sich vorwärts, bis sie wieder Boden unter den Füßen spürte.

»Hab ich dich, du verrückter Vogel!«

Sie klemmte sich den triefenden Puter fest unter den Arm und wankte aus dem Wasser. Ihre Hosen und die Bluse waren völlig durchnäßt und klebten an ihrem Körper. Der Pferdeschwanz hing tropfnaß über die Schulter, und als sie sich das Wasser aus den Augen rieb, verteilte sie den Schlamm dabei noch im Gesicht.

Plötzlich hörte sie das Geräusch eines sich nähernden Wagens und blieb stehen. Als das Auto neben ihr anhielt, erkannte sie durch die Scheibe das grinsende Gesicht von Barney Holten.

Er kurbelte das Fenster herunter: »Alle Achtung. Das war ja eine tolle Jagd.«

»Wieso spionieren Sie mir eigentlich jedesmal nach, wenn ich ins Wasser gehe?« wollte Abby wissen.

»Ich habe Ihnen doch nicht nachspioniert – ich sah Sie nur über die Koppel rennen ...« Barney schwieg plötzlich und wurde rot. »Da unten am Bach habe ich doch nur vermutet, daß Sie schwimmen waren. Ich habe Sie überhaupt nicht im Wasser gesehen.«

»Nur vermutet, was?« wiederholte Abby spöttisch.

»Aber ja. Sie kamen aus der Richtung des Wasserlochs, und Ihr Haar war naß. Oder haben Sie da etwa auch nach Vögeln getaucht?«

Abby wurde klar, daß sie sich in ihm verschätzt hatte, und sie blickte zu Boden.

»Darf ich fragen, wie der Truthahn überhaupt in den Stausee kam?« sagte er.

Abby mußte lächeln. »Beinahe wäre er uns entkommen. Seine Füße sind zusammengebunden, weil ich ihn gerade erst von den Pembertons geholt habe. Er hält sich übrigens für ein Bantamhuhn«, sagte sie kichernd.

»Oder für eine Ente«, fügte Barney mit einem breiten Lächeln hinzu.

»Hören Sie, Sie sind doch Abigail, oder? Ich bin nämlich gekommen, um Sie etwas zu fragen. Ich habe vorhin mit Ihrem Vater gesprochen. Übrigens bin ich Barney Holten von Amba.«

»Ich weiß. Dad arbeitet als Scherer für Sie.«

»Genau. Tja, es ist so, wir bräuchten noch eine Hilfe im Schuppen, und ihr Vater meinte, daß Sie eventuell an dem Job interessiert seien. Sie wissen schon, den Boden fegen, lose Wolle einsammeln, mit den Wollvliesen helfen, die Schafe in die Pferche treiben und ...«

»Ich weiß schon, was gemacht werden muß«, unterbrach Abby ihn. »Ich habe schon öfter beim Scheren geholfen.«

»Dann hätten Sie also Interesse? Ich brauche so bald wie möglich jemanden. Natürlich zahle ich Ihnen soviel wie dem anderen Jungen, der aushilft.«

Es war Abby etwas peinlich, daß er ihr einen Job anbot, während sie verdreckt und durchnäßt dastand und einen ebenso nassen Truthahn an sich drückte. Aber sie wußte, wenn sie zusagte, bedeutete das für mindestens zwei Wochen Arbeit und gutes Geld.

»Einverstanden. Ich mache mich frisch und komme dann nachmittags rüber.«

»So eilig ist es auch nicht, der Tag ist ohnehin fast vorbei. Es reicht, wenn Sie morgen früh anfangen. Und viel Glück mit dem Truthahn, ich hoffe, er bleibt Ihnen bis Weihnachten erhalten!« Lachend fuhr Barney davon.

Abby sah zu, wie sein Wagen in einer Staubwolke verschwand und machte sich dann auf den Weg zurück zum Hühnerstall, wo Kevin und die Zwillinge die immer noch aufgeregt gackernden Tiere mit Körnern fütterten.

Am folgenden Morgen war Abby in aller Frühe zur Stelle. Sie trug einen praktischen Arbeitsoverall und Stiefel, hatte das Haar zurückgebunden und keinen Lippenstift aufgelegt. Nachdem ihr Vater sie den Männern vorgestellt hatte, begann sie unverzüglich und ohne eine Einweisung zu benötigen, sich nützlich zu machen, zu fegen und die antiseptische rote Tinktur auf die Schnittwunden zu tupfen, die gelegentlich vorkamen, wenn den Scherern die Klinge ausrutschte. Sie arbeitete unauffällig, schnell und sehr ruhig. Mit Schafen kannte sie sich aus, und als sie gebeten wurde, ein weiteres Dutzend Tiere aus dem Hof in den Pferch zu treiben, erledigte sie auch diese Aufgabe, ohne mit der Wimper zu zucken.

Während der Teepause am Vormittag saß sie ruhig neben ihrem Vater und machte sich hungrig über das Gebäck und den Tee her, später half sie dem Wollpacker und erkundigte sich beim Klassierer nach den verschiedenen Wollarten und fragte ihn, wo er bereits überall gearbeitet hatte. Als sie am Ende des Tages mit ihrem Vater nach Hause fuhr, war sie völlig erschöpft.

Gwen erwartete sie bereits an der Haustür. »Der Ofen im Bad bullert schon wie eine kleine Dampfmaschine. Los, Abby, leg dich in die Wanne und laß dich einweichen.«

»Das wäre prima. Danke, Mama.«

»Na, wie hat sie sich gemacht?« fragte Gwen und legte ihrem Mann den Arm um die Hüfte.

»Gut. Sie ist eine großartige kleine Arbeiterin. Stellt sich kein bißchen an. Die anderen Burschen fanden sie auch sehr nett. Wie wär's jetzt mit einer kleinen Rückenmassage. Ich vergesse immer, daß Scheren nur ein anderes Wort für Kreuzschmerzen ist.«

Im Laufe der folgenden zehn Tage machte Barney sich auffallend häufig in der Nähe des Scherschuppens zu schaffen, brachte Brandzeichen an oder trieb die Schafe in den Pferch und die fertig geschorenen auf andere Koppeln. Der Schuppen gehörte zu seinem Aufgabengebiet, wenn auch sein Vater einmal vorbeikam, um die Qualität der Vliese zu begutachten. Aber er stellte dem Klassierer lediglich einige Fragen, begrüßte die Männer, die ihn mißtrauisch ansahen, mit einem knappen Kopfnicken und ging dann wieder.

Während er seine Arbeit tat, ertappte Barney sich dabei, daß er Abby bei jeder sich bietenden Gelegenheit beobachtete. Obwohl sie sich sehr im Hintergrund hielt, weckte sie seine Aufmerksamkeit.

Sie war nicht nur hübsch, fand er, sondern strahlte eine hinreißende Natürlichkeit aus.

Einerseits wirkte sie durch ihre unverdorbene und ungekünstelte Art jünger, als sie tatsächlich war, gleichzeitig kam sie ihm jedoch im Vergleich zu einigen anderen Mädchen, die er kannte, wesentlich reifer vor. Sie strahlte Stärke aus und besaß ganz offensichtlich Verantwortungsbewußtsein.

Barney sah ihr bei der Arbeit im Schuppen zu und stellte fest, daß sie keine Anstrengungen scheute. Einmal beobachtete er, wie sie sich mit einem störrischen Schaf abmühte, und als es ihr endlich gelungen war, das Tier in die Nähe des Pferches zu drängen, schwang er sich rasch zu ihr über den Zaun und half ihr es hochzuheben.

»Danke. Das ist ein echter Riese. Wiegt bestimmt eine Tonne«, bedankte sich Abby keuchend.

Beinahe hätte er gesagt, sie solle nicht zu schwer heben, aber dann verkniff er sich diese persönliche Bemerkung lieber. Sie würde schon selbst wissen, was sie sich zumuten konnte. Ihr Lächeln war ihm Dank genug, und er summte fröhlich vor sich hin, als er sich wieder an die Arbeit machte.

Wenn Abby es nicht hören konnte, wiesen die anderen Männer McBride scherzhaft darauf hin, daß der Boß verdächtig oft in der Nähe sei und jedesmal stehenbliebe, um ein paar Worte mit seiner Tochter zu wechseln. Obwohl Bob genau wußte, daß sie ihn nur auf den Arm nehmen wollten, machte er sich Gedanken darüber. Eines Abends brachte er das Thema auf dem Nachhauseweg zur Sprache.

»Der junge Holten scheint sich recht gern mit dir zu unterhalten, Abby. Ich weiß genau, daß du nichts dafür kannst, aber ... naja, ich wollte dir nur sagen, daß du aufpassen solltest. Wir wollen doch nicht, daß es Gerede gibt.«

»Dad! Ich habe nicht mal Pieps gesagt! Wenn er stehenbleibt, um mit mir zu reden, kann ich ihn doch schlecht ignorieren. Das wäre doch unhöflich, oder?«

»Natürlich, Abby. Aber du hast mir doch erzählt, daß er dich schon vorher einmal angesprochen hat. Ich möchte nur nicht, daß du ausgenutzt wirst. Ganz abgesehen davon, daß du das hübscheste Mädchen im ganzen Landkreis bist, hat er dich ja sozusagen gleich zur Hand.«

»Ich kann schon selbst auf mich aufpassen, Dad. An dem Tag, als ich schwimmen war, habe ich wirklich gedacht, daß er mir nachspioniert, aber das hat gar nicht gestimmt. Ich glaube, er ist in Ordnung. Außerdem kann ich mir nicht vorstellen, daß er auf die Idee kommt, mit jemandem wie mir etwas anfangen zu wollen.«

»Jedenfalls nicht in der Öffentlichkeit«, sagte ihr Vater trocken. »Sei einfach etwas zurückhaltender.«

»Das bin ich schon, da mach dir mal keine Sorgen.«

Bob McBride klopfte ihr leicht aufs Knie. »Du lernst sicher bald einen netten jungen Burschen kennen. Wie wär's, wenn du mit Mama in die Stadt fährst und dir ein neues Kleid leistest, sobald du deinen Lohn bekommen hast. Kauf dir doch was

Hübsches zum Tanzengehen. Es wird eine Menge Tanzveranstaltungen geben. Und wenn die Jungs dich erst einmal entdeckt haben, wirst du mehr Verehrer haben, als du bewältigen kannst.«

Abby lachte und hob in gespielter Arroganz das Kinn. »Mit denen werde ich schon fertig, Dad. Laß sie nur kommen.«

Beide lachten, der Wagen holperte die ausgefahrene Straße entlang, und Bob begann zu singen – *»I'm looking over a four-leafed clover that I overlooked before ...«*

Aber Abby blieb still, während ihr Vater sang und dachte über das nach, was er gesagt hatte. Sie wußte, daß er recht hatte, obwohl ihr niemals in den Sinn gekommen wäre, daß jemand wie Barney Holten sich für sie interessieren könnte. Sie kannte natürlich den Klatsch über die Söhne wohlhabender Farmer, die sich mit Mädchen aus der Stadt oder mit den Obstpflückerinnen, die für sie arbeiteten, einließen. Ihre Mutter nannte diese Mädchen »ordinär«. Jedenfalls waren sie keine zukünftigen Ehefrauen – die suchten sich die Jungen in ihren eigenen Kreisen –, und wer sich auf einen Flirt mit ihnen einließ, kannte dieses ungeschriebene Gesetz. Abby hatte jedenfalls nicht vor, eine von denen zu werden, über die sich die Damen auf ihren Teekränzchen das Maul zerrissen.

Sie erinnerte sich, daß ihre Mutter früher, als sie in der Nähe einer Stadt lebten, einige Male zu Teegesellschaften und einmal auch zu einer Bridgeparty gegangen war. Eines Abends war sie nach einem solchen Anlaß nach Hause zurückgekehrt, hatte in der Küche ihre Hutnadel aus dem Hut gezogen, diesen wie einen Schild vor sich gehalten und mit der langen perlengeschmückten Nadel als Fechtwaffe begonnen, Hiebe und Stiche gegen unsichtbare Gegner auszuteilen.

»... und dann sagte sie, Mabel Clarkson sei ja so furchtbar eingebildet ...« Sprung nach vorn. Stich. »... haben Sie schon gehört, daß Tom Ogilvy ein Alkoholproblem haben soll ...?« Ausfall zur Seite. Hieb. »... aber, das weiß doch jeder, daß Betty Smith all ihre Kleider vom Roten Kreuz holt ...« Getroffen. Sieg nach Punkten!

Ihre um den Küchentisch sitzenden Kinder hatten vor Lachen nicht mehr an sich halten können, als sie erschöpft in einen Stuhl sank und sich mit ihrem Hut Luft zufächerte. »Das war's, Kinder. Noch so eine schreckliche Hühnerparty macht eure Mutter nicht mehr mit.«

In den Kleinstädten, in denen den trivialsten Ereignissen größte Bedeutung zukam, spielte Klatsch eine große Rolle, und Abby hatte durch Beobachtung gelernt, daß das schlimmste Gerede dadurch verursacht wurde, daß jemand nicht wußte, wo sein ›Platz‹ war. Es gab bestimmte Abstufungen im gesellschaftlichen Status – obwohl man sie niemals offen als Klassen bezeichnete –, die strengen althergebrachten Regeln folgten. Einkommen, Beruf und familiärer Hintergrund, all diese Faktoren bestimmten die hierarchische Ebene, auf der man sich bewegte, ihre Grenzen wurden strengstens eingehalten, und jeder verkehrte strikt unter ›seinesgleichen‹. Weil das so war, würde sie Barney Holten nicht mehr Aufmerksamkeit schenken, als nötig war, um nicht als unhöflich zu gelten. Sie stammten nicht aus derselben Gesellschaftsschicht – schließlich arbeitete ihr Vater für ihn.

Am letzten Schertag ging Barney los, um seine Mutter zu suchen. Er fand sie im kühlen Dämmerlicht des Wohnzimmers, wo zarte Gardinen das Sonnenlicht fernhielten. Diet und Tucker lagen zusammengerollt neben ihrem Fußschemel, und sie war völlig in die Stickerei vertieft, an der sie im Lichtschein der fransenbesetzten Stehlampe arbeitete, die hinter dem Sofa stand.

»Mutter …?«

»Ja, Liebling?« antwortete sie, ohne aufzublicken, und betrachtete stirnrunzelnd einen nicht ganz perfekten rosafarbenen Stich in der Rosenblüte, an der sie gerade stickte.

»Morgen sind wir mit dem Scheren fertig.«

»Das ist schön, Liebling.«

»Ich habe mir überlegt, daß es vielleicht angebracht wäre, wenn ich allen zum Ausstand noch etwas zu trinken spendiere und ein kleines Barbecue veranstalte, bevor sie abfahren.«

Enid sah überrascht auf. »Meinst du etwa so eine Art Party? Für die Arbeiter? Aber wozu denn, Liebling? Schließlich werden sie doch anständig bezahlt.«

Barney verteidigte sich: »Es soll ja kein großes

Fest werden. Aber die Männer sind viel schneller fertig geworden, als wir erwartet hätten.«

»Gott, was soll ich dazu sagen? Sprich mit deinem Vater. Du erwartest hoffentlich nicht, daß ich dir dabei helfe. Der Koch ist doch auch noch da, oder etwa nicht?« Enid sah ihn beunruhigt an.

»Mach dir keine Sorgen, Mama. Ich kümmere mich um alles. Ich dachte nur ... Ach, laß gut sein.« Barney ging in die Küche, wo Mrs. Anderson gerade Brot aus dem Ofen zog. Jim Anderson saß an dem kleinen Tisch, sein Hut lag neben seinem Becher mit Tee.

»Hallo, Barney. Setz dich doch auf eine Zigarette zu mir.« Er erhob sich und griff nach einem der Becher, die unter einem Sims über dem Herd hingen.

»Warum nicht? Hätten Sie auch ein Stück Kuchen, Mrs. Anderson?«

»Unter dem Fliegenschutz auf dem Tisch da. Es ist nur ein ganz einfacher Sandkuchen«, antwortete sie und klopfte die Backformen gegen den Ofen, um die Brote darin zu lockern.

Barney goß sich aus der blau-weiß gestreiften Kanne Milch in den Tee. »Ich habe vor, morgen zum Ausstand ein Barbecue zu veranstalten, bevor alle abfahren«, erklärte Barney und erntete dafür verdutzte Blicke von den Andersons. »Könnten Sie einen Kuchen backen, Mrs. Anderson? Um alles andere kümmert sich der Koch.«

»Aber sicher mache ich das. Ich backe zwei große Früchtekuchen.«

»Sie beide sind übrigens auch herzlich eingeladen.

Es ist nichts Großartiges, nur Steaks, Koteletts und ein paar Bier.«

»Danke, wir kommen gern.« Jim Anderson trank seinen Tee aus. »Gute Schur dieses Jahr?«

»Ja, der Klassierer rechnet damit, daß wir einen anständigen Preis erzielen können. Hoffen wir, der Markt hält sich auch weiterhin so gut. Ich ziehe dann mal wieder los, habe noch ein paar Dinge zu erledigen.« Als die mit einem Fliegennetz bespannte Tür hinter Barney zufiel, blickten Jim und Rene Anderson sich mit hochgezogenen Augenbrauen an.

»So etwas hat es noch nie gegeben«, erklärte Phillip Holten streng. »Völlig überflüssige Sache. Gib ihnen ihr Geld und laß sie in der Stadt in irgendeinem Pub feiern.«

»Ach, das machen sie sowieso, da bin ich mir sicher«, erwiderte Barney. »Aber nachdem wir so gut zusammengearbeitet haben, würde ich mich gern mit dieser Geste erkenntlich zeigen. Es sind doch nur ein paar Bier und ein Barbecue.«

»Barnard, daß ich dir das erste Mal freie Hand gelassen habe und du die Schur ganz allein durchgeführt hast, bedeutet nicht, daß du diesen Männern etwas schuldig bist. Du hast ihnen einen Gefallen getan, indem du ihnen Arbeit gegeben hast.«

»Aber sie waren nicht verpflichtet, in so kurzer Zeit so schwere Arbeit zu leisten.« Barney wußte, daß Streitigkeiten mit Scherern, die mit den Arbeitsbedingungen unzufrieden waren, sich verheerend auf einen Betrieb auswirken konnten. »Auf diese Weise bekommen wir vielleicht auch nächstes Jahr eine gute Mannschaft zusammen. Du weißt doch, wie sich so etwas herumspricht.« Barney hatte bei den Gesprächen der Männer zugehört und wußte, daß unter ihnen eine Art schwarze Liste unbeliebter Farmen und Schafzüchter kursierte.

»Wie du meinst. Aber es ist deine Sache. Ich schaue vielleicht kurz vorbei, mehr nicht. Und solange ich auf Amba noch das Sagen habe, würde ich es begrüßen, als erster über deine Einfälle informiert zu werden.« Er drehte sich auf dem Absatz um und ging eilig auf die Bibliothek zu.

Enid hatte den Wortwechsel zwischen ihrem Mann und ihrem Sohn mitgehört und spürte, wie sich ihr Herz voller Traurigkeit zusammenzog.

Mit wild klopfendem Herzen ging sie nach draußen auf die Veranda und beobachtete die Hunde, die im Gras herumschnüffelten, während langsam die Dämmerung übers Land kroch. Die Sorge um das gestörte Verhältnis zwischen Barney und Phillip reichte so tief, daß der Schleier der Gleichgültigkeit zerriß, der normalerweise verhinderte, daß sie die Welt zu deutlich wahrnahm. Jedesmal, wenn Barney sich gegen Phillip behauptete, sah dieser sich in seiner Autorität angegriffen. Ließ ihr Sohn den Dingen aber ihren Lauf, ohne zu versuchen, sich durchzusetzen oder die Initiative zu ergreifen, bemängelte Phillip sein fehlendes Rückgrat. Sie begriff mit einem Mal, daß auch Barney wußte, daß er es Phillip niemals würde recht machen können. Die völlig grundlose Verbitterung und Wut, mit der Phillip ihm begegnete, hatte das Vater-Sohn-Verhältnis nachhaltig getrübt. Und sie trug die Schuld daran.

Phillip hatte seine Unzufriedenheit über ihre Ehe auf den Sohn übertragen. Bilder aus der Vergangenheit, die zu vergessen sie sich soviel Mühe gegeben hatte, drängten an die Oberfläche. Die hübsche junge Frau, die sie einmal gewesen war, die sich in den Bruder ihrer Schulkameradin verliebt hatte. Ihre leidenschaftliche Romanze, der erste Weltkrieg, die Verlobung, sein freiwilliger Eintritt in die Armee, der Abschied. Dann die Nachricht, er sei in der Nähe von Damaskus mit der *Light Horse* untergegangen. Sie zitterte, nicht wegen der Kühle des Abends, sondern weil sie wieder diesen quälenden Schmerz spürte, den ihre empfindlichen Nerven nicht zu ertragen schienen. Sie rang nach Atem und versuchte, ihr unregelmäßig pochendes Herz zu beruhigen, als wieder andere Bilder durch ihren Kopf schossen ... die Weltausstellung in Sydney, der erste durch einen gemeinsamen Freund vermittelte Kontakt mit dem attraktiven und wohlhabenden Schafzüchter Phillip, dessen hartnäckige, wenn auch etwas schwerfällige Bemühungen um sie und dann die Hoffnung, aus ihrer Trauer und Unsicherheit in einen sicheren Hafen flüchten zu können.

Es war beinahe dunkel, als Enid die Hunde schließlich zu sich rief. Das merkwürdige Klopfen ihres Herzens verursachte ihr leichten Schwindel. Phillip hatte recht, sagte sie sich, sie durfte die Reise nach Sydney zu einem Herzspezialisten nicht mehr allzulange aufschieben.

Sie drehte sich um und ging ins Haus, die Hunde klebten wie zwei weiße Schatten an ihren Fersen, und ihre kleinen Pfoten trippelten über den gebohnerten Holzboden. Als sie an der Bibliothek vorbeikam, blieb sie einen Moment stehen und spähte hinein. Phillip saß wie üblich in seinem Ledersessel und blätterte, die Brille auf der Nasenspitze, in einem Katalog.

Obwohl Phillip seine Frau aus dem Augenwinkel heraus sah, gab er nicht zu erkennen, daß er sie bemerkt hatte. Er lauschte ihren Schritten im Korridor, bis sie in der Küche verstummten. Gott, es wurde immer schwieriger mit ihr! Seit der Arzt im Ort ein Herzgeräusch festgestellt und sich sehr besorgt geäußert hatte, war sie immer zerbrechlicher geworden.

Phillip ging zum Schrank, schenkte sich einen Portwein aus der Kristallkaraffe ein und kehrte zu seinem Sessel zurück. Er nahm einen Schluck, legte dann den Kopf zurück und starrte an die dunkle, hohe Holzdecke. Nach Ansicht des Arztes hatte die Störung etwas mit der Anstrengung zu tun, die Barneys Geburt für ihr Herz bedeutet hatte. Schon die Schwangerschaft war kompliziert verlaufen, und die Geburt war sehr schwer gewesen – es sei ein wahres Wunder, hatte der Arzt gesagt, daß Mutter und Kind sie überhaupt überlebt hatten.

Mittlerweile war das Kind zu einem jungen Mann

herangewachsen, die Mutter hatte sich jedoch nie mehr ganz erholt. Und in gewisser Weise konnte man dasselbe von Phillip sagen. Er konnte die Wut einfach nicht bezwingen, die er beim Anblick Barneys empfand, dessen Geburt ihm die Frau, die er liebte, geraubt hatte. Statt dessen war eine Fremde zurückgeblieben, die sich mit Leib und Seele der Pflege eines Kindes widmete, das sie beinahe getötet hätte. Er hatte gehofft, alles würde anders werden, sobald Barney erst einmal ins Internat kam, aber Enid hatte sich nur noch tiefer in ihre eigene kleine Welt zurückgezogen.

Phillip wünschte sich ein besseres Verhältnis zu Barney, aber die Wut, die er ihm gegenüber verspürte, stand einer Annäherung immer im Wege. Er hatte das Gefühl, der Sohn habe ihm die Frau genommen.

Phillip Holten leerte sein Glas Portwein und trat dann durch die Terrassentüren auf die Veranda hinaus. Er lehnte sich an das Geländer, sah zum hellen Mond inmitten der unzähligen Sterne hinauf und suchte nach der Antwort auf eine Frage, die er dem Himmel schon so oft gestellt hatte: »Wie kann eine Familie sich nur so auseinanderleben? Gibt es eine Chance, wieder zueinanderzufinden?« Aber eine Antwort bekam er darauf nie.

## FÜNFTES KAPITEL

Gwen zog den Eintopf von der Herdplatte und stellte ihn zur Seite. Die Zwillinge hatten den langen Küchentisch gedeckt, und alle Teller bis auf die von Bob und Abby standen an ihrem Platz. Als Tischdecke diente ein festes gelb-blau kariertes Wachstuch, das problemlos zu reinigen war. In der Mitte des Tisches stand eine große Flasche Tomatenketchup, eine Flasche Worcestersoße sowie zwei Salz- und Pfefferstreuer, die aussahen wie winzige Leuchttürme – »Andenken an die Südküste« stand darauf –, ein Stück Butter auf einem Teller, ein Stapel dick geschnittener Weißbrotscheiben und ein Glas selbstgemachter Maulbeermarmelade.

»Hol doch die Zwillinge rein, Kevin, damit sie schon mal baden, während ich Brian fertigmache«, sagte Gwen, die ihre Tochter bereits zu vermissen begann, weil sie den kleinen Brian sonst immer badete und bettfertig machte.

Sie eilte durch das Haus ins Badezimmer und hoffte, daß ihr Mann und Abby bei der Grillparty ihren Spaß hatten. Vielleicht war ja auch ein netter Junge dabei, mit dem sie sich anfreunden konnte.

Aber eigentlich wünschte sie ihrer Tochter nicht unbedingt einen Scherer zum Mann. In Begleitung von Abby kam Bob jedenfalls nicht in Versuchung, mit den anderen in der Stadt noch einen heben zu gehen. Gwen wußte, wie die Männer waren, wenn sie ein paar Pfund in der Tasche hatten. Zwar hatte Bob, im Gegensatz zu manch anderem, noch nie einen ganzen Lohn vertrunken, aber in jungen Jahren war er einem Gläschen in Ehren auch nicht abgeneigt gewesen. Heute würde er aber nur ein paar Bier trinken und Abby dann sicher nach Hause bringen.

Es war schön, daß die beiden etwas miteinander unternahmen, dachte sie, denn schon bald würde Kevin seinen Vater begleiten und später auch Brian, und Abby würde dann hoffentlich selbst schon verheiratet sein und eine eigene Familie haben. Vater und Tochter würden sich später bestimmt gern an diese Zeit zurückerinnern.

Im Badezimmer fischte sie den verbeulten Emailtopf aus der Wanne und schüttete einen Schwall Wasser über Brians eingeseiften Haarschopf.

»Okey dokey, und jetzt raus mit dir.« Sie hievte ihn über den Rand der alten Blechwanne, setzte ihn auf dem Teppich ab und wickelte ihn in ein Badetuch. Als sie mit dem strammen Kind auf dem Arm wieder aufstand, geriet sie etwas ins Wanken. »Ui, bist du aber ein großer Junge geworden. Mama kann dich fast nicht mehr tragen, so schwer bist du.«

»Wo is' Abby?«

»Abby ist auf einer Party, Schatz. Mit Daddy. Die beiden kommen bald wieder nach Hause. Wir feiern dafür unsere eigene Party.«

Kevin suchte draußen vergeblich nach den Zwillingen, aber dann hörte er unterdrücktes Kreischen aus der Richtung der Zisterne, hinter der sich die beiden ihren kleinen Gemüsegarten angelegt hatten. Dort fand er Shirley und Colleen, die mit rudernden Armen um ihr Beet herumliefen und »Ksch, raus da!« riefen.

»Schnell, Kevin, hilf uns! Die Hühner sind abgehauen, und jetzt reißen sie unsere ganzen Pflanzen aus«, jammerte Colleen.

Kevin machte einen Satz vorwärts und klatschte in die Hände, um die fröhlich pickenden Hennen und Hähne zu verscheuchen. Tom Turkey flatterte auf die Zisterne, wo er hocken blieb, während die übrigen Tiere mit erschrecktem Gegacker und wild schlagenden Flügeln aus dem Beet auf die stoppelige Wiese flüchteten.

»Erschreck sie nicht! Schau doch, was du gemacht hast!« Shirley setzte den Hühnern nach, die daraufhin in alle Himmelsrichtungen auseinanderstoben. Einer der Hähne ließ ein lautes Krähen ertönen.

»Komm her, jag ihnen nicht weiter nach. Du machst ihnen Angst«, rief Kevin. »Die kommen schon wieder zurück. Jetzt kommt rein. Mama hat gesagt, ihr sollt euch baden.«

»Wir können sie jetzt nicht draußen lassen, es wird bald dunkel.« Colleen sah besorgt aus.

»Laßt sie in Ruhe. Wenn die Tür zum Hühnerstall offensteht, kommen sie von selbst wieder.«

»Glaubst du wirklich?« fragte Shirley.

Kevin sah die Zwillinge an, die mit ihren beinahe identischen blauen Augen vertrauensvoll zu ihm aufblickten. Er lächelte. »Ja. Ich geb' euch mein Ehrenwort. Morgen sind alle wieder da.«

Getröstet von der Zuversicht in der Stimme ihres allwissenden großen Bruders, kehrten die braunhaarige Colleen und die blonde Shirley mit ihm zum Haus zurück.

»Warum müssen wir sie denn überhaupt nachts einsperren?«

»Du schläfst doch auch im Haus, oder?« sagte Colleen zu ihrer Zwillingsschwester.

»Es könnte sein, daß sich Füchse, Dingos oder Katzen in der Gegend herumtreiben und sie sich schnappen. Vielleicht kommt ja auch der große böse Wolf!« neckte Kevin sie und tat so, als würde er sich auf sie stürzen. Kichernd und kreischend flüchteten die beiden Mädchen, während er ihnen nachjagte und knurrte: »Wer hat Angst vorm bösen Wolf ...?«

Sie stürzten unter großem Geschrei ins Haus, wo die Mädchen sofort ins Badezimmer flohen und die Türe hinter sich zuknallten, als Kevin drohte: »Ich blase meine Backen auf, und dann puuuuuste ich euer Haus weg ...«

»Kevin, bitte laß den Quatsch. Komm lieber her und hilf mir«, rief Gwen aus der Küche, wo sie den Topf mit Milch vom Feuer nahm, der gerade übergekocht war. Brian thronte auf seinem Stühlchen auf einem Kissen und lutschte an einem Stück Brot.

»Wasch dir die Hände. Das Essen ist gleich fertig.«

»Kann ich nicht, die Mädchen sind im Bad.«

»Dann geh in die Waschküche, aber bring mir vorher bitte noch etwas Feuerholz.«

Nach langem Hin und Her saßen schließlich alle Kinder mit geschrubbten, glänzenden Gesichtern am Tisch. Brian und die Zwillinge trugen bereits ihre Schlafanzüge.

Gwen brachte den großen Kessel mit dem Eintopf zum Tisch und stellte ihn auf ein Brett. Dann faltete sie die Hände und sah ihre Kinder verheißungsvoll an.

»Dad und Abby feiern mit den anderen Scherern eine Party, und ich finde, wir sollten auch feiern. Deshalb habe ich eine kleine Überraschung für euch vorbereitet.«

Sie ging zum Geschirrschrank und holte einen Stoß Papierhüte hervor, die sie aus den bunten Seiten der Zeitschrift *Women's Mirror* gefaltet hatte. Unter den verzückten Schreien der Kinder wurden sie verteilt, nur Kevin sah etwas verlegen aus, als er sich seinen aufsetzte.

»Welchen Grund gibt es denn überhaupt für eine Party, Mama?« fragte er.

»Daß wir soviel Glück haben, Kevin«, erwiderte sie lächelnd und schöpfte jedem eine Portion des mit Gerste angedickten Fleisch- und Gemüseeintopfs auf den Teller.

Brian hob seinen Löffel und echote: »Paaty!«

Alle lachten, und Gwen fragte sich, was auf der anderen Party wohl los war.

Der Koch reichte gerade die zweite Ladung Steaks, Koteletts und Würstchen herum. Die Andersons hatten sich zu den Scherern an den Tisch gesetzt und gaben die dampfende Schüssel weiter, in der sich gebackener Kürbis und Kartoffeln türmten. Barney stellte noch zwei Flaschen Bier dazu, und alle füllten ihre Gläser auf.

»Wie steht's, Abby?« fragte der Scherer neben ihr. »Wollen Sie nicht lieber auch Bier statt der Limonade?«

»Nein danke«, antwortete sie mit einem Lächeln.

»Möchtest du die Limo vielleicht mit Bier mischen, Schatz?« fragte ihr Vater, der ihr gegenübersaß.

Abby schüttelte den Kopf. »Wir hatten doch ausgemacht, daß ich uns nach Hause fahre. Ich muß einen klaren Kopf behalten.«

»Ich möchte mich noch mal dafür bedanken, daß Sie uns ausgeholfen haben«, sagte Barney, der sich neben Abby ans Ende der Bank setzte.

»Ich konnte den Job gut gebrauchen. Jetzt muß ich mir aber eine richtige Arbeit suchen.«

Barney nickte und hob sein Glas. »Dann trinke ich darauf, daß Sie bald eine finden.«

Sie lächelte ihm scheu zu, nahm einen Schluck von ihrer Limonade und musterte ihn verstohlen über den Rand ihres Glases hinweg.

Barney schien sich rege an der Unterhaltung der Männer gegenüber zu beteiligen, aber in Wirklichkeit waren seine Gedanken bei dem Mädchen neben ihm. Abby faszinierte ihn, ohne daß er genau sagen konnte, weshalb. Sie hatten sich nur flüchtig unterhalten, und zweifellos sah sie gut aus, doch ging von ihr ein sehr subtiler Reiz aus, der sich dem Betrachter erst ganz allmählich erschloß. Er mußte sie einfach ständig ansehen, sie bewegte sich so geschmeidig, und ihre Stimme war so sanft und melodisch, daß er endlos zuhören wollte, wie sie ihm alles von sich erzählte. Sie war anders als die anderen Mädchen, die er kennengelernt hatte. Und das hatte nichts damit zu tun, daß sie aus anderen gesellschaftlichen Verhältnissen kam. Abby strahlte Gelassenheit und stille Selbstsicherheit aus, trotz ihrer einfachen Herkunft.

Er wünschte, er könnte sie näher kennenlernen. Ihm war klar, daß sie als älteste Tochter mitarbeiten mußte, um die große Familie finanziell zu unterstützen. Das waren Zwänge, die nur wenige seiner Freundinnen verstehen würden, kamen sie doch aus Farmerfamilien, die vom wirtschaftlichen Aufschwung profitierten. Arbeiten war für sie eine Art Zeitvertreib, dem man nachgehen konnte oder auch nicht, bis der richtige Mann kam. Es wurde nicht für erforderlich gehalten, den Töchtern eine berufliche Ausbildung angedeihen zu lassen. Wichtig war, daß sie gute Gastgeberinnen, Ehefrauen und Mütter wurden. Aber es war nicht zu leugnen, daß immer mehr Mädchen vom Land in die Städte zogen, wo händeringend Arbeitskräfte gesucht wurden. Barney wandte sich wieder an Abby.

»Denken Sie auch daran, in die Großstadt zu ziehen? Das scheint ja heutzutage jeder zu tun.«

»Och, da würde ich mich nicht wohlfühlen. Ich hasse Städte, jedenfalls alle, die ich bisher gesehen habe. Wahrscheinlich bin ich ein unverbesserliches Landei. Außerdem könnte ich mich nicht daran gewöhnen, von der Familie getrennt zu sein.«

»Ich wohne auch lieber auf dem Land. Waren Sie denn schon häufig in der Stadt?« erkundigte er sich.

»Vor zwei Jahren mußte ich wegen einer Augenoperation nach Sydney. Nichts Ernstes, aber wir wohnten damals in der Nähe von Gilgandra, und dort fand sich kein Arzt, der es machen konnte. Als ich aus dem Krankenhaus entlassen wurde, haben meine Mutter und ich uns die Geschäfte angesehen. Gekauft haben wir nichts, aber so ein Schaufensterbummel macht ja auch Spaß.«

Barney blickte in ihre blitzenden Augen und überlegte sich, was sie wohl gehabt hatte. Jedenfalls waren sie wunderschön. Ihm wurde klar, daß sie vermutlich kein Geld für einen Einkaufsbummel in Sydney gehabt hatte – im Gegensatz zu einigen seiner Bekannten, die sich in Sydney immer den ›allerletzten Schrei‹ besorgten.

»Inzwischen gibt es bestimmt mehr Waren in den Geschäften in Sydney als zu meiner Zeit. Es hat ein bißchen gedauert, bis sich das Land vom Krieg erholt hat, aber jetzt geht's so richtig bergauf, das ist mal sicher. Wo haben Sie denn schon überall gelebt?

Vermutlich haben Sie mehr von Australien gesehen als ich.«

Die beiden plauderten fröhlich, und Abby entspannte sich. In der großen Gruppe fühlte sie sich sicher, und außerdem schien es ihr, daß Barney sich lieber mit jemandem unterhielt, der in etwa in seinem Alter war. Ihr war bereits aufgefallen, daß sich die Männer ihm gegenüber eher distanziert verhielten. Im Gegensatz zu ihnen sah sie ihn aber nicht als ›Boß‹. Schließlich war dieser Job für sie, wie wohl auch für ihren Vater, eine einmalige Sache.

Nach einer Weile blickte Barney auf seine Uhr. »Oh, ich verteile jetzt wohl besser mal das Geld, sonst gibt es hier gleich einen Aufstand.«

»Das glaube ich weniger. Alle scheinen sich doch prächtig zu amüsieren«, sagte Abby in dem Augenblick, als Mrs. Anderson auf sie zukam.

»Ich hole jetzt den Kuchen und einen Likör zum Nachspülen. In Ordnung, Barney?«

Er nickte und erhob sich. »Also dann ...«

»Soll ich Ihnen helfen, Mrs. Anderson?«

»Ja, Abby, das wäre nett. Komm gleich mit.«

Die beiden machten sich auf den Weg zum Haus, während Barney nach seiner Jacke griff, Umschläge mit den Namen aller Männer daraus hervorholte und sie zu verteilen begann.

Die Fahrt durch den herrlich angelegten Garten dauerte nur ein paar Minuten. Als das mächtige Dach des Herrenhauses mit den hohen Kaminen in Sicht kam, mußte Abby tief Luft holen: »Mein Gott, ist das schön!«

Mrs. Anderson sah erst sie und dann wieder die imposante Fassade an. »Ja, nicht wahr? Wenn man an einem solchen Ort lebt, sieht man die Schönheit irgendwann selbst nicht mehr. Komm hinten rum, wir gehen am Rosengarten vorbei.«

Innen bestaunte Abby die riesige Küche mit den breiten Arbeitsflächen, dem großen Tisch, den hohen Geschirrschränken und der Speisekammer von der Größe eines kleinen Zimmers. »Das wäre eine Küche für meine Mutter. Sie kocht so gern und hat nie genug Platz.«

»Kann sie gut kochen?«

»Wir finden schon. Sie backt auch gern und macht Marmeladen und legt Gemüse ein. Für ihre Kuchen hat sie schon Preise gewonnen.«

»Und du, kochst du auch?«

»Ja, aber ich kann leider nicht so gut backen. Mama sagt, ich hätte zwei linke Hände. Dafür muß ich ihr immer die Eier aufschlagen«, berichte Abby.

»Meine Backkünste sind auch nicht so berauschend. Aber mein Früchtekuchen kommt bei den Männern immer gut an. Wartest du einen Moment hier, während ich die Sahne aus dem anderen Kühlschrank hole?«

»Ihr Kuchen schmeckt bestimmt köstlich«, rief Abby ihr hinterher und wunderte sich, daß es in dieser Küche gleich zwei Kühlschränke gab. Sie selbst besaßen nicht einmal einen Eiskasten. Als sie gerade die stattliche Anzahl der Töpfe und Pfannen bewunderte, sah sie auf einmal ein weißes Knäuel, dem ein zweites folgte, blitzschnell auf sie zurasen.

Sie quietschte erschrocken auf, machte einen Satz nach hinten und betrachtete dann erstaunt die kleinen Kreaturen zu ihren Füßen, die wie verrückt zu japsen begannen und auf ihren kurzen Beinchen und spitzen Pfötchen um sie herumtanzten.

Abby brach in Lachen aus. »Was seid ihr denn für komische Hündchen? Wie seht ihr denn aus?«

Sie beugte sich hinunter und betrachtete die frechen Schnauzen und die schwarzen Rosinenaugen. Dann streckte sie kichernd die Hand aus, und Tucker, der nicht ausschließen wollte, daß sie ihm etwas zu Fressen anbot, kam mutig näher. Noch bevor er weglaufen konnte, hatte Abby ihn gepackt und hochgehoben. Stehend hielt sie den verdutzten Hund in Augenhöhe von sich weg, so daß sie ihn sich ansehen konnte. Diet kläffte immer noch ihre Knöchel an.

»Was tun Sie da?«

Abby wirbelte erschrocken herum, als sie die frostige Stimme hörte. In der Tür stand Enid Holten mit einem Blick des Entsetzens auf dem Gesicht.

»Wer sind Sie überhaupt? Geben Sie mir sofort meinen Hund zurück!« Sie machte einen Schritt auf Abby zu, die nichts zu sagen wußte und ihr das Tier bereitwillig übergab. Enid kniete sich hin, nahm Diet ebenfalls hoch und unterzog die beiden einer raschen Untersuchung. Dann starrte sie Abby wütend an: »Keiner faßt meine Hunde an. Sie gehen nicht zu Leuten, die sie nicht kennen«, sagte sie vorwurfsvoll.

Abby überlegte, daß die Frau einen Moment lang

geglaubt haben mußte, daß sie die Tiere in den nächsten Kochtopf befördern wollte. »Entschuldigen Sie bitte. Die beiden kamen einfach hereingelaufen. Ich sehe solche Hunde zum ersten Mal.«

»Das sind Rassehunde. Hochsensible und empfindliche Tiere, die sehr leicht aufzuregen sind.«

Abby blickte auf die Hunde, die Enid Holten im Arm trug, und die beiden starrten mit einem Gesichtsausdruck zurück, der dem ihrer Herrin sehr nahe kam. Beinahe erwartete sie, die beiden würden ihr gleich die Zunge herausstrecken.

Zum Glück kam in diesem Augenblick Mrs. Anderson mit einer Schüssel Schlagsahne in die Küche. »O Mrs. Holten. Das ist Abigail McBride. Sie hat bei der Schur ausgeholfen.«

»Was hat sie dann hier zu suchen?«

»Ich bin mitgekommen, um Mrs. Anderson zu helfen, den Nachtisch für die Grillparty zu holen«, sagte Abby besänftigend. Diese Frau war also Barneys Mutter.

Enid drehte sich auf dem Absatz um und sah Mrs. Anderson verärgert an. »Nachtisch für die Party? Ich dachte, der Koch kümmert sich um das Essen?«

Mrs. Anderson drückte Abby die Schüssel mit der Schlagsahne in die Hand und nahm die beiden Kuchen von der Anrichte. »Barney hat mich gebeten, einen oder zwei einfache Kuchen zu backen. Komm Abby, wir wollen die anderen nicht warten lassen.« Sie warf ihr einen durchdringenden Blick zu, und Abby ging rasch zur Tür.

»Es war nett, Sie kennenzulernen, Mrs. Holten.«

»Bringen sie den Rest des Kuchens wieder mit, Mrs. Anderson«, rief Enid ihr nach.

»Damit sie ihn an ihre verwöhnten Biester verfüttern kann«, brummte Mrs. Anderson leise.

Abby konnte ein Kichern nicht unterdrücken. »Du meine Güte. Als die beiden in die Küche kamen, hielt ich sie im ersten Augenblick für zwei Monsterratten!«

»Ich sage dir, diese Hunde sind noch mal mein Tod. Ich muß sogar extra für sie kochen. Einmal hatte ich einen Traum, in dem sie so vollgestopft wurden, daß sie am Ende dick wie Weihnachtsgänse waren. Ich habe sie gegrillt, auf einen silbernen Präsentierteller gelegt und dann den Deckel hochgehoben und gesagt: ›Es ist angerichtet, Madam.‹ Jim fand den Traum schlimm.«

Abby lachte. »Ich habe mir Barneys Mutter ganz anders vorgestellt. Einen Moment lang hat sie mir richtig Angst eingejagt.«

»Normalerweise ist sie nicht so leicht in Rage zu bringen. Meistens schwebt sie in einer Art Traumwelt. Jetzt komm, laß uns den Kuchen servieren.«

Als sie wieder zurück waren, lächelte Bob McBride Abby zu und schob ihr einen Umschlag über den Tisch. »Hier ist dein Geld, Schatz.«

»Danke, Dad.« Sie ließ den Umschlag in ihrer Rocktasche verschwinden und nahm sich ein Stück Kuchen. Einige der Männer packten bereits ihr Zeug zusammen und machten sich zur Abfahrt bereit. Sie gaben Bob die Hand, verabschiedeten sich von Abby und sagten ihr, sie habe frischen Wind in den Schuppen gebracht und sei eine echte Hilfe gewesen.

»Es war nicht das Schlechteste, mit einem Mädchen zu arbeiten, da haben wir wenigstens auf unsere Manieren geachtet«, grinste der Teamchef.

Während ihr Vater sich von den anderen verabschiedete und höflich ablehnte, als sie vorschlugen, sich später noch in der Stadt auf ein Bier zu treffen, sammelte Abby einen Stapel Teller ein und brachte sie dem Koch. »Das war wieder mal ein prima Essen. Wie alles von Ihnen, Tommo. Ich begreife nicht, wie Sie das immer hinkriegen.«

»Das ist schon eine Kunst für sich, Abby. Besonders wenn man draußen auf der Piste ist, wo es keine richtige Küche gibt und man alles auf einem Campingkocher oder in der heißen Asche kochen muß. Soll ich Ihnen mal verraten, wie sie mich früher genannt haben?«

Abby nickte gespannt.

»One Pot Tommo. Weil bei mir alles vom Kuchen bis zum Braten aus einem einzigen Topf kam!«

»Wie der Zauberpudding im Märchen!« rief Abby, und beide lachten. Anschließend ging sie zu dem inzwischen verlassenen Tisch zurück und öffnete ihre Lohntüte. Sie fand ein ordentlich gefaltetes Bündel Pfundnoten und einen Lohnzettel, auf dem mit Bleistift ihre Arbeitsstunden und der Gesamtbetrag aufgelistet waren. An diesen Zettel geheftet war eine brandneue Fünf-Pfund-Note und eine zweite Notiz: *Vielen Dank fürs Aushelfen. Kau-*

*fen Sie sich was Schönes bei Ihrem nächsten Schaufensterbummel. Danke, Barney Holten.*

Abby blieb vor Überraschung die Luft weg. Er mußte das Geld in den Umschlag gelegt haben, nachdem sie sich über Sydney unterhalten hatten. Sie wurde rot und schob den Lohn in ihre Tasche zurück. Die Pfundnote fest in der Faust, ging sie dann nach draußen.

Sie wartete, bis sie Barney entdeckte, der sich mit einem Händedruck von zwei Männern verabschiedete. Als er sie im Dämmerlicht erkannte, schlenderte er zu ihr herüber. »Wollen Sie und Ihr Vater auch schon fahren?«

»Ja. Vielen Dank für das schöne Essen. Und danke, aber das hier kann ich nicht annehmen.« Sie schob ihm den blauen Schein zwischen die Finger und wandte sich zum Gehen.

Barney hielt sie am Handgelenk fest und drückte ihr das Geld in die Hand zurück. »Hören Sie, ich wollte Sie nicht in Verlegenheit bringen. Aber Sie haben wirklich hart gearbeitet, nennen Sie es eine wohlverdiente Prämie. Sie dürfen nicht ablehnen.«

Abby wollte sich Barney Holten gegenüber nicht verpflichtet fühlen. »Es kommt mir nicht richtig vor. Ich habe auch nicht mehr getan als die anderen.« Sie sah peinlich berührt zu Boden und war erleichtert, als ihr Vater zu ihnen trat.

»Wir wären dann soweit, Abby. Unsere Sachen sind schon im Wagen.«

»Dann spring rein, Dad.« Sie drehte sich um und

sagte, ohne Barney anzublicken: »Wiedersehen und noch mal danke.«

Bob McBride wollte ihr gerade folgen, als Barney ihn ansprach: »Ihre Tochter ist ganz schön stur, Mr. McBride. Ich habe ihr eine Prämie gegeben, und sie will sie nicht annehmen. Hier, bewahren Sie das Geld für sie auf.« Er reichte ihm den Geldschein.

Bob McBride blickte erst auf das Geld und dann auf Abby. »Hast du deinen Lohn bekommen, Abby?«

»Ja, Dad. Ich habe wirklich nicht mehr gearbeitet als die anderen.«

»Wenn du meinst, du hast es nicht verdient, dann solltest du es nicht behalten.« Er gab Barney das Geld zurück. »Wir wissen, daß Sie es gut gemeint haben. Danke.«

Barney nickte. Plötzlich begriff er, daß Abby nicht in seiner Schuld stehen wollte und er sie, ohne es zu wollen, durch seine Geste gedemütigt hatte. »Ich wollte mich nur erkenntlich zeigen. Ich bin ihr sehr dankbar dafür, daß sie so kurzfristig eingesprungen ist«, sagte er leise.

»Ein Händedruck ist Dank genug«, antwortete Bob McBride. Er reichte Barney die Hand. »Wir laufen uns bestimmt bald wieder über den Weg.« Er ging zum Wagen.

Abby sah Barney entschuldigend an. Sie hatte ihn nicht in Verlegenheit bringen wollen. Sie streckte ihm die Hand hin, er schüttelte sie noch einmal und sah in ihre großen Augen.

»Danke«, sagte er.

Abby lächelte und zog sanft die Hand zurück. »Danke auch. Auf Wiedersehen.« Sie eilte ihrem Vater nach und hörte nicht, wie Barney leise sagte: »Hoffentlich.«

Auf dem Heimweg döste Abbys Vater ein. Sie wünschte, Barney Holten hätte ihr das Geld nicht angeboten – obwohl es natürlich auch schön gewesen wäre, ihre Mutter damit zu überraschen –, dadurch hatte er die Unbefangenheit zunichte gemacht, die während ihrer Unterhaltung zwischen ihnen bestanden hatte. Jetzt waren sie nicht mehr nur zwei junge Menschen, die miteinander redeten, er hatte ihr deutlich gemacht, daß er derjenige war, der das Geld besaß und gönnerhaft sein konnte. Einen Augenblick lang war sie wütend auf ihn, dachte, er versuche sich ihre Gunst zu erkaufen, aber dann lachte sie über sich selbst. Für wen hältst du dich eigentlich, Abigail McBride? Als ob Barney Holten sich die Mühe machen würde. Vermutlich glaubte er, er müsse nur mit den Fingern schnippen und sie würde ihm zu Füßen fallen. Aber da war er auf dem Holzweg. Als sie vernünftig darüber nachdachte, wurde ihr klar, daß sie ihm wahrscheinlich leid tat, wegen ihrer großen Familie und weil sie Arbeit suchte, und daß er angenommen hatte, sie könne das Extrageld gut gebrauchen. Beinahe ärgerte sie sich jetzt über sich selbst. Sie hätte den Schein einfach behalten sollen. »Ach, was soll's ...«, seufzte sie laut vor sich hin, als sie in den Weg zum Haus einbog.

Der Hund sprang auf, und seine Kette schlug

klirrend gegen die kleine Hundehütte aus Blech, aber er bellte nicht, als er den Wagen erkannte.

»Aufwachen, Dad. Wir sind da.«

Bob McBride streckte sich und spähte dann in die Dunkelheit. »Was ist das, Abby? Das Licht da drüben?«

»Wo denn, Daddy?«

»Bei der Zisterne. Ich könnte schwören, ich habe da eben ein Licht gesehen.«

»Du siehst Gespenster, Dad.« Sie stellte den Motor ab. Aus dem Inneren des Hauses drang Licht, und der Hof lag still. Dann sah es auch Abby. Ein kurzer heller Strahl. Beide klettern leise aus dem Wagen und schlichen auf die Silhouette des Wassertanks zu. In dem Moment, in dem sie um die Ecke bogen, blieben sie stehen. Da hockten zwei kleine weiße Gestalten auf den Knien und leuchteten mit einer Taschenlampe in den Hühnerstall.

»Was ist denn da los?« fragte Bob McBride laut.

»Oh!«

Die Zwillinge sprangen so eilig auf die Füße, daß sie sich im Saum ihrer Nachthemden verhedderten. Colleen versteckte die Taschenlampe hinter ihrem Rücken. »Ihr habt uns erschreckt«, sagte sie.

»Ihr uns aber auch«, erwiderte Abby. »Was habt ihr denn nachts bei den Hühnern zu suchen?«

»Wir wollten bloß nachsehen, ob sie da sind«, erklärte Shirley. »Beim Füttern sind sie uns nämlich entwischt.«

»Und Kev hat gesagt, wenn wir den Stall offenlassen, kommen sie von selbst wieder.«

»Sind sie denn da?« fragte der Vater grinsend.

Beide Mädchen strahlten über das ganze Gesicht: »Ja!«

»So, jetzt bringen wir euch mal ins Haus. Weiß Mama, daß ihr euch hier draußen rumtreibt?«

»Nein, wir sind aus dem Fenster geklettert«, erklärte Shirley und erntete einen Rippenstoß von Colleen, weil sie ihr Geheimnis verraten hatte.

»Okey dokey. Abby, du nimmst die eine und ich die andere, und dann schmuggeln wir sie ins Haus zurück.« Bob McBride bückte sich, und Colleen kletterte flugs auf seinen Rücken, während Shirley dasselbe mit Abby machte. Abby schob Shirley etwas höher und wankte los. Ihr Vater galoppierte mit Colleen, die sich an ihm festklammerte, voran, und so trugen sie die beiden Huckepack zum Schlafzimmerfenster. Keuchend ließen sie die kichernden Mädchen dann durchs Fenster auf das darunter stehende Bett gleiten.

Gwen blickte von ihrer Flickarbeit auf, als Abby und ihr Vater mit untergehakten Armen und breitem Lächeln ins Zimmer traten. »Ihr zwei seht aus, als hättet ihr mächtig viel Spaß gehabt.«

»Hatten wir auch.« Bob griff in seine Hemdtasche und ließ die ungeöffnete Lohntüte in ihren Schoß fallen. »Bitte schön.« Er küßte sie auf den Scheitel. Gwen sah lächelnd zu ihm auf. »Möchte jemand eine Tasse Tee?«

»Ich, Mama. Ich setze gleich den Kessel auf«, sagte Abby.

»Ich werde mich erst mal waschen«, sagte Bob

und verschwand gähnend in Richtung Badezimmer.

»In spätestens fünf Minuten ist er eingeschlafen, Abby«, prophezeite Gwen und steckte die Nadel in das Nadelkissen zurück. »Setz dich und erzähl mir alles.«

Abby ließ sich neben ihre Mutter auf die Couch fallen, nahm eines der Sofakissen in den Schoß, schlang die Arme darum und begann unvermittelt zu lachen. »Ich habe Mrs. Holten kennengelernt ... und ihre Freunde ...«

Während Abby und ihre Mutter sich leise unterhielten und von Zeit zu Zeit ihr helles Lachen durch das stille Haus schallen ließen, flüsterten die Zwillinge schläfrig miteinander, glücklich, daß Tom Turkey und die Bantams sicher in ihrem Bett waren. Aus Kevins und Brians Zimmer, in dem beide tief und fest schlummerten, drangen laute, regelmäßige Atemzüge. Bob McBride streifte seine Stiefel ab, zog den Ledergürtel aus der Hose, ließ sich rückwärts aufs Bett fallen und war umgehend eingeschlafen.

Auf Amba saß Barney Holten im Dunklen auf der Veranda. Seine Mutter war im Wohnzimmer, wo sie im Radio einem Hörspiel lauschte, die beiden Hunde hatten es sich auf ihrem Schoß gemütlich gemacht. Sein Vater saß hinter verschlossener Tür in seinem Arbeitszimmer. Wahrscheinlich las er, machte die Buchführung oder beschäftigte sich mit seiner Briefmarkensammlung, vermutete Barney.

Einem plötzlichen Impuls folgend, erhob er sich, ging zur Tür des Arbeitszimmers und klopfte leise an. Als er das »Ja?« seines Vaters hörte, öffnete er die Tür.

Phillip saß am Schreibtisch und starrte durch ein Vergrößerungsglas auf das geöffnet vor ihm liegende Briefmarkenalbum. »Was gibt's, Barney?«

»Nichts Besonderes. Ich wollte nur mal sehen, was du machst. Das Barbecue war übrigens sehr schön. Du hättest mal vorbeischauen sollen.«

»Wie ich schon sagte, das Ganze war deine Sache. Ich hoffe, es ist ordentlich aufgeräumt und alles ist heil geblieben.« Er starrte Barney, der im Türrahmen stehengeblieben war, fragend an. »Wenn du mich jetzt also entschuldigen würdest. Ich möchte hier noch etwas weitermachen.« Er sah wieder auf die ordentlich aufgereihten Marken hinunter und schob eine von ihnen sorgfältig zurecht. Das Vergrößerungsglas in der Hand, betrachtete er die Briefmarken eingehend und merkte nicht, wie sich die Tür leise hinter Barney schloß.

# SECHSTES KAPITEL

Die Zwillinge kamen zu Bob und Gwen ins Schlafzimmer gerannt und sprangen aufs Bett.

»Es hat aufgehört zu regnen«, verkündete Colleen strahlend.

»Machen wir einen Ausflug?« fragte Shirley.

»In der Schule haben sie gesagt, jeder muß hin«, wurde Colleen deutlicher.

»Wohin, meine kleine Zuckerschnute?« erkundigte sich Bob und zerzauste Colleen, die auf seinem Brustkorb auf und ab sprang, das Haar. »Aua! Ich lass' mich nicht gern von Lehrern herumkommandieren.«

Gwen legte ihren Arm um Shirley, die zwischen ihre Eltern unter die Decke gekrochen war. »Sprich bitte etwas respektvoller von ihrer Lehrerin, Bob.«

»Es wird bestimmt schön, Dad. Ach bitte, Mama, laß uns hinfahren«, bettelte Shirley.

»Wohin denn?« verlangte Bob erneut zu wissen und tat so, als wollte er die kreischende und kichernde Colleen mit aller Kraft durchschütteln.

Kevin erschien in seiner Schlafanzughose an der Tür und rieb sich die Augen. »Was ist denn los?«

»Erklär du's ihnen, Kev, das mit dem Picknick.«

»Ach ja, stimmt. Heute ist doch dieses Gemeindepicknick.«

»Ein Picknick! Warum habt ihr das nicht gleich gesagt? Das ist natürlich was anderes. Lehrerinnen, die uns befehlen, Picknicks zu machen, sind mir natürlich sehr sympathisch«, erklärte Bob mit übertriebener Begeisterung. »Was sagst du dazu, Gwen?«

»Kinder, das hatte ich ja völlig vergessen! Dabei stand es sogar im Gemeindeblatt. Wir fragen Mrs. Pemberton, die weiß sicher Bescheid. Heute ist das also schon? Wenn der Regen aufgehört hat, können wir hinfahren. Dann mache ich mal lieber schnell und backe uns was.« Sie schlug eilig die Decke zurück, sprang aus dem Bett und zog ihren Morgenmantel über das Nachthemd.

»Da geht sie hin, die Backwütige!« Bob pfiff ihr bewundernd nach, und die Kinder kicherten. »Raus mit euch! Erzählt Abby und Brian, was sie heute erwartet.«

In der Zeit, die Bob gebraucht hatte, um im Thronsaal hinterm Haus in Ruhe etwas zu philosophieren, sich zu duschen, zu rasieren und ein paar ordentliche Hosen und ein weißes Hemd anzuziehen, hatte Gwen bereits einen Kuchen in den Ofen geschoben, sich angezogen, das Bett gemacht und Porridge und gebratene Eier mit Speck zubereitet, die sie gerade auf den Tisch stellte.

An die versammelte Familie gewandt, erklärte Bob: »Wir nehmen an diesem Picknick teil, aber vorher gehen wir in die Kirche. Seit wir hergezogen sind, waren wir noch kein einziges Mal dort, und das ist schon über einen Monat her. Der Priester hält uns wahrscheinlich für eine Bande von Heiden.«

»Aber ich habe gar nichts zum Anziehen«, stöhnte Colleen.

»Ich auch nicht«, fiel Shirley mit ein.

»Das stimmt doch gar nicht«, widersprach Abby. »Ich habe eure hübschen blau-weißen Kleider selbst gebügelt. Ihr müßt euch sowieso nicht so feinmachen, wenn wir danach zu einem Picknick gehen. Wo findet es überhaupt statt?«

»Im Stadtpark. Sie bauen ein Zelt auf, und ich glaube, es gibt auch Karussells und so«, begeisterte sich Kevin.

»Wie gut, daß es aufgehört hat zu regnen«, sagte Gwen.

»Den Regen haben wir gebraucht, Schatz. Beklag dich also nicht«, sagte Bob, der als Landarbeiter den Regen nach den vorangegangenen trockenen Monaten natürlich begrüßte.

»Also abgemacht – erst Kirche und dann Picknick. Wenn ihr mit Frühstücken fertig seid, macht ihr eure Betten, wascht euch und zieht eure Sonntagskleider an«, entschied Gwen. »Abby, du kannst mir anschließend helfen, die Sandwiches zu belegen.«

»Mir wäre es lieber, wenn wir das zuerst erledigen würden. Ich möchte keine Flecken auf mein frisch gewaschenes Kleid machen«, sagte Abby, die gerade die leeren Porridgeteller zur Spüle trug.

Als alle endlich angezogen waren und fertig bereitstanden, holten sie Betsy aus dem Schuppen, den sie sich mit Futtersäcken, Werkzeug und Dieselfässern teilte. Der Picknickkorb und die Decken wurden hinten im Kofferraum verstaut, und die Familie balgte sich lautstark um die besten Plätze auf den abgenutzten Ledersitzen im weichen Inneren des Wagens.

»Zerdrück mein Kleid nicht, Brian.«

»Komm, Shirley, reich ihn mir rüber. Er kann vorne auf meinem Schoß sitzen«, sagte Gwen.

»Sieht unser Kevy nicht süß aus?«

»Hör auf mich so zu nennen. Ich heiße Kevin.«

»Kevy, Kevy, Kevyyy ...«, johlten die Zwillinge.

»Einfach nicht drauf achten, Kumpel«, empfahl Bob und lockerte seine Wollkrawatte, als er sich hinter das Steuer setzte. »Wie hieß dieser Priester noch mal?«

Betsy hielt sich vorbildlich, und während sie so dahinfuhren, ließ Bob den McBride-Chor zum Aufwärmen ein geräuschvolles *Lobet den Herren* anstimmen.

Alles ging gut, bis sie zu der Furt kamen, wo das strömende Regenwasser zu einem kleinen Bach angewachsen war. Bob McBride hielt an und sah nachdenklich auf das Wasser.

»Ooh, Daddy, wie sollen wir da denn rüberkommen?« jammerte Shirley.

»Soll ich mal prüfen, wie tief es ist?« schlug Kevin abenteuerlustig vor.

»Es sieht ziemlich tief aus. Glaubst du, wir können es schaffen?« fragte Gwen mit besorgtem Stirnrunzeln.

»Ich denke schon«, entschied Bob, löste die Kupplung und gab vorsichtig Gas. Betsy stürzte sich tapfer in die Fluten, hustete, gurgelte und soff ab. Genau in der Mitte.

»Also gut, alle raus.«

»Daddy! Wir werden doch naß!« plärrte Colleen.

»Wir haben unsere besten Kleider an«, echote Shirley.

»Hier können wir jedenfalls nicht sitzenbleiben«, stellte Abby fest.

»Warum eigentlich nicht«, brummte Kevin.

»Sollen wir alle raus?« vergewisserte sich Gwen.

»Alle. Wir schieben Betsy nicht an, solange ihr noch drinhockt. Was, Kev?«

»Auf keinen Fall«, bestätigte Kevin.

Die Zwillinge begannen zu weinen.

»Jetzt reicht's aber. Zieht eure Schuhe und Strümpfe aus, steckt das Kleid in die Unterhose und watet durch das Wasser. Und fallt bloß nicht rein«, ordnete der Vater an.

Abby und Gwen waren bereits barfuß. Gwen zog auch ihre Handschuhe aus, steckte sie in die Handtasche, hängte sich diese über die Schulter und hob Brian hoch.

»Ich nehme ihn, Schatz. Kevin, du gehst als erster. Langsam«, befahl Bob.

Shirley und Colleen streiften schniefend ihre weißen Söckchen ab, stopften sie in ihre Lackschuhe und rutschten auf dem Sitz herum, bis sie ihre getupften Musselinkleider in die weißen Baumwollunterhosen gesteckt hatten. Danach öffneten sie vorsichtig die Wagentür. Abby half den Mädchen, die mit der einen Hand ihren Hut und mit der anderen das Gebetbuch an sich drückten, hinaus und führte sie vorsichtig durch das knietiefe Wasser. Sobald sie trockenen Boden unter den Füßen hatten, ordneten sie eilig ihre Röcke und zogen sie wieder glatt.

Kevin hielt seiner Mutter die Hand hin, um ihr auf die Straße zu helfen, wo auch sie ihren Rock wieder herunterließ.

»Ein Glück, daß ich keine Nylonstrümpfe anhatte.«

Bob McBride setzte Brian auf dem Trockenen ab und ging zum Wagen zurück. Seine leicht mitgenommen aussehende Familie beobachtete ihn bei dem Versuch, das Auto anzulassen. Vergebens.

»Na gut, Kev«, rief Bob nach einer Weile. »Jetzt sind deine Muskeln gefragt. Abby, du setzt dich ans Steuer.«

Abby hatte den Rock in ihre Miederhose gesteckt und war vorsichtig durch das Wasser zum Wagen gewatet, aber als sie die Wagentür jetzt öffnete, drehte sie sich kurz zu ihrem Vater und Kevin um, und in diesem kurzen Moment der Unaufmerksamkeit passierte es: Sie verlor das Gleichgewicht, rutschte auf dem Trittbrett aus und landete auf Knien im Wasser, wobei der Saum ihres Kleides klatschnaß wurde. Mit aufeinandergebissenen Zähnen rutschte sie hinter das Lenkrad.

Mit vereinten Kräften schoben Vater und Sohn den Wagen langsam durch die Furt ins Trockene.

»Laß uns noch ein oder zwei Minuten warten«, keuchte Bob, »dann versuch' ich noch mal sie anzulassen.«

Gwen öffnete die Handtasche und reichte ihm eine Packung Zigaretten hinüber. Beide steckten sich eine an, während die Zwillinge sich in dem kleinen viereckigen Taschenspiegel betrachteten, den Gwen aus ihrer Tasche geholt hatte. Sie rückten ihre Hüte zurecht, richteten ihr Haar, zogen den Spitzenkragen gerade, strichen die Kleider glatt und schlüpften wieder in die Schuhe. Ganz besondere Aufmerksamkeit widmeten sie dem Rüschenrand ihrer Socken, damit dieser ganz gerade saß.

Abby schüttelte ihren schlammverschmierten Rock aus. »Da ist wohl nicht mehr viel zu machen.«

»Spül ihn im Waschraum in der Kirche aus«, schlug Gwen vor. »Dann bekommst du wenigstens die gröbsten Flecken raus.«

»In der Sonne trocknet er wieder«, tröstete Colleen.

»Also gut, auf ein neues«, sagte Bob.

Gwen sah besorgt auf ihre kleine Armbanduhr, als Bob hinter dem Lenkrad Platz nahm. Ein, zwei, drei Versuche und der Wagen setzte sich mit einem Blubbern in Bewegung. Alle jubelten. Brian klatschte in die Hände, und alle drängelten wieder ins Auto, um die Fahrt fortzusetzen.

Obwohl sie spät kamen, hatte der Gottesdienst noch nicht begonnen. Sie machten rasch ihre Kniebeugen und schlichen dann zu einer der hinteren Bankreihen. Mehrere Kirchgänger wandten den Kopf, um zu sehen, wer die Neuankömmlinge waren. Abby setzte sich als letzte und sorgte mit ihrem verdreckten Kleid bei einigen von ihnen für hochgezogene Augenbrauen.

Gwen mahnte Kevin mit einem Knuff zur Ruhe und zeigte den Mädchen, welche Seite sie in ihrem Gesangbuch aufschlagen mußten. Pfarrer O'Leary zog sein Meßgewand zurecht, und Kevin schloß die Augen, als er mit der langen lateinischen Messe begann.

Als er bei der Predigt angelangt war, langweilte sich Brian, der zwischen Gwens Beinen auf dem Kniepolster gehockt hatte, entsetzlich. Sie gab ihm ihren Rosenkranz, den er sich über den Kopf zog, um mit dem silbernen Kreuz daran zu spielen. Sobald Brian ruhig war, konzentrierte sie sich wieder auf die Predigt.

»Heute«, begann Pfarrer O'Leary mit dröhnender Stimme, »da wir mit Gott dem Herrn den geheiligten Sonntag begehen, können wir uns von der harten Arbeit erholen, die wir in der vergangenen Woche geleistet haben. Doch es ist gut möglich, daß unter uns, die wir uns ehrlich mühen und der Lehre des Herrn folgen, hier und jetzt das Böse am Werk ist. Die schmutzige und gefährliche Doktrin des Kommunismus bedroht unsere Welt und breitet sich immer weiter aus. Ihre Saat wird von denen in unser schönes Land geschleppt, die von anderen Orten kommen und das zu zerstören suchen, was sie selbst nie kennenlernen und ihr eigen nennen durften. Wir müssen uns vor dieser heimtückischen Seuche schützen. Hütet euch vor denen, die unsere Demokratie stürzen und alles zerstören wollen, was unseren Eltern und Großeltern lieb und teuer war, wofür sie kämpften und wofür sie starben. Der Kommunismus wird alles zunichte machen!« wetterte der Priester und schüttelte drohend die Faust.

Kevin verstand das Gerede über den Kalten Krieg, den Kommunismus und die Atombomben nicht. Das schien alles nichts mit seinem Leben zu tun zu haben. Als der Priester fortfuhr, unterdrückte er ein Gähnen.

»Mit dem Kommunismus gehen Anstand, Sicherheit und Moral verloren. Wir alle müssen uns dieser Bedrohung standhaft entgegenstellen. In vielen Teilen Europas ist es katholischen Familien wie den euren nicht länger möglich, die heilige Messe zu besuchen oder öffentlich zu beten. Laßt uns darum beten, daß der Glaube dieser Familien die kommenden Jahre überleben kann. Ich bitte euch alle, den geheiligten katholischen Glauben in euren Familien zu stärken und zu bewahren. Betet zusammen, bleibt zusammen. Mütter, Väter und Kinder kniet euch abends gemeinsam nieder und betet den Rosenkranz, kommt gemeinsam zur Beichte und empfangt das heilige Sakrament. Lehrt die Kinder den geheiligten Glauben, verheiratet sie innerhalb des Glaubens, und der Glaube wird für immer mit ihnen sein. Und nun lasset uns für die Seelen der Heiden, der gewissenlosen Machthaber und der Missetäter beten, auf daß sie das Licht sehen und dem wahren Pfad Gottes zur Gerechtigkeit folgen.«

Unter Geraschel und Geraune kniete die Gemeinde zum Gebet nieder. Gwen faltete die Hände, legte sie auf die Rückenlehne der Vorderbank und stützte die Stirn darauf. Colleen hatte Angst und drängte sich eng an sie. Obwohl die Zehnjährige die Worte des Priesters nicht ganz verstanden hatte, begriff sie, daß da draußen eine Gefahr lauerte, die sich anschleichen und an den Wänden ihres sicheren Zuhauses rütteln konnte. Shirley ging dagegen furchtbar gern zur Kirche, liebte es, sich feinzumachen, sammelte Heiligenbildchen und konnte sogar einige Sätze aus der lateinischen Liturgie auswendig aufsagen. Colleen machte die Kirche immer Angst: Sie fürchtete sich vor den Drohungen, den Strafen, die es vom Himmel regnen würde, wenn sie Gott nicht gehorchte, und vor den furchterregenden Warnungen des Priesters. Sie hielt sich die Ohren zu und versuchte statt dessen an das Picknick zu denken.

Abby war so in Tagträumereien versunken, daß sie das Ende des Gottesdienstes beinahe nicht bemerkt hätte. Ihre Mutter wickelte Brian den Rosenkranz vom Hals, während sie selbst den Zwillingen half, sich fertigzumachen, und die herumliegenden Handschuhe, Taschentücher, Haarbänder und Heiligenbildchen einsammelte. Die Organistin intonierte einen dröhnenden Marsch, während die vielköpfige Gemeinde langsam aus der Kirche strömte. Die Familien hatten so viele Kinder, daß der Mittelgang schon bald mit herumalberndem Nachwuchs verstopft war, dem es offensichtlich mehr Spaß machte, zu schubsen und zu drängeln, als das Gotteshaus in Würde und Anstand zu verlassen.

Auf dem gepflegten Rasen vor der Kirche ging Pfarrer O'Leary umher, schüttelte Hände, tätschelte Kinderköpfe und machte sich einen Spaß daraus, neue Gemeindemitglieder oder seltene Besucher seiner Kirche mit scherzhaften Bemerkungen zu begrüßen.

Bob McBride beobachtete ihn und wartete auf das Unvermeidliche. »Der hat seine Schäfchen im Griff, wie es sich für einen guten Hütehund gehört«, dachte er lächelnd bei sich.

»Wie schön, daß Sie auch hier sind«, sagte der Priester und reichte den McBrides die Hand. Die Kinder grinsten, als er jeden von ihnen ein wenig neckte. »Natürlich habe ich Verständnis dafür, daß Sie sich erst einmal bei uns einrichten mußten. Trotzdem vertraue ich darauf, daß wir in Zukunft etwas mehr von Ihnen zu sehen bekommen«, sagte er so freundlich, daß es weniger wie eine Rüge als wie eine Einladung klang.

»Wir tun unser Bestes«, versicherte ihm Gwen.

»Natürlich ... natürlich. Das weiß ich doch. Kommen Sie denn auch zum Picknick? Ich spiele in einem der Kricketteams mit.« Er zwinkerte ihnen zu und flüsterte: »Der Pfarrer der anglikanischen Kirche ist übrigens im gegnerischen Team.«

»Und auf wessen Seite steht Gott?« konnte Bob sich nicht verkneifen zu sagen, wofür er von Gwen in die Rippen gestoßen wurde.

»O Ihr, die Ihr arm im Glauben seid«, entgegnete der Priester lachend, bevor er zur nächsten Familie weiterschlenderte.

Zur selben Zeit versammelte sich mehrere Straßenzüge von der hohen Backsteinkirche der Katholiken entfernt die kleinere Gemeinde der Presbyterianer vor einer bescheidenen, weißen Holzkirche. Das Gespräch drehte sich um das Wetter, das Vieh und die Familie – meist in genau dieser Reihenfolge. Der Großteil der Leute lebte auf dem Land oder besaß kleinere Geschäfte in der Stadt.

Nachdem Phillip Holten die Runde gemacht und flüchtig einige Hände geschüttelt hatte, nahm er seine Frau am Arm und wollte auf seinen Wagen zusteuern, als sich ihm ein gutaussehendes Mädchen in fröhlich geblümtem Kleid lächelnd in den Weg stellte.

»Hi, Mr. und Mrs. Holten«, strahlte sie.

Enid, die spürte, wie Phillip sich verkrampfte, lächelte zurück. Sie wußte, daß er es haßte mit »Hi« begrüßt zu werden, seiner Meinung nach eine Unsitte, die von amerikanischen Soldaten ins Land gebracht worden war.

»Guten Morgen, Cheryl«, antwortete er steif. »Ich hoffe, es geht dir gut.«

»Könnte nicht besser sein, Mr. Holten. Kommen Sie auch zum Picknick in den Park?«

»Nein … den Sonntag verbringen wir gewöhnlich beschaulicher.«

Cheryl war erleichtert, als sie über Mr. Holtens Schulter hinweg Barney erblickte, der sich händeschüttelnd und plaudernd durch die Menschenmenge auf sie zubewegte. »Ach, da ist ja auch Barney. Bis nachher, Mr. und Mrs. Holten.« Und sie sprang davon.

Aus dem Augenwinkel heraus sah Barney das Mädchen im geblümten Kleid auf sich zukommen und lächelte. Obwohl er sonst etwas schüchtern war, hatte er sich mit Cheryl immer gern unterhalten.

»Hallo, Cheryl.«

»Hi, Barney«, begrüßte sie ihn. »Hoffentlich kommst du zum Picknick. Ich habe dich nämlich für mein gemischtes Kricketteam aufgestellt.«

»Und ich dachte, das sei eher was für die Kleinen. Ich wollte eigentlich mit meinen Eltern nach Hause fahren.«

»Ach, komm schon, Barney. Es ist doch für einen guten Zweck. Pro Lauf wird eine bestimmte Summe gespendet. Ach, bitte komm doch.«

Phillip Holten öffnete seiner Frau währenddessen die Wagentür und sah abwartend zu Barney hinüber, der sich mit dem Mädchen unterhielt. Barney drehte sich um und sah ihn an.

»Hör zu, Cheryl, ich überlege es mir. Vielleicht komme ich später noch mal in die Stadt zurück.« Er ging eilig zum Wagen. Als sie wegfuhren, winkte er Cheryl zu.

»Warum gehen wir eigentlich nicht zu diesem Picknick?« fragte Barney.

»Aber wozu denn?« entgegnete seine Mutter.

»Ich überlege noch, ob ich nicht hingehen soll. Cheryl Maddocks hat mich für ihr Kricketteam aufgestellt.«

»Welches Team, Liebling?«

»Zeitverschwendung. Außerdem ist Sonntag«, mischte sich sein Vater ein.

In der Straße, die zum Park führte, staute sich der Verkehr, so daß sie gezwungen waren, an der Kreuzung anzuhalten. Sie warteten, ohne etwas zu sagen, als Barney plötzlich die unverkennbaren Rundungen des braunen Buicks der McBrides erkannte, die offensichtlich ebenfalls in Richtung Park wollten. Er lächelte und hielt nach Abby Ausschau.

»Weißt du was, Dad? Ich glaube, ich steige doch hier aus und gehe zu Fuß zum Park. Warum soll ich bei dem Match nicht mitmachen? Ich finde schon jemanden, der mich nach Hause fährt.« Er öffnete die hintere Wagentür und sprang hinaus.

»Aber du hast doch gar keine Kricketsachen dabei«, bemerkte seine Mutter und fügte dann hinzu: »Zum Mittagessen gibt es Schweinebraten.«

»Den esse ich heute abend, Mama. Bis später dann.« Er sprintete los, und sein Vater lenkte den Wagen mit zusammengekniffenen Lippen schweigend nach Hause.

Viele der Picknickbesucher waren direkt von der Kirche gekommen. Einige trugen Freizeitkleidung, aber die Tatsache, daß die meisten immer noch ihre Sonntagskleider anhatten, verlieh dem Ereignis eine sehr festliche Atmosphäre.

Es waren mehrere Stände und große Zelte aufgestellt worden, und für die Kleinen gab es ein Karussell und eine Ponyreitbahn.

Die ehrenamtlichen Mitarbeiterinnen vom Roten Kreuz verkauften Limonade, Tee und selbstgemachtes Gebäck. An einem Stand wurden Würstchen und Steaks für Sandwiches warmgehalten, und auch die bei allen so beliebten *jaffles* bekam man dort. Überall richteten sich einzelne Gruppen ihren Picknickplatz ein, breiteten Decken aus und verteilten das mitgebrachte Essen. Der Sportlehrer verkündete durch sein Megaphon, das erste Wettrennen für die Kinder werde bereits vor dem Mittagessen stattfinden. Anschließend gäbe es einen Wettbewerb für die Väter und Mütter, die mit zusammengebundenen Beinen um die Wette hüpfen müßten.

Barney erstand eine Limonade und ein Würstchen mit Brötchen, wanderte gutgelaunt herum und sah sich das bunte Treiben an. Plötzlich entdeckte er im Schatten eines Eukalyptusbaums inmitten von Kissen, Decken und Picknickutensilien die McBrides.

Bob McBride sprach ihn an: »Hallo, Barney!«

»Hallo allerseits«, begrüßte Barney sie. »Sieht aus, als hätten Sie heute Ihren Ausflugstag.« Sein Blick fiel auf Abby, die schnell an ihrem Rock hinunterblickte. Sie stellte mit Erleichterung fest, daß man die ärgsten Flecken im Sitzen nicht sehen konnte. Das Kleid war zwar inzwischen getrocknet, aber am Saum waren immer noch Schlammspritzer.

»Ja, so ein Picknick ist eine großartige Sache«, erwiderte Bob fröhlich. »Warum setzen Sie sich nicht auf einen Bissen zu uns? Wir haben genug Fressalien dabei. Die McBrides reisen immer mit ausreichend Proviant. Abby, rutsch doch mal rüber und mach Platz für Barney.«

Barney überlegte kurz und wollte die Einladung gerade annehmen, als ihn Cheryl Maddocks am Arm faßte.

»Barney«, lächelte sie ihn an. »Dann ist mein Teamkapitän also doch noch gekommen. Das ist wirklich toll von dir.«

»Oh ... hallo, Cheryl. Ich habe mich gerade unterhalten. Du kennst die McBrides wahrscheinlich noch nicht, oder? Mr. McBride hat uns beim Scheren ausgeholfen.«

Er wandte sich wieder der Gruppe zu, die wie erstarrt auf das schick gekleidete lebhafte Mädchen blickte. Als Barney begann, die einzelnen Familienmitglieder vorzustellen, war Abby aufgestanden, um dem Beispiel ihres Vaters zu folgen. Barfuß stand sie da, als Barney sagte: »Und das hier ist Abby.«

»Hi«, sagte Cheryl lässig und ließ ihren Blick rasch über Abbys verflecktes Kleid wandern. Sie lächelte Abby voller Mitgefühl an.

»Hallo«, sagte Abby leise.

Jetzt sah auch Barney die Flecken, spürte ihre Verlegenheit und wußte nichts besseres zu sagen als: »Abby hat uns übrigens auch beim Scheren geholfen. Sie ist eine prima Arbeiterin.« Abby und Barney sahen sich an. Abby wäre vor Scham am liebsten im Boden versunken.

Bob McBride eilte seiner Tochter zu Hilfe. »Aber heute morgen war sie vor allem die Heldin der großen Rettungsaktion in der überfluteten Furt.« Während Abby wieder Platz nahm, gab ihr Vater einen stark übertriebenen Bericht der ganzen Episode zum besten und brachte damit alle zum Lachen.

Als er seine Geschichte beendet hatte, zog Cheryl Barney am Arm. »Komm doch zu uns rüber. Wir wollten gerade etwas essen, und du brauchst für das Spiel später viel Kraft.« An die übrigen gewandt, meinte sie: »Vielleicht sehen wir uns ja noch.«

»Tja, dann bis später und vielen Dank für die Einladung«, sagte Barney.

Die jüngeren McBrides nahmen sich für das Essen nicht viel Zeit. Schon bald zerrten sie Abby davon, um die Karussells und Buden auszukundschaften. Großzügig spendierte Abby einen Teil ihres Lohns, damit sich die Kinder vergnügen konnten, und kaufte außerdem allen eine Portion rosa Zuckerwatte. Das war das einzige Mittel, mit dem Brian vom Karussell weggelockt werden konnte, sonst hätte er sich noch länger an der Stange seines Pferds festgehalten und lautstark »noch mal ... noch mal ...« gefordert.

Als sie sich schließlich alle erschöpft auf die Picknickdecken plumpsen ließen, war das von einer begeisterten Zuschauermenge verfolgte Kricketspiel schon in vollem Gange.

Gwen stieß Abby an und setzte sich dann neben sie. »Barney ist gerade Fänger. Da mit dem Rücken zu uns, das ist er. Cheryl ist Werferin. Und kannst du dir vorstellen, daß unser Pfarrer O'Leary schon dreimal vier Punkte gemacht hat? Er ist der Held des Spiels.«

Cheryl warf den Ball mit viel Schwung geschickt über das gesamte Spielfeld zu Pfarrer O'Leary, der nicht umsonst in seinem letzten Jahr auf dem Priesterseminar Kapitän der Kricketmannschaft gewesen war. Er holte weit aus, trieb den Ball mit einem kräftigen Schlag in die Höhe und schleuderte ihn in Richtung Spielfeldgrenze. Die Zuschauer jubelten und wurden dann ganz still, als Barney dem Ball nachsetzte. Über die Schulter nach hinten blickend, rannte er auf die Spielfeldgrenze zu, drehte sich dann, ohne anzuhalten, halb um und griff mit beiden Händen in die Luft, um den Ball abzufangen. Mitten im Sprung verlor er jedoch das Gleichgewicht und stolperte rückwärts in eine der am Spielfeldrand lagernden Picknickgruppen. Deren erschrecktes Kreischen ging allerdings im frenetischen Jubel völlig unter, der in diesem Moment aufbrandete.

Etwas atemlos durch seinen Sturz sah Barney einen oder zwei Sterne, aber viel schöner fand er die zwei weit geöffneten, blauen Augen, die verwundert auf ihn niedersahen. Er war genau in Abbys Schoß gelandet.

»Hätte nicht geglaubt, daß wir uns so schnell wiedersehen würden«, sagte er mit einem albernen Grinsen. »Entschuldigen Sie, daß ich so unangemeldet reinplatze.«

Sie lächelte und gab ihm dann einen Schubs. »Kämpfen Sie mein Held, kämpfen Sie weiter«, sagte sie mit gespielter Theatralik.

Das Match wurde letztendlich für unentschieden erklärt, und der Großteil der Besucher verstand das Spielende als Zeichen zum Aufbruch. Die McBrides packten gerade ihre Picknicksachen in den Wagen, als ein ziemlich abgekämpft aussehender Barney, der sich Krawatte und Mantel über die Schulter gehängt hatte, zu ihnen trat.

»Ich habe mich gefragt, ob Sie mich vielleicht mitnehmen könnten. Ich bin nämlich ganz unvorhergesehenerweise hierhergekommen und hatte mir gar nicht überlegt, wer mich nach Hause fährt.«

»Wird ein bißchen eng, aber wenn Ihnen das nichts ausmacht, nehmen wir Sie gern mit«, erklärte Bob.

»Prima. Vielen Dank.«

»Einen Haken hat die Sache allerdings«, warnte ihn Abby. »Dad singt nämlich.«

»Das ist schon in Ordnung. Die Iren haben ja normalerweise gute Stimmen«

»Das schon. Aber Sie müssen mitsingen«, sagte Abby grinsend. »Und wenn Sie sich keine Mühe geben, werden Sie auf die Straße gesetzt.«

»Um Gottes willen. Vielleicht sollte ich mich besser doch zu Fuß auf den Weg machen.«

Gwen setzte sich mit Brian auf dem Schoß nach vorn neben Bob und Kevin. Die Zwillinge, Abby und Barney saßen hinten. Alle redeten fröhlich durcheinander, erzählten von ihren Erlebnissen an diesem Tag und bewunderten den Plüschpanda und die Puppe, die Bob und Kevin für die Mädchen gewonnen hatten.

»Das war besser als die *Royal Easter Show* in Sydney«, sagte Barney. »Alle haben sich unheimlich viel Mühe gegeben.«

»Ich finde diese Stadt und die Menschen hier sehr nett«, sagte Gwen und streichelte dem schläfrigen Brian über den Kopf.

Als sie die Stadt verließen und im Licht des späten Nachmittags heimwärts fuhren, begann Bob, *»When the red robin comes bob bob bobbin' along ...«*

Abby stieß Barney an. »Jetzt sehen Sie ja, daß ich vorhin keinen Witz gemacht habe«, flüsterte sie.

»Ich höre von da hinten nichts«, rief Bob über die Schulter, und Barney machte einen schwachen Versuch mitzusingen.

Als Abby mit kräftiger, schöner Stimme einfiel, zwinkerte er ihr dankbar zu. Er überlegte sich, was sie wohl sagen würde, wenn sie wüßte, daß er noch nie mit seinen Eltern im Auto gesungen hatte. Überhaupt war ihm eine Familie wie die McBrides noch nicht begegnet. Seine Eltern wären von ihrem Benehmen bestimmt nicht angetan. Bob und Kevin hatten zum Beispiel an dem Wetthüpfen teilgenommen und waren mit aneinandergebundenen Beinen nach einem Sturz erst einmal als lachendes Knäuel auf der Wiese herumgerollt, bis sie schließlich prustend über die Ziellinie krochen. Die Holtens hätten es unmöglich gefunden, im Auto herumzualbern und zu singen. Aber Barney hatte unglaublichen Spaß dabei. Besonders, weil er Abbys weichen Körper neben sich spürte und den süßen Duft ihrer Haut und ihres Haars einatmen konnte.

Endlich warf er Erziehung und Hemmungen über Bord und sang mit: »*Wake up, wake up, you sleepy head, get up, get up get outta bed, cheer up, cheer up the sun is red ...*«

## SIEBTES KAPITEL

Abby schloß schwungvoll das Gartentor hinter sich und schlenderte auf das Haus der Pembertons zu, dabei balancierte sie vorsichtig eine Kuchendose, so daß die Passionsfruchttorte auf dem Butterbrotpapier darin nicht verrutschte. Sie pochte leise an die Küchentür und steckte dann den Kopf durch die Fliegentür.

»Huhu, Mrs. Pemberton ... ich bin's, Abby ...«

»Hallo ... immer herein in die gute Stube«, kam die Antwort.

Sie trat ein und stellte die Kuchendose auf dem Küchentisch ab, als eine junge Frau in der Eßzimmertür erschien. Abby sah sie überrascht an. Das Mädchen war etwa so alt wie sie, hatte honigblondes Haar und dunkelbraune Augen. Sie war geschminkt und trug Ohrringe, die wie kleine Margeriten aussahen, und ihr Haar war sorgfältig eingedreht. Die Unbekannte hatte beeindruckende weiße Caprihosen mit einer gesmokten Bluse an und bunte, hochhackige Sandaletten an den Füßen. Für Abby verkörperte ihre Garderobe den Gipfel legerer Eleganz, die sie sonst nur aus den beim Zeitungshändler eilig durchgeblätterten Frauenzeitschriften kannte.

»Ich wollte eigentlich zu Mrs. Pemberton. Ich bin Abby. Ich habe die Torte vorbeigebracht.«

Das Mädchen musterte Abby, die sich unter ihrem prüfenden Blick etwas unwohl fühlte. »Torte? Ich bin verrückt nach Torten. Ist es eine richtige Sahnetorte?« Sie öffnete die Dose einen Spalt, und Abby bemerkte den hellroten Lack auf ihren Nägeln. »Hmm, die sieht aber lecker aus. Passionsfrucht. Ach so, ich bin übrigens Shannon. Mama ist gerade am Telefon. Ich glaube, ich nehme mir gleich ein Stück.«

»Meine Mutter hat sie für Mrs. Pemberton gebacken. Sie sagte, sie bräuchte sie für einen bestimmten Anlaß«, erklärte Abby, die sich in ihren hochgekrempelten verwaschenen Hosen, den Segeltuchschuhen und dem lose hängenden alten blauen Arbeitshemd ihres Vaters ziemlich unansehnlich vorkam. Die Haare trug sie wie üblich zum Pferdeschwanz gebunden. Als Shannon Pemberton die Torte aus der Dose nahm und sie vorsichtig auf eine Kuchenplatte aus Kristallglas gleiten ließ, die sie aus dem Geschirrschrank genommen hatte, betrachtete Abby sie genauer. Sie war gepudert und hatte nicht nur Lippenstift aufgelegt, sondern auch violetten Lidschatten.

In diesem Augenblick hastete Sarah Pemberton in die Küche. »Shannon! Hände weg von der Torte, die ist für deine Teeparty! Hast du dich schon mit Abby bekannt gemacht?«

»Natürlich, Mutter. Kann ich von meiner Torte nicht wenigstens mal kosten?«

Sarah Pemberton lachte. »Wenn es um Kuchen und Süßigkeiten geht, ist Shannon ein hoffnungsloser Fall. Kommt, Mädchen, laßt uns wenigstens eine Tasse Tee trinken.«

Shannon ließ sich auf einen der vier Stühle fallen, die um den kleinen Resopaltisch herumstanden. »Sie wohnen jetzt also hier bei uns? Ich habe schon gehört, daß Sie auch noch Geschwister haben. Ich habe nur einen gräßlichen kleinen Bruder. Der ist aber im Internat.«

»Ich habe zwei kleine Brüder. Und zwei Schwestern, Zwillinge. Ich bin die Älteste.«

»Nach ihrem Schulabschluß ist Shannon etwas herumgereist und hat eine Zeitlang in Sydney gelebt. Ihre Heimkehr kam für uns ziemlich überraschend«, erklärte Sarah Pemberton.

Shannon zuckte mit den Schultern. »So bin ich eben. Im einen Moment hier, im nächsten schon wieder auf und davon. Mir wurde es auf einmal ziemlich langweilig. Ich hatte alles gemacht, was ich machen wollte, und als meine Mitbewohnerin beschloß, nach England zu ziehen, und das Mädchen, das an ihrer Stelle einziehen sollte, statt dessen lieber heiratete, habe ich mich gefragt, was ich eigentlich noch länger dort soll. Es ist Zeit heimzukehren. Besonders, weil Barney ja jetzt auch wieder hier ist.«

Shannons Mutter stellte die Teetassen auf den Tisch. »Deine Mutter hat mir erzählt, daß du dir eine Arbeit suchen willst, Abby?«

»Ja, ich bin nicht besonders anspruchsvoll, aber ich würde gern etwas machen, was mich interessiert. Vielleicht kann ich etwas finden, wobei ich mit anderen Menschen zu tun habe.«

»Ich habe auch schon mit dem Gedanken gespielt, ein bißchen zu arbeiten, falls sich eine gute Gelegenheit ergibt«, warf Shannon lässig ein.

Sarah Pemberton drehte sich zu Shannon um und sagte in neckendem Tonfall: »Dein Vater findet ja, daß du nach deiner kostspieligen Ausbildung mindestens Premierministerin werden solltest.«

»Wie langweilig! Das überlasse ich den Männern. Wir Frauen geben Partys, empfangen Gäste, verschwenden Geld und sind schön«, erklärte Shannon vergnügt, ohne daß Abby durchschaute, ob sie das im Scherz gesagt hatte oder nicht.

Abby trank ihren Tee aus und stand auf. »Schön, daß ich Sie jetzt auch kennengelernt habe, Shannon.«

»Ja. Wir sehen uns ja jetzt wahrscheinlich noch öfter.«

»Vielleicht könntet ihr beiden irgendwann gemeinsam ausreiten«, schlug Sarah vor.

»Leider habe ich kein Pferd, obwohl ich bei der Farmarbeit schon oft geritten bin.«

»Bei Gelegenheit können wir sicher eins für Sie auftreiben«, sagte Shannon ohne große Begeisterung.

Gwen war traurig, als sie hörte, wie Abbys Begegnung mit Shannon verlaufen war. Sie hätte sich gewünscht, Sarahs und Keiths Tochter wäre etwas freundlicher gewesen.

»Weißt du, sie ist so hübsch und so schick angezogen und so. Auch ein bißchen eingebildet, aber das liegt wahrscheinlich daran, daß sie auf diese teure Schule gegangen ist und Geld hat. Ich komme mir neben ihr so minderwertig vor.«

»Ach, Abby, es bricht mir wirklich das Herz, daß dein Vater und ich nicht in der Lage sind, dir all das zu bieten. Aber mach dir klar, daß sie deswegen nicht besser ist als du. Du bist wirklich etwas ganz Besonderes, und das sage ich nicht, weil ich deine Mutter bin, sondern weil ich eine Frau bin, die weiß, daß Gott manchen Mädchen ganz besondere Qualitäten mit auf den Weg gibt ... vielleicht will er sie dadurch für andere Dinge entschädigen. Abby, du weißt ja gar nicht, wie schön du bist ... Natürlich bist du hübsch, aber in deinem Inneren bist du wie ein kostbarer Edelstein. Du bist fürsorglich und liebevoll, witzig und zartfühlend und sehr verständnisvoll. Wenn du wüßtest, wie sehr ich mir wünsche, daß du eines Tages jemanden findest, der dich wirklich verdient ...« Auf einmal brach ihre Stimme vor Rührung, und Abby stürzte ihr entgegen und nahm sie fest in die Arme.

»Ach, Mama, es ist lieb, daß du das sagst. Wenn ich auch nur eine halb so gute Mutter werde wie du, kann ich sehr stolz auf mich sein ...« Sie umarmten sich fest. Gwen, die ihrer Tochter so vieles wünschte, und Abby, die so wenig verlangte.

Barney zog seine Stiefel an dem eisernen Stiefelauszieher neben der Hintertür aus und tappte dann über die Veranda in sein Badezimmer. Als er anschließend im Schlafzimmer stand und sich etwas Frisches anzog, sah er durch das Fenster ein unbekanntes Auto in der Auffahrt stehen. Er fragte sich, wen seine Mutter wohl eingeladen hatte. Unangemeldeten Besuch gab es auf Amba nicht.

Im Flur begegnete ihm Mrs. Anderson, die gerade mit einem Teetablett aus dem Wohnzimmer trat. Sie strahlte ihn an. »Deine Mutter hat einen Gast. Es ist jemand, über den du dich auch freuen wirst. Ich habe dir schon eine Tasse hingestellt.«

Mehr sagte sie nicht, und so öffnete Barney leise die Tür. Einen Moment lang erkannte er den blonden Hinterkopf nicht, der zu der Person gehörte, die neben seiner Mutter auf dem Sofa saß. Als sie sich jedoch herumdrehte, entfuhr es ihm: »Shannon! Du bist zurück. Das ist ja schön.«

»Setz dich, Barney. Ich schenke dir Tee ein«, sagte seine Mutter. Barney strahlte Shannon an. Sie lächelte bedeutungsvoll zurück und genoß sichtlich, daß er sich so freute.

»Erzähl, was gibt's Neues bei dir? Freust du dich, wieder hier zu sein? Hast du vor, länger zu bleiben?« befragte er Shannon.

»Diesmal bleibe ich, Barney. Keine leichtfertigen Kaprizen mehr, wie mein Vater sagen würde. Ich hatte eigentlich überlegt, für einige Zeit ins Ausland zu gehen, aber Dad findet, ich sollte allmählich seßhaft werden.«

Enid reichte Barney die Teetasse. »Shannon ist viel herumgekommen. Sie erzählte gerade sehr interessant von Neuseeland«, sagte seine Mutter und reichte Shannon die Gebäckschale.

Shannon knabberte an einem Keks und betrachtete den jungen Mann, den sie schon ihr ganzes Leben lang kannte. Er war immer schon ihr Freund gewesen, schon in ihrer Kindheit waren sie gemeinsam auf Partys gegangen, und in ihrem Hinterkopf war immer der Gedanke gewesen, daß Barney und Amba daheim auf sie warteten – falls nicht ein irrsinnig reicher und aufregender Ausländer oder ein Filmstar um ihre Hand anhielt. Zugegeben, sie war nicht bis über beide Ohren in ihn verliebt. Barney war sicher nicht der Traumprinz ihrer Jungmädchenträume – aber ein zuverlässiger, süßer und durchaus kultivierter australischer Junge vom Land. Als sie ihn jedoch jetzt so unter gesenkten Wimpern musterte, während er in seiner Tasse rührte, mußte sie zugeben, daß sie in dem Jahr ihrer Abwesenheit vergessen hatte, wie attraktiv und charmant er war. Oder wußte sie ihn jetzt etwa nur besser zu würdigen, nachdem sie ihn mit anderen Männern vergleichen konnte, die sie kennengelernt hatte?

Barney machte sich ebenfalls Gedanken über Shannon. Ihre modische Kleidung und die neue Frisur verliehen ihr zweifellos einen Hauch von Glamour und Welterfahrenheit. Daß sie so stark geschminkt war, mochte er eigentlich nicht, und er dachte sofort an Abbys natürliche Schönheit. Die

Erinnerung daran, wie sie mit zurückgebundem Haar den Scherschuppen gefegt hatte, wie sie nach ihrem Sturz ins Wasser mit noch feuchtem Haar verschämt vor ihm stand, wie sie fröhlich lachend den Hühnern nachjagte oder mit ihren Geschwistern herumalberte, stand in krassem Gegensatz zu Shannons zwar makellosem, aber künstlichem Äußeren. Ihm wurde klar, daß dieser Eindruck auch viel mit Persönlichkeit zu tun hatte. Abby war ungekünstelt und immer zuvorkommend und freundlich. Daß Shannon ziemlich verwöhnt war und dementsprechend launisch sein konnte, wußte er aus eigener Erfahrung.

Er spürte, daß Shannon ihn ansah, lächelte und fragte rasch: »Und was hast du als nächstes vor, Shannon?«

»Ich dachte an Springreiten. Dad hat mir ein wirklich fabelhaftes Pferd gekauft.«

»Das klingt ja sehr spannend, Shannon«, sagte Enid mit gespieltem Interesse und kraulte dabei die beiden Hunde, die zusammengerollt neben ihr lagen. »Möchtest du noch etwas Tee?«

»Nein, vielen Dank. Es war sehr nett bei Ihnen, aber ich sollte mich allmählich auf den Weg machen.« Sie erhob sich und griff nach ihrer Umhängetasche. »Danke für den Tee, Mrs. Holten, und grüßen Sie doch bitte Ihren Mann von mir.«

»Ich bringe dich noch zum Wagen«, bot Barney an und folgte ihr nach draußen.

Er öffnete die Fahrertür ihres neuen Holdens, und Shannon setzte sich hinter das Steuer, wobei sie zuerst die die Falten ihres weiten Rocks zusammenraffen mußte. Barney schloß die Tür und beugte sich ins offene Wagenfenster.

»Meinst du nicht, daß du das Leben hier jetzt ziemlich langweilig finden wirst?« fragte er.

»Du hast dich doch auch wieder daran gewöhnt«, entgegnete sie lächelnd. »Freust du dich denn, daß ich wieder da bin? In Sydney hast du mich ja trotz deiner Versprechungen kaum besucht. Du warst allerhöchstens zweimal da.«

»Ich wollte dir eben nicht im Weg stehen«, grinste Barney.

»Ich bin froh, daß wir wieder Nachbarn und Freunde sind. So wie wir es beinahe unser ganzes Leben lang waren«, sagte Shannon leise. »Vielleicht ist es jetzt an der Zeit, daß wir uns richtig kennenlernen.« Barney gab darauf keine Antwort.

»Dann bis bald«, sagte er, als sie den Wagen anließ.

»Hoffentlich.« Sie winkte ihm zu und gab beim Wegfahren mehr Gas als nötig. Barney hoffte, daß sein Vater nicht im Haus war und nicht hörte oder sah, wie der Kies unter den Weißwandreifen des Holdens aufstob.

Seit seiner Kindheit hatte Shannon durch ihre nachbarschaftlichen, familiären und gesellschaftlichen Verbindungen fest zu seinem Leben gehört. Obwohl er sich über das Wiedersehen freute, verspürte er keine übertriebende Begeisterung. Sie war ihm vertraut, und sie verstanden sich gut. Es gab nur sehr wenige junge Frauen, die seine Mutter zum Tee bitten würde. Die Farm der Pembertons lag in direkter Nachbarschaft zu Amba, und das war ein entscheidender Grund für die enge Beziehung zwischen den beiden Familien. Shannon würde nach ihrer Heirat zu ihrem zukünftigen Mann ziehen, ihr Bruder erbte später einmal Anglesea. Aber natürlich sprach man in der Gegend darüber, daß die beiden Familien ihren Besitz zusammenlegen und beträchtlich vermehren könnten, sollten Shannon und Barney eines Tages beschließen zu heiraten. Nicht, daß es an Interessenten für Shannon gemangelt hätte, ihr Werdegang war genauestens verfolgt worden. Unter den begüterten Familien mit Söhnen und Töchtern im heiratsfähigen Alter wurde die Heiratspolitik mit demselben Ernst betrieben wie in den Kreisen des Hochadels.

Abby schwatzte noch etwas mit Colleen und Shirley, bewunderte ihre selbstgebastelten Puppen aus Papier, ließ sich erzählen, wie Fred, der Collie, die Hühner zusammengetrieben hatte, als seien sie eine Schafherde, und erfuhr, daß sie beim Schulkonzert mitmachen durften. Sie stellte sich auf den Rand des unteren Betts, um die oben liegende Shirley auf die Stirn zu küssen, strich Colleen noch einmal übers Haar, sagte dann gute Nacht und löschte das Licht.

Brian lag schon in tiefem Schlummer, während Kevin noch im Bett saß und zum zehnten Mal seinen Lieblingscomic las.

Abby ließ sich am Fußende seines Betts nieder. »Und, was ist bei dir Spannendes passiert?«

»Dad bringt mir jetzt Auto fahren bei. Wir üben hier auf der Farm.«

»Mensch, das ist ja eine tolle Nachricht. Ich verlaß' mich aber darauf, daß du dich an die Regeln hältst und nicht auf den Highway rausfährst. Wenn du dann erst einmal losbrausen kannst, wirst du bestimmt bald auch hinter den Mädchen hersein.«

Kevin senkte den Blick und nestelte an seiner Decke herum. »Woher weiß man eigentlich, wie das mit den Mädchen geht, Abby? Die anderen Jungs ärgern sie immer – manchmal sind sie sogar richtig gemein und stecken ihre Zöpfe in die Tintenfässer und so –, aber die Mädchen kichern immer bloß, und ich glaube, es gefällt ihnen, auch wenn sie so tun, als wären sie sauer.«

»Was meinst du damit, was willst du über Mädchen lernen?« fragte Abby ihn behutsam.

»Ein paar von den Jungen haben über einen Film gesprochen, den sie gesehen haben, und haben gesagt, daß er dämlich ist, weil sie darin soviel rumknutschen und so Sachen, die alles verderben. Ich hab' mir nur überlegt ... naja, also woher soll man eigentlich wissen, wie das mit dem Küssen geht, Abby?«

Abby lächelte ihn liebevoll an. »Du meinst, wie man es macht, daß einem die Nase nicht im Weg ist, und wie man die Lippen bewegt? Das habe ich mich früher auch immer gefragt. Ich bin natürlich keine Expertin, Kev«, warnte sie ihn, »aber es ist wie bei so vielen Dingen, über die man sich Sorgen macht – wenn es soweit ist, stellt man komischerweise fest, das es ganz von selbst klappt. Wenn du ein Mädchen kennenlernst, das du küssen möchtest, wirst du finden, daß es ganz einfach ist.«

Erleichtert, daß seine Frage nicht in ein langes peinliches Gespräch gemündet hatte, fand Kevin sich mit ihrer Erklärung ab und dachte im Halbschlaf darüber nach, ob er seine Lieblingsmurmeln nun gegen die Superman- und Prinz-Eisenherz-Hefte von Ted Johnston tauschen sollte oder nicht.

Nachdem Abby auch Kevin gute Nacht gesagt hatte, dachte sie noch etwas über die Unterhaltung nach und fragte sich flüchtig, wie es wohl wäre, Barneys lächelnde Lippen zu küssen. Abbys Kußerfahrung war sehr begrenzt: Es waren kurze und ungeschickte Küsse gewesen, ausgetauscht in der Schwärze eines Kinosaals oder in einer dunklen Ecke bei Tanzveranstaltungen. In Gilgandra hatte es nur einen Jungen gegeben, der ihr etwas bedeutete. Einen jungen Mann, der sich als Wanderarbeiter auf Schaffarmen verdingte und sich später auf der Obstplantage seiner Eltern in Victoria niederlassen wollte. Er war so schüchtern gewesen, daß sie sich schließlich vorgebeugt und ihm ihr Gesicht entgegengehoben hatte, so daß er der Verlockung ihrer süßen Lippen nicht widerstehen konnte. Alles war genauso gewesen wie in den Büchern – ihre Knie hatten gezittert, und ihr Herz hatte schneller geschlagen. Aber als sie sich wiedersahen, hatte er sie zuerst leidenschaftlich geküßt und dann plötzlich aufgehört. »Das sollten wir nicht tun«, hatte er abgewehrt.

»Aber wir küssen uns doch nur«, hatte sie geantwortet.

Er hatte seine Arme fallen lassen. »Für Jungen ist es schwer … naja, wieder aufzuhören. Du verstehst schon …« Aber sie verstand gar nichts. Statt dessen war sie verletzt, weil sie glaubte, es habe ihm nicht gefallen, sie zu küssen. Dann, ganz plötzlich, hatte er ein neues Arbeitsangebot bekommen und war abgereist, ohne sich zu verabschieden. Da sie auf dem Land aufgewachsen war, kannte sie sich mit dem biologischen Vorgang der Fortpflanzung aus, aber eigene Erfahrungen hatte sie nicht vorzuweisen. In ihrem Kurs bei den St.-Johns-Sanitätern hatte man ihnen vage Vorstellungen über Verhütungsmethoden vermittelt, und auch die Mutter hatte ihr einige einfache Fragen beantwortet. Die anderen Mädchen flüsterten kichernd über die ›Hochzeitsnacht‹ und erzählten sich mit Schaudern, daß es schlimmer sei, als ein Baby zu bekommen. Trotzdem hoffte Abby, daß es, wenn es einmal soweit war, so selbstverständlich passieren würde, wie sie es Kevin beschrieben hatte, und daß es so wäre, wie ihre Mutter versprochen hatte – ein einmaliges und wunderschönes Erlebnis.

Als Abby ihrer Mutter zwei Tage später dabei half, einen Riesenstoß Wäsche aufzuhängen, tauchte Shannon bei ihnen auf und fragte, ob sie nicht Lust habe, am nächsten Vormittag mit ihr auszureiten.

»Mein Pferd ist so lebhaft, daß meine Eltern mir nicht erlauben wollen, allein auszureiten. Können Sie nicht mitkommen? Sie könnten unser Arbeitspferd Jolly nehmen, er ist schon lange nicht mehr bewegt worden.«

Abby zögerte – der Vorschlag schien ihr eher ein Befehl zu sein als eine Bitte. Aber Gwen meinte sofort: »Geh ruhig, Schatz. Das wäre doch eine nette Abwechslung für dich. Ich komme hier schon allein zurecht.« Sie klemmte den Wäschepfahl unter die herabhängende Leine, und Abby half ihr, ihn aufzurichten und die schweren Laken, Handtücher, Hemden und Hosen hochzuziehen.

»Eigentlich müßte ich mich ja nach einer Arbeit umsehen, aber ich komme gern mit, Shannon.«

»Gut. Dann kommen Sie doch nach dem Frühstück zur Scheune hoch. Wahrscheinlich werden Sie ziemliche Mühe haben, Jolly einzufangen.«

Aber als Abby bei der Scheune der Pembertons ankam, wartete Jolly bereits fix und fertig gesattelt neben einem dunkelbraunen Vollblüter und einem rassigen schwarzen Araber.

»Shannon?« rief Abby.

»Bin schon da, Abby.« Shannon trat aus der Scheune, dicht gefolgt von Barney. »Wir haben Gesellschaft bekommen. Vor zwei Tagen hatte Barney keine Zeit, jetzt kann er plötzlich doch«, erklärte sie mit kokettem Blick in seine Richtung.

»Das ist ja schön«, sagte Abby und kam sich plötzlich reichlich überflüssig vor. Sie betrachtete Shannon in ihren schicken beigen Reithosen, dem karierten Hemd und den eleganten Stiefeln und fühlte sich unwohl in ihren ausgewaschenen Hosen, dem Baumwollpulli und den alten Gummistiefeln. Aber Barneys nettes Lächeln, das zu sagen schien: »Ich freue mich, daß Sie hier sind«, munterte sie wieder auf.

Sie schwangen sich auf die Pferde, die lebhaft die Köpfe schüttelten und es kaum erwarten konnten, in die frische Morgenluft zu kommen. Shannon ritt voran. Als sie die Koppel verließen und den Feldweg entlangtrabten, der auf den von struppigen Büschen bedeckten Hügelkamm führte, ritt Shannon ununterbrochen schwatzend neben Barney her. Abby, die das Schlußlicht bildete, wurde allmählich lockerer und begann den Ausritt zu genießen. Es war lange her, seit sie das letzte Mal zum puren Vergnügen ausgeritten war. Normalerweise stieg sie nur zum Arbeiten auf ein Pferd, und obwohl ihr auch das Spaß machte, war ein solcher Ausritt doch ein ganz besonderes Vergnügen.

Die drei waren etwa vierzig Minuten unterwegs und hielten dann auf dem Gipfel eines kleinen Hügels an. Sie machten es sich bequem, ruhten sich aus und bewunderten den Ausblick.

»Was ist los mit Ihnen, Abby? Sie waren so still«, fragte Barney und zwinkerte ihr hinter Shannons Rücken schnell zu.

»Ich habe einfach den Ritt genossen. Schön ist es hier oben.«

»Kommt schon, laßt uns wieder losreiten«, schlug Shannon unvermittelt vor. »Was haltet ihr davon, wenn wir auf dem Rückweg den Steilhang nehmen? Im Vergleich zu dem Weg, den wir gekommen sind, wäre das eine nette Herausforderung.«

»Du kannst es wohl kaum erwarten, dein Pferd mal richtig auszuprobieren, was?« sagte Barney

»Na klar. Sind Sie dabei, Abby?«

»Jolly scheint ein vernünftiges Pferd zu sein. Wir machen mit«, erklärte Abby, die sich von Shannon nicht unterkriegen lassen wollte.

Sie brachen auf, und jeder suchte sich auf dem steilen Hang seinen eigenen Pfad zum Fluß hinunter. Abby lehnte sich im Sattel zurück und überließ es Jolly, den besten Weg zu finden. Als die drei unten ankamen, waren ihre Gesichter vor Anstrengung gerötet.

Shannon drehte sich im Sattel um und ordnete an: »Wettrennen nach Hause!« Sie gab ihrem Pferd die Sporen und verfiel in Galopp. Barney und Abby folgten dicht hinter ihr.

Sie schlossen auf, und das Trommeln der Hufe und das Knacken der Zweige hallte durch die mit glitzernden Tautropfen überzogene Ebene.

Shannon ritt direkt hinter Barney her, der sich nach Abby umsah und die Zügel anzog. »Alles in Ordnung, Abby?« rief er.

Sie winkte ihm zu und nickte. Shannon, die einen abgebrochenen Zweig als Gerte benutzte, beugte sich unvermittelt zu Barneys Pferd hinüber und versetzte ihm spielerisch einen Hieb auf die Hinterbacken. »Na los, Barney, nicht schlappmachen!«

Anders als Shannon es eigentlich erwartet hatte, galoppierte Barneys Pferd, das sich die meiste Zeit nervös und zappelig gebärdet hatte, nicht drauflos, sondern warf den Schweif nach unten und bäumte sich ungehalten auf. Barney war darauf nicht gefaßt, er verlor das Gleichgewicht und stürzte.

Abby fuhr herum und war aus dem Sattel gerutscht, bevor Shannon überhaupt begriffen hatte, was geschehen war. Bis sie umgedreht hatte und zurückgeritten war, kniete Abby bereits vor Barney und untersuchte den offensichtlich Bewußtlosen.

»O mein Gott, Barney!« schrie Shannon auf und glitt vom Pferd.

Abby hob seine schlaffe Hand und tastete Nacken und Schultern ab.

»Ist alles in Ordnung? O Gott, er sieht so tot aus!« keuchte Shannon.

»Er wird schon wieder. Er ist bloß kurz ohnmächtig«, antwortete Abby.

»Sind Sie sicher?« Shannon berührte zitternd seine Hand. »O Gott, was machen wir denn jetzt?«

»Ich sehe nur nach, ob etwas gebrochen ist, bevor wir ihn bewegen.« Abby zog eines von Barneys Augenlidern hoch, langsam kam er wieder zu sich und gab ein Stöhnen von sich.

»Barney, Barney, geht es dir gut? Sag doch was«, fing Shannon wieder an und rang die Hände. Ihr war klar, daß sie die Schuld an dem Unfall trug.

»Können Sie nicht einen Wagen holen, Shannon. Wir müssen ihn zum Arzt fahren.«

»Aber muß er denn nicht ins Krankenhaus? Was ist mit den *Flying Doctors*?«

»Nun reiten Sie schon los, Shannon«, wiederholte Abby ungeduldig.

Shannon stieg wortlos auf ihr Pferd und galoppierte davon.

Nach etwa einer Minute bewegte sich Barney, faßte sich mit einer Hand an den Kopf und murmelte: »Großer Gott, was ist passiert? Bin ich gestürzt?«

»Bleiben Sie bloß liegen. Wir bringen Sie zum Arzt. Ich glaube, Sie haben sich die Schulter ausgerenkt.«

Barney versuchte sich zu bewegen und zuckte zusammen. »Fühlt sich gebrochen an.«

»Nein, es ist nichts Ernstes. Nur die Autofahrt wird ein bißchen schmerzhaft, es sei denn, Sie wollen, daß ich sie Ihnen gleich wieder einrenke. Ich habe das zwar schon einmal gemacht, aber wenn Sie es noch aushalten können, warten Sie lieber, bis Sie beim Arzt sind. Der kann Ihnen eine Spritze geben, dann tut es weniger weh.«

»Sie kennen sich also mit so etwas aus?«

»Ich habe einen Erste-Hilfe-Kurs gemacht und dann und wann auch Gelegenheit zum Üben gehabt«, lächelte Abby.

Barney legte den Kopf wieder zurück und schloß die Augen. Abby legte ihm eine Hand auf die Stirn.

Kurze Zeit später näherte sich ihnen der Pritschenwagen der Pembertons in holperndem Zickzackkurs.

»Das wird Shannon sein. Sie war ziemlich außer sich. Vermutlich wäre es besser, wenn ich Sie fahre.«

Barney nickte.

Shannon hielt den Wagen an, sprang heraus und redete so aufgeregt drauflos, daß sie kaum zu verstehen war. »Ich konnte keinen anderen Wagen auftreiben, konnte niemanden finden. Hätte ich jemanden anrufen sollen? Was machen wir denn jetzt, wie sollen wir ihn in den Wagen bekommen, passen wir denn überhaupt alle rein?«

»Hören Sie, Shannon«, sagte Abby ruhig. »Es ist besser, wenn ich ihn in die Stadt fahre, er hat sich die Schulter verletzt. Vielleicht auch das Schlüsselbein. Es passen nur zwei Leute in den Wagen, kümmern Sie sich doch um die Pferde.«

Shannon sah wenig begeistert aus. Abbys gelassene und souveräne Entschlossenheit machte sie unsicher und nervös. Ihr paßte es gar nicht, daß Abby das Kommando über Barney übernehmen wollte. »Nein. Lassen Sie mich helfen.«

»Bitte, Shannon, laß Abby machen. Sie kennt sich mit Erster Hilfe aus«, bat Barney mit schwacher Stimme.

Die beiden Mädchen halfen ihm auf die Beine und hievten ihn unter Abbys Anleitung auf den Beifahrersitz.

»Bringen Sie die Pferde zurück, Shannon. Und rufen Sie den Arzt an, um ihm zu sagen, daß wir auf dem Weg sind. Und wenn es Ihnen nichts ausmacht, rufen Sie doch auch gleich die Holtens und meine Mutter an, womöglich machen sie sich schon Sorgen und fragen sich, wo wir bleiben.«

Shannon nickte und wandte ihre Aufmerksamkeit den Pferden zu. Sie machte einen sehr verstimmten Eindruck.

Dr. Malone bestätigte Abbys Vermutung, daß es sich um eine ausgerenkte Schulter handelte, verabreichte Barney eine Spritze und renkte das Gelenk wieder ein. Abbys Ruhe und ihre praktischen Fähigkeiten schienen ihn zu beeindrucken, und er sah sie nachdenklich an, während sie sich unterhielten. »Ich habe Sie und Ihre Familie schon in der Kirche und beim Picknick gesehen. Wie wäre es übrigens mit einer Tasse Tee?«

»Das wäre nicht das Verkehrteste, Doktor«, sagte Barney.

»Kann ich Ihnen dabei helfen, Dr. Malone?« bot Abby an. »Haben sie eigentlich keine Sprechstundenhilfe?«

»Bis vor drei Tagen schon, aber dann beschloß die Gute urplötzlich, in die Stadt zu ziehen. Ohne jede Vorwarnung.« Dr. Malone schien plötzlich eine Idee zu haben. »Möchten Sie die Stelle vielleicht übernehmen? Können Sie Maschine schreiben?«

Abby starrte ihn an. »Um ehrlich zu sein, suche ich sogar gerade nach Arbeit. Meine Tippkenntnisse sind zwar etwas eingerostet, aber mit ein bißchen Übung ginge es.«

»Ihre Talente als Krankenschwester kann ich wärmstens empfehlen«, setzte Barney hinzu.

»Gut. Dann bringen Sie den Patienten doch in einer Woche zur Nachuntersuchung vorbei, und wir besprechen alles weitere. Bis dahin schlage ich mich allein durch. Es ist natürlich keine besonders aufregende Tätigkeit, nichts für eine Florence Nightingale. Ich fürchte, es geht hauptsächlich darum, Termine auszumachen oder Krankenblätter zu schreiben und solche Sachen.«

»Das klingt fabelhaft. Ich bin Ihnen sehr dankbar, Dr. Malone, und ich werde mein Bestes tun.«

Der Arzt lächelte sie an. »Also gut. Bringen Sie ihn jetzt nach Hause. Lassen Sie den Arm bis zur Untersuchung nächste Woche in der Schlinge, Barney. Ich gebe Ihnen noch Schmerztabletten mit – eine für jetzt und eine, falls Sie heute nacht noch Schmerzen haben.«

Obwohl Barney sich auf der Heimfahrt noch etwas benommen fühlte, war er begeistert darüber, daß Abby die Stelle angeboten bekommen hatte.

»Wenn ich nicht vom Pferd gefallen wäre, wäre das alles nicht passiert. Im Nachhinein bin ich wirklich froh über den Sturz.«

»Ich freue mich auch über das Angebot. Hoffentlich klappt alles.«

»Mir fällt gerade ein, daß wir noch eine Schreibmaschine im Schuppen haben, ich werde sie für Sie heraussuchen. Es ist eine uralte Remington, stammt noch aus der Steinzeit, aber Sie können gern darauf herumklappern. Haben Sie sich übrigens schon überlegt, wie Sie jeden Morgen in die Stadt kommen? Mit Ihrer Betsy?«

»Darüber habe ich mir auch schon Gedanken gemacht. Ich denke, ich nehme den Schulbus und bitte Dr. Malone, schon um vier Uhr gehen zu dürfen, wenn ich dafür eine kürzere Mittagspause mache.«

»Damit ist er bestimmt einverstanden. Für so etwas hat man hier viel Verständnis. Die Leute wissen ja, was für Entfernungen teilweise zurückgelegt werden müssen.« Nach einiger Zeit wurde Barney müde und döste ein, der Kopf sank ihm auf die Brust, rollte zur Seite und kam schließlich an Abbys Schulter zu liegen. Sie fuhr ganz langsam und genoß seine Nähe.

Als sie die Abzweigung nach Amba erreichten, blieb Abby zögernd im Auto sitzen, weil sie Barney nicht wecken wollte, wenn sie ausstieg, um das Gatter zu öffnen.

Er bewegte sich, blickte auf und fragte verschlafen: »Sind wir schon da?« Plötzlich begriff er, daß sein Kopf an ihrer Schulter lag, richtete sich auf und sah sie an.

»Ja, Barney. Sie sind zu Hause«, sagte sie sanft. Barney beugte sich zu ihr hinüber und küßte sie leicht auf die Lippen. Der Kuß kam völlig unvorbereitet, und Abby stieg die Röte ins Gesicht. Bevor sie etwas erwidern konnte, hob Barney die Hand, um ihr übers Haar zu streichen, was ihm allerding solche Schmerzen verursachte, daß er zusammenzuckte.

Abby stieg aus, öffnete das Gatter, lenkte den Wagen hindurch, schloß es wieder und fuhr dann schweigend zum Haus. Sie half Barney beim Aussteigen, er drückte ihr fest die Hand und ging dann hinein. Abby fuhr nach Anglesea zurück. Auf ihren Lippen lag immer noch der Geschmack von Barneys Kuß.

## ACHTES KAPITEL

Abby legte das letzte Krankenblatt in den Aktenschrank zurück und schob die Schublade zu. Sie glättete ihr Haar, steckte den ungewohnten Knoten fest und griff nach ihrer Tasche. Die Glocke über der Tür bimmelte, als jemand die Praxis betrat. Abby wandte sich um und wollte gerade erklären, daß der Doktor nicht da sei, da überzog ein Strahlen ihr Gesicht, denn der Besucher, der in der Tür stand und seinen Hut in der Hand hielt, war Barney.

»Hallo, Abby, wie geht's Ihnen?«

»Prima, danke. Wollten Sie zum Doktor oder bloß einen Termin mit ihm ausmachen?«

»Ehrlich gesagt, weder noch. Ich hatte eigentlich gehofft, daß Sie über Mittag Zeit haben. Ich habe heute in der Stadt zu tun.«

»Ich wollte gerade zur Tür hinaus, um Mittagspause zu machen. Ich bringe mir immer etwas von zu Hause mit und gehe damit in den Park.«

»Was halten Sie davon, wenn ich noch ein Sandwich und zwei Milkshakes besorge und wir uns zusammentun?«

»Das würde mir gefallen«, sagte Abby. »Ich wollte mich auch noch für die Schreibmaschine bedanken, die Sie mir geliehen haben. Und was macht die Schulter? Die Schlinge tragen Sie ja nicht mehr, wie ich sehe.«

»Es geht langsam wieder.«

Die beiden schlenderten die Hauptstraße entlang, wo die Markisen vor den Geschäften ihnen Schatten gaben und sie vor der sengenden Mittagshitze schützten.

»Dann gefällt Ihnen Ihre neue Arbeit also?«

»Ja. Dr. Malone ist ein sehr netter Mann. Ich mache lauter neue Erfahrungen und lerne viele Leute kennen.«

Barney betrat das Athena Cafe. »Was für einen Milkshake möchten Sie?«

»Schoko, bitte.«

Im Park setzten sie sich auf eine breite Bank im Schatten einer Jacaranda und breiteten die Mahlzeit zwischen sich aus.

»Möchten Sie vielleicht eine Hälfte von meinem Corned-Beef-Tomaten-Sandwich?« bot Barney ihr an.

»Nein danke, ich halte mich an meinen Thunfisch. Heute ist Freitag«, lehnte Abby lächelnd ab.

»Freitag? Ach ja, kein Fleisch ... Dann erzählen Sie doch mal, wen sie schon alles kennengelernt haben. Haben sie schon Verabredungen mit allen jungen Männern der Stadt getroffen?«

»Bis jetzt noch nicht. Ich lerne hauptsächlich Klappergreise mit krummen Beinen und alte Damen mit Arthritis kennen.« Abby verzog das Gesicht in gespieltem Bedauern, dann lächelte sie plötzlich. »Aber Cheryl Maddock habe ich wiedergetroffen. Sie hat gefragt, ob ich Lust hätte, in ihrer Hockeymannschaft mitzumachen. Ich habe zwar seit Jahren nicht mehr gespielt, habe ihr aber gesagt, daß ich darüber nachdenke. Dann müßte ich mir natürlich jeden Samstag Zeit nehmen für das Training und die Spiele.«

»Machen Sie das doch«, ermutigte Barney sie. »Sie müssen auch mal Spaß haben, Abby.«

Abby sah ihn über ihren Milkshake hinweg an und lächelte. »Und wie amüsieren Sie sich, Barney?«

Barney starrte in ihre großen blauen Augen. Einen Augenblick lang konnte er keinen klaren Gedanken fassen. Er schien sich wirklich nicht so besonders häufig zu amüsieren – ganz im Gegensatz zu den McBrides, die in ihrer Familie an allem einen Riesenspaß zu haben schienen. »Na ja, also ... ich spiele gelegentlich Tennis und Kricket. Lasse mich auf die eine oder andere Tanzveranstaltung mitschleppen.« Er dachte kurz nach und sagte dann, selbst überrascht über seinen spontanen Einfall: »Aber, wissen Sie was? Ich komme und sehe mir Ihr erstes Hockeymatch an. Ehrenwort. Sagen Sie mir nur rechtzeitig Bescheid.«

»Es wirkt vielleicht etwas seltsam, wenn sie sich beim Damenhockey sehen lassen, meinen Sie nicht?« fragte ihn Abby mit erhobenen Brauen. »Die Leute könnten einen falschen Eindruck bekommen.« Sie unterließ es, »in Bezug auf uns« hinzuzufügen, weil ihr das anmaßend vorkam, aber sie wußte ja, wie in Kleinstädten getratscht wurde.

»Das Gerede der Leute ist mir so egal wie nur irgend etwas. Ich hätte bestimmt meinen Spaß ... vielleicht kriegt man ja beim Damenhockey sogar richtig lustige Einlagen zu sehen.«

Abby versetzte ihm einen spielerischen Knuff in die Seite. »So, jetzt wird es aber Zeit, wieder an die Arbeit zu gehen. Vielen Dank für Ihre Gesellschaft.«

Er begleitete sie zur Praxis zurück, und als sie sich bei ihm bedankte, sagte er: »Ich habe übrigens noch ein paar Sachen in der Stadt zu erledigen, die etwas länger dauern. Soll ich Sie später mit zurücknehmen?«

»Ach was, mit dem Bus bin ich ganz schnell zu Hause. Trotzdem danke.«

»Aber ich würde mich über Ihre Gesellschaft freuen. Sie würden mir einen Gefallen tun. Rufen Sie doch beim Busunternehmen an und sagen sie dort, daß sie heimgebracht werden, damit die Kleinen den Bus nicht wegen Ihnen warten lassen. Bitte, Abby.«

Sie spürte, wie ihr Widerstand schwächer wurde. Was konnte schon passieren? Sie fühlte sich wohl mit ihm. »Okay, Barney. Das ist sehr nett.«

»Kurz nach vier warte ich auf Sie.«

Es wurde eine vergnügliche Rückfahrt. Beide waren entspannt und locker. Sie kamen schnell ins Plaudern und lachten viel. Als Barney sie gerade mit einer lustigen Anekdote über seinen ersten Arbeitstag in Sydney unterhielt, wurde Abby plötzlich bewußt, daß sie sich noch nie mit jemandem so wohl gefühlt hatte. An und für sich hätten sie eine Art Barriere spüren müssen, die das ungeschriebene Gesetz ihrer jeweiligen gesellschaftlichen Stellung in der Stadt zwischen ihnen errichtete. Jemand aus Barneys Kreisen verkehrte nicht auf gleicher Stufe mit einem Mädchen wie Abby, so hübsch und witzig sie auch sein mochte. Natürlich gab es freundschaftliche Beziehungen unter Gleichaltrigen, und man ging höflich und zivilisiert miteinander um, aber ernsthafte Beziehungen knüpfte man nur innerhalb der eigenen Klasse.

Aber haben wir denn überhaupt eine Beziehung? fragte sich Abby. Nein, natürlich nicht. Sie waren nichts weiter als zwei junge Menschen, die freundschaftlich miteinander verkehrten. Gleichzeitig wußte sie aber, daß sie sich mit jedem anderen jungen Mann vergleichbarer Herkunft unwohl gefühlt hätte. Barney war anders. Sie fühlte sich zu ihm hingezogen und spürte sogar eine Art von Seelenverwandtschaft mit ihm. Aber dann beschloß sie, ihre Empfindungen nicht zu hinterfragen und entspannte sich wieder.

Barney hatte ähnliche Gedanken. Abby war so ungekünstelt, so natürlich und unbefangen. Er spürte, daß sie aufrichtig war und nicht mit anderen Menschen spielte. Ihre Frische bezauberte ihn, und zum ersten Mal hatte er das Gefühl, er selbst sein zu können. Es war ein berauschendes Gefühl.

Beide waren glänzender Laune, als Abby ihm vom Gartentor aus zum Abschied zuwinkte und sich dann umdrehte, um Kevin nachzujagen, der gerade nach Hause gekommen war und Barney beim Davonfahren einen lauten Pfiff nachschickte.

Abby und Barneys gemeinsam verbrachte Mittagspause und ihre gemeinsame Heimfahrt blieben nicht unbemerkt. Dank zahlreicher Telefongespräche und der Bemühungen einiger unermüdlicher Klatschmäuler war noch vor Sonnenuntergang nahezu die gesamte Stadt über ihre Begegnung unterrichtet.

Shannon Pemberton erfuhr die Neuigkeit von einer Freundin aus der Stadt, die es kaum erwarten konnte, ihr als erste brühwarm davon zu erzählen. Shannon tat unbeeindruckt: »Du kennst Barney doch, er ist zu anderen immer so nett ...« In Wirklichkeit war sie stocksauer und fand innerhalb weniger Tage einen Grund, nach Amba hinüberzureiten.

Barney begrüßte sie herzlich und musterte interessiert ihr Pferd. »Na, wie geht es unserer angehenden Springreiterin?« fragte er gutgelaunt und bückte sich dann, um mit Kennermiene die Hand über eines der Beine des Pferdes gleiten zu lassen.

»Eigentlich ganz gut, bis ich erfuhr, daß du mit deinem eigenen kleinen Turnierpony in der Stadt herumstolzierst«, erwiderte sie scheinbar scherzhaft, doch der scharfe Unterton in ihren Worten war nicht zu überhören. Barney fuhr zusammen und drehte sich mit einem Ruck zu ihr um.

»Was hat das zu bedeuten, Barney?«

Barney sah sie verdattert an. Dann begriff er mit einem Mal, daß sie von Abby sprach, und sein Mund und seine Augen nahmen einen harten Ausdruck an. »Hör mal, Shannon, was ich tue oder nicht tue, ist ganz allein meine Sache.«

»Leider betrifft diese Sache mich ganz genauso, Barney. Wie sieht das denn aus? Ich lasse mich nicht gern so behandeln. In den Augen der Leute gehören du und ich schließlich zusammen.«

»Das sehe ich aber nicht so. Ich finde dein Benehmen ziemlich schwach, Shannon. Wir beide sind befreundet, aber das ist alles. Wir sind uns überhaupt nichts schuldig. Ich weiß schon, mit wem ich meine Zeit verbringen will.«

»Barney, das kann nicht dein Ernst sein!« Aber als sie ihm ins Gesicht sah, wurde ihr klar, daß er es todernst meinte. »Du kannst ja von mir aus gerne herumflirten. Aber dann sei bitte wenigstens diskret. Und wenn du wirklich mit einer anderen ausgehen willst – ich meine, einer anderen als mir –, dann solltest du wenigstens den Anstand haben, dir jemanden aus deinen eigenen Kreisen zu suchen. Natürlich sind alle davon ausgegangen, daß du und ich ...«

»Shannon, ich gehe aus, mit wem ich will. Und du solltest dasselbe tun«, unterbrach Barney sie.

Shannon konnte nicht länger an sich halten. »Aber sie ist ein Niemand! Die Tochter eines irischen Scherers! Ich hätte dir wirklich mehr Geschmack zugetraut, Barney Holten!« Sie stürmte wütend davon, und Barney biß sich auf die Lippen, um ihr nichts nachzubrüllen. Als seine schlimmste Wut verraucht war, versuchte er, sich seiner Gefühle für Abby klarzuwerden. Sie fühlten sich offensichtlich beide stark zueinander hingezogen. Er war gern mit ihr zusammen und genoß die warme und humorvolle Atmosphäre bei den McBrides, andererseits ließ sich nicht leugnen, daß ihre Herkunft kaum verschiedener hätte sein können. Ihm war klar, daß seine Eltern mit einer solchen Verbindung niemals einverstanden wären, aber bisher war in ihren Augen auch noch kein anderes Mädchen gut genug für den Erben von Amba gewesen. Das Klügste war wohl, sich einfach keine Gedanken über die Zukunft zu machen, und wenn Shannon darin nicht mehr vorkam, dann sollte ihm das nur recht sein.

Cheryl steckte den Kopf zur Praxistür herein. »Hi, Abby, kommst du heute Nachmittag zum Training?«

»Ja, ich bin mit Betsy da. Dad überläßt sie mir an zwei Tagen in der Woche.«

»Ich bin wirklich froh, daß du dich entschieden hast, bei uns zu spielen. Du hast einen guten Schlag drauf. Aus dir läßt sich bestimmt eine prima Flügelstürmerin machen.«

Abby zwinkerte ihr zu. »Nenn mich doch einfach Speedy McBride.«

»Ja, das paßt. Du läßt wirklich nichts anbrennen,

Abby. Ich habe schon gehört, daß du dich ein oder zwei Mal mit Barney Holten getroffen hast.«

Abby schnappte nach Luft. »Wie meinst du das?«

»Na, die ganze Stadt weiß doch schon, daß ihr zusammen Mittag gegessen habt und daß er dich auch schon mal heimgefahren hat«, erklärte Cheryl grinsend. »Die Gerüchteküche brodelt ganz schön. Shannon wird das bestimmt gar nicht gefallen. Nimm dich in acht vor ihr, Abby. Sie hat die älteren Rechte.«

Abby wurde rot und drehte sich um. »Im Tratschen sind Kleinstädter wirklich die Größten.«

Als Abby nach dem Hockeytraining nach Hause fuhr, tauchte das sanfte Dämmerlicht die Bäume in einen violetten Schein. Sie fand es schrecklich, daß sich die Leute in der Stadt das Maul über sie zerrissen, aber sie hatte lange genug in Kleinstädten und auf dem Land gelebt, um zu wissen, daß Klatsch und Gerüchte dort einen idealen Nährboden fanden. Trotzdem machte diese Tatsache ihre Situation noch problematischer. Sie war vernünftig genug, um zu wissen, daß sie Barney eigentlich nicht mehr sehen durfte. Ihr Verstand sagte ihr, daß sie keine gemeinsame Zukunft hatten und daß sie in Barneys nachbarschaftliches Interesse vermutlich mehr Gefühl hineininterpretierte, als tatsächlich vorhanden war. Aber als sie sich wieder an den Blick in seinen Augen, das liebevolle Lächeln und seine sanfte Stimme erinnerte, kribbelte es sie am ganzen Körper. Es ging einfach nicht anders – sie mußte ihn wiedersehen.

Und dann, als hätte sie ihn sich herbeigewünscht, saß er an der Abzweigung nach Anglesea auf dem Zaun und wartete auf sie. Sein Pferd hatte er an einem der Pfosten festgebunden. Er winkte, sprang zu Boden und öffnete das Gatter. Sie stoppte den Wagen, ihr Herz klopfte wie wild bei seinem Anblick, und sie stieg aus. Barney machte das Tor hinter ihr zu.

»Danke, Barney. Wollen Sie heute abend noch ausreiten?«

»Ich bin auf dem Rückweg. Ich hatte gehofft, daß ich Sie noch abfangen kann. Könnte Ihre Mutter vielleicht einen Kühlschrank gebrauchen? Als ich im Schuppen nach der Schreibmaschine gesucht habe, bin ich nämlich auf einen alten kerosinbetriebenen Kühlschrank gestoßen. Er ist nicht mehr der Jüngste und hat auch schon ein paar Kratzer, aber er funktioniert. Was meinen Sie?«

»Warum haben Sie meine Mutter nicht selbst gefragt?« Sie lächelte ihn an.

»Weil ich viel lieber mit Ihnen spreche.« Er hob eine Hand und strich ihr eine Locke aus dem Gesicht.

»Ich weiß nicht, ob ich überhaupt mit Ihnen sprechen sollte«, sagte sie leise und plötzlich ganz ernst.

»Weshalb?«

Sie holte tief Luft. »Ich finde Sie wirklich nett. Aber ich möchte nicht, daß Sie denken, ich sei ein naives Ding, mit dem Sie ...« Plötzlich verließ sie der Mut, und sie schwieg. »... mit dem ich spielen kann?« beendete er den Satz für sie.

Als sie nickte, legte er einen Finger unter ihr Kinn und hob ihr Gesicht zu sich hoch. »Ich werde nicht mit Ihnen spielen, Abby. Ich werde Sie auch nicht ausnutzen. Sie sind anders ... etwas Besonderes. Alles andere spielt keine Rolle. Warum genießen wir nicht einfach, daß wir zusammensein können, wenn wir uns beide nett finden?«

»Weil es nicht so einfach ist, Barney. Es wäre einfacher, wenn das alles nur ein Spiel wäre. Aber ich mag Sie wirklich ... mehr, als gut ist.« Sie blickte zu Boden und dachte, daß ein Wort wie »mögen« die übermächtigen, heftigen Gefühle, die Barney in ihr hervorrief, nur sehr unzureichend wiedergab.

Sie holte tief Luft und fuhr fort: »Lassen Sie uns doch ehrlich sein, ich komme aus ganz anderen Kreisen als sie. Alles spricht gegen eine engere Beziehung – meine Familie, meine Herkunft, selbst meine Religion.« Sie errötete. »Ich weiß natürlich, daß zwischen uns nichts ist, aber ... ich möchte nicht, daß mir weh getan wird.« Ihre Stimme wurde zu einem Flüstern.

»Aber, Abby, ich würde Ihnen doch niemals weh tun«, stieß Barney hervor. Auch er fühlte sich vom Ansturm seiner Gefühle für dieses freundliche, einfache Mädchen überwältigt. Er hatte den Eindruck, mit ihr zusammen in einem winzigen Boot zu sitzen, das vom Ufer weggetrieben wurde und ohne Segel, Ruder oder Motor auf Stromschnellen zusteuerte. Er mußte ohnmächtig mit ansehen, wie sie immer weiter abgetrieben wurden, und als er in ihre blauen Augen blickte, sagte ihm sein Herz, daß er bereit war, mit ihr überall hinzugehen, wo das Schicksal sie hinführen würde. Er spürte das plötzliche Verlangen, Abby in seine Arme zu reißen und zu küssen, aber ihre Zurückhaltung hielt ihn davon ab.

»Und was ist mit Shannon?« wollte Abby wissen.

»Sie ist eine Freundin der Familie. Sie gehörte immer dazu, und bevor sie wegzog, haben wir vielleicht tatsächlich geglaubt, daß wir eines Tages ... na ja. Jedenfalls schienen es unsere Familien so zu wollen. Es schien nur vernünftig, daß wir heiraten sollten. Wahrscheinlich hat es etwas mit Tradition zu tun. Aber jetzt sehe ich das nicht mehr so, wirklich nicht«, sagte Barney heftig. »Wir haben uns verändert.«

»Aber werden die Leute nicht reden?« fragte Abby.

Barney seufzte. »Ich wünschte, die Leute würden sich um ihre eigenen Angelegenheiten kümmern. Schauen Sie, Abby, lassen wir doch einfach den Dingen ihren Lauf.«

Abby lächelte. »Und dann werden wir schon sehen, was passiert, nicht wahr?« Sie sagte es leichthin, weil sie die Situation nicht noch komplizierter machen wollte. Instinktiv spürte sie, daß es unweigerlich zu Problemen führen würde, wenn sie jetzt Druck auf ihn ausüben oder Erwartungen entwickeln würde. Trotzdem flüsterte ihr eine innere Stimme zu: »Sei vorsichtig, Abby, du bist nahe daran, dich in diesen Mann zu verlieben, dabei kann es für euch beide keine gemeinsame Zukunft geben.«

Barney lächelte sie dankbar an. Er fühlte sich wohler, weil sie so offen darüber gesprochen hatten, und war gleichzeitig überrascht über ihre Ehrlichkeit. Sie rührte ihn ganz besonders. »In Ihrer Familie gehen Sie wahrscheinlich immer so offen und ehrlich miteinander um, das bin ich überhaupt nicht gewöhnt. Aber ich bin sehr froh, daß wir uns ausgesprochen haben.«

»Kommen Sie doch noch mit und erzählen Sie meiner Mutter selbst von dem Kühlschrank. Sie ist bestimmt begeistert. Sie könnten ja auch zum Abendessen bleiben.«

Abby stieg wieder in den Wagen und fuhr zum Haus, Barney ritt hinter ihr her. Er wußte, daß im förmlichen Holtenschen Eßzimmer das Dinner auf ihn wartete, aber nachdem er die warme und fröhliche Küche der McBrides betreten hatte, nahm er die Einladung zum Essen gern an. Gwen stellte einen zusätzlichen Stuhl zwischen Colleen und Shirley, Bob machte eine Flasche Bier auf, und plötzlich redeten und lachten alle durcheinander und überboten sich gegenseitig mit den Schilderungen ihrer Erlebnisse des Tages.

Bob McBride klopfte mit dem Messer auf seinen Teller. »Okay, alle Mann. Ruhe jetzt. Abby, du bist mit dem Tischgebet dran.«

Alle wurden still und senkten die Köpfe. »O Herr, wir danken dir für alle deine Gaben, für unsere Familie, unsere Freunde, unser Heim und die Mahlzeit, die wir teilen werden. Lieber Gott, wir danken dir.«

Abby merkte, daß sie bei diesen Worten ins Stocken geriet, die ihr sonst so flüssig über die Lippen kamen. Über den Tisch hinweg sahen sie und Barney, der sie aufmunternd anlächelte, sich tief in die Augen.

»Amen«, sagte die Familie im Chor, und Kevin platzte sofort danach heraus: »Zwei, vier, sechs, acht, haut endlich rein und füllt den Schacht ...«

Über dem verschlafenen Ort hing die träge Mattigkeit eines typischen Samstagnachmittags in einer Kleinstadt. Diese Samstagnachmittage auf dem Land haben schon etwas ganz eigenes, überlegte Abby, die sich gerade Schienbeinschoner in die Strümpfe schob und sich auf dem Hockeyplatz umsah. Das gegnerische Team wärmte sich bereits auf, und der Klang der Schläger, die hart gegen den Ball knallten, markierte eine Art Wendepunkt in Tempo und Stimmung an diesem Tag. Die morgendlichen Einkäufe waren erledigt, ab jetzt war es das Gemeinschaftserlebnis Sport, bei dem man sich erholte, bis am Montag die Arbeit wieder aufgenommen wurde.

Abby betrachtete die wenigen kleinen Zuschauergrüppchen, die sich rund ums Spielfeld eingefunden hatten, konnte aber keine Spur von Barney entdecken. Sie spürte ein leichtes Gefühl der Enttäuschung in sich aufsteigen, das ihr womöglich die gute Laune verdorben hätte, wenn Cheryl in diesem Augenblick nicht das Team zusammengerufen hätte. Die Mädchen trabten aufs Feld und spielten sich mit lässiger Routine den Ball zu, während sie ihre endgültigen Positionen einnahmen.

Abby, die für den rechten Flügel eingeteilt war, freute sich auf das Match. Ein Gefühl der Spannung, gemischt mit einer Spur von Nervosität, ergriff sie, als sie sich auf ihren Schläger stützte und sich bereit machte, blitzschnell auf das Spielgeschehen zu reagieren. Bereits nach wenigen Minuten hatte sie der Rhythmus des Wettkampfs völlig gefangengenommen, sie paßte sich der rasch wechselnden Spieltaktik an, kämpfte sich voran, wehrte ab und nutzte immer wieder Lücken in der gegnerischen Verteidigungslinie, um sich mit ihrem Team zum Tor vorzuarbeiten. Erst zur Halbzeit, als sie eine Pause machten, um etwas zu trinken und Orangenscheiben zu lutschen, entdeckte sie auf einmal Barney, und ihr Herz machte einen Sprung. Er stand neben Gwen und Bob, die im Schatten eines Baumes eine Decke ausgebreitet hatten.

Ihre Freude schlug unvermittelt in Nervosität um, und sie blickte rasch um sich. Was er tat, war schierer Wahnsinn, fuhr es ihr durch den Kopf. Dadurch, daß er sich das Spiel zusammen mit ihrer Familie ansah und sie anfeuerte, demonstrierte er ein ernsthaftes Interesse an ihr. Trotzdem überwog nach dem ersten Schock die Freude über sein Kommen. Sie sahen sich an, und er lächelte ihr breit zu, als sie zu ihm herüberschlenderte.

»Dann sind Sie also tatsächlich gekommen. Es ist schön, einen Mann kennenzulernen, der sein Versprechen einem Mädchen gegenüber hält.«

Barney ließ sich auf ihren ironischen Tonfall ein. »Ihr erstes Spiel hätte ich doch um nichts in der Welt verpassen wollen. Abgesehen davon bin ich in ganz New England dafür bekannt, daß ich meine Versprechen halte – da können Sie jedes Mädchen fragen.« Beide lachten.

»Haben Sie viel vom Spiel gesehen?« fragte Abby, steckte sich das letzte Stück Orange in den Mund und nahm das Taschentuch, das er ihr reichte, um sich die Hände abzuwischen.

»Den Anfang habe ich verpaßt, aber ich denke, ich habe den besten Teil mitbekommen. Wenn es sein muß, können Sie ja rennen wie ein Hase«, sagte Barney mit echter Begeisterung.

»Bisher hat das nur noch nicht viel genutzt«, erwiderte Abby fröhlich. »Es steht eins zu null gegen uns.« Der Schiedsrichter blies in die Trillerpfeife, und als Abby sich umdrehte, sah sie, daß die Mannschaften schon wieder auf dem Feld waren. »Der Kampf geht weiter.« Sie wandte sich wieder Barney zu. »Bleiben Sie bis zum bitteren Ende?«

»Würde ich mir das entgehen lassen?«

Die zweite Halbzeit entwickelte sich zu einem anstrengenden Gefecht, und Abby stellte fest, daß die kurze Trainingsphase sie nicht angemessen auf die körperliche Belastung vorbereitet hatte. Ich müßte abends noch ein bißchen laufen, sagte sie sich in der Mitte der zweiten Halbzeit, als sie sich keuchend auf ihrem Schläger ausruhte.

Plötzlich kam wieder Bewegung in die Frontlinie, der Ball wurde ihr zugespielt, und während sie ihn in einem kraftvollen Lauf auf das Tor zutrieb, hörte sie von der Seitenlinie plötzlich einen Schrei:

»Lauf, Häschen, lauf!«

Abby hätte gelächelt, wenn sie sich nicht gerade mit der gegnerischen Abwehrspielerin in einem heftigen Zweikampf befunden hätte, der Tempo und ein geschicktes Manövrieren mit dem Schläger erforderte. Dann war sie sicher an der Verteidigung vorbei und tauschte rasch Blicke mit ihren Mannschaftskolleginnen aus, als das gegnerische Tor in greifbare Nähe rückte.

Von weitem hörte sie den Ruf: »Mehr zur Mitte hin, Häschen!«

Und das tat sie, arbeitete sich bis zu der Stelle vor, wo Cheryl bereits auf sie wartete und – Tor! Cheryl und Abby fielen sich in die Arme, rannten zurück, und Abby sah Barney, der triumphierend die Arme in die Luft gerissen hatte, ihre applaudierende Mutter, Bob, der ihr den erhobenen Daumen zeigte, und die begeistert auf und ab hüpfenden Kleinen. Sie winkte mit ihrem Schläger in ihre Richtung.

Bis zum Ende des Spiels blieb der Spielstand unverändert. Abby trottete erschöpft vom Feld auf Barney und ihre Familie zu. Colleen und Shirley liefen ihr entgegen, um sie zu umarmen.

Kevin reichte ihr eine geschälte Orange. »Kein schlechtes Spiel ... für eine Mädchenmannschaft«, gab er großzügig zu.

»Gut gemacht, Kleines«, lobte ihr Vater. »Du hast nichts verlernt.«

»Hier, nimm das Handtuch«, sagte Gwen fürsorglich. »Du bist ja ganz durchgeschwitzt.«

Abby rieb sich langsam das Gesicht ab, und als sie das Handtuch sinken ließ, blickte sie wieder einmal direkt in Barneys Augen. Sie lächelte. »Danke fürs Anfeuern. Obwohl ich mir nicht ganz sicher bin, ob ich wirklich ›Häschen‹ genannt werden will.«

»Darüber können wir ja später noch ausgiebig diskutieren. Ich habe schon mit Ihrer Mama und Ihrem Dad gesprochen, das Vergnügen eines Nachmittagstees mit Mrs. Doherty bleibt Ihnen für heute erspart.«

Abby spürte erneut, wie ihr Magen sich zusammenzog und ihre Knie zitterten, aber schuld daran war nicht die körperliche Erschöpfung, sondern die Vorfreude auf einen gemeinsam mit Barney verbrachten Nachmittag.

»Wenn das so ist, beeile ich mich.« Mit vor Aufregung immer noch weichen Knien eilte sie davon.

Die übrigen Mädchen trafen sich mit Freunden im Athena Cafe, aber Abby legte überhaupt keinen Wert darauf, dorthin zu gehen. Es wurde schon genug darüber geredet, daß Barney das Spiel zusammen mit ihrer Familie angesehen hatte. Und obwohl Shannon nicht dagewesen war, war Abby sich sicher, daß sie noch früh genug davon erfahren würde.

Barney fuhr durch die samstäglich verlassene Stadt zum Fluß hinunter. Der Bootsverleiher saß in der

Sonne, hatte die Füße hochgelegt und holte langsam seine Angelschnur ein. Er und Barney kannten sich und begrüßten sich freundschaftlich.

»Das Boot ist da drüben festgemacht ... nimm es dir ruhig.« Nachdem er Abby von oben bis unten gemustert hatte, zwinkerte er Barney zu und sagte: »Tu bloß nichts, was es zum Kentern bringen könnte, Kumpel.«

Barney reagierte nicht auf die Bemerkung. Er holte eine große Papiertüte und eine Thermosflasche aus dem Wagen und half Abby in das Ruderboot. Sie ließ sich vorsichtig auf dem Sitz im Heck nieder. Barney stieß das Boot vom Ufer ab und begann flußabwärts zu rudern.

»Das ist wirklich eine prima Idee gewesen. Wohin fahren wir denn?« fragte sie fröhlich.

»Wir haben kein bestimmtes Ziel ... halten Sie einfach die Augen offen und suchen Sie uns ein schönes Plätzchen.«

»Aye aye, Käpt'n. Ich weiß übrigens, was mein Dad jetzt singen würde«, grinste Abby.

»Ich weiß, ich weiß. *Row, row, row your boat gently down the stream*«, sang Barney, und Abby fiel ein: »*Merrily, merrily, merrily merrily, life is but a dream.*«

»Sehr gut, Barney. Wir machen noch ehrenhalber einen McBride aus Ihnen.«

Abby entdeckte eine Lichtung mit einer wunderschön violett blühenden Jacaranda, und Barney ruderte darauf zu, sprang an Land und vertäute das kleine Boot am Ufer.

Sie machten es sich gemütlich und aßen mit großem Appetit von Mrs. Andersons Gurken-Käse-Sandwiches und dem Früchtekuchen und tranken Tee aus der Thermosflasche dazu. Dabei unterhielten sie sich über Anglesea und Amba und die anderen Orte, an denen sie bereits gelebt hatten, und lachten viel.

Abby lauschte Barneys Schilderungen und dachte darüber nach, wie intelligent und nachdenklich er doch war. Verglichen mit ihm kamen ihr viele der jungen Männer, mit denen sie in der Stadt Bekanntschaft gemacht und sich kurz unterhalten hatte, oberflächlich und seicht vor. Ihr Leben kreiste hauptsächlich um Bier und Sport, sie machten Witze auf Kosten von anderen, und ihr einziger Ehrgeiz bestand darin, ein bißchen Geld zu machen. Es waren ehrliche, nette, bodenständige und unromantische Kerle, von denen Abby insgeheim manchmal dachte, daß sie den Rindern, mit denen sie arbeiteten, nicht ganz unähnlich waren - brauchbar, ja, aber zugleich schwerfällig und langweilig. Barney war da ganz anders. Er brachte sie zum Lachen, und bei ihm fühlte sie sich aufgehoben und glücklich. Er war fürsorglich und nett, aber gleichzeitig spürte sie eine gewisse Traurigkeit in ihm, die sie sich nicht erklären konnte. Oberflächlich betrachtet wirkte er wie ein junger Mann, der alles besaß. Dennoch hatte Abby den Verdacht, daß in seinem Leben etwas fehlte, daß er sich nach etwas sehnte, das er vielleicht selbst nicht einmal benennen konnte. Vielleicht lag es daran, daß er ein Einzelkind war. Als sie noch jünger gewesen war und es bei den McBrides oft so eng und laut zugegangen war, daß es unmöglich schien, ein ruhiges Eckchen für sich allein zu finden, hatte sie sich manchmal gewünscht, keine Geschwister zu haben. Die meiste Zeit war sie jedoch unendlich dankbar für die Liebe, den Zusammenhalt und die Unterstützung, die sie in ihrer Familie erfuhr.

Abby streckte sich im Gras aus und blickte durch das zitternde, zarte Blattwerk der feinblättrigen Jacaranda in den Himmel hinauf. Sie wünschte, sie könnte malen und Form und Muster der Blätter einfangen, die sich im glitzernden Sonnenlicht gegen den blauen Himmel und die vorbeiziehenden Wolken abzeichneten.

Barneys Schatten fiel über sie. Er streckte ihr die Hand entgegen und zog sie wieder auf die Füße. Ihre Lippen trafen sich in einem warmen, weichen Kuß, sie sahen sich tief in die Augen, und Barney küßte ihre Nasenspitze. »Ich bin gern mit dir zusammen«, sagte er leise.

Die Bemerkung war nur scheinbar leicht dahingesagt, die tiefen und beunruhigenden Gefühle, die ihn zu übermannen drohten, konnte er damit jedoch kaum verbergen. Er flüchtete sich vor ihnen in diese für Australier so typische Form der Untertreibung.

Abby spürte es, und da sie ihre eigenen Empfindungen selbst unsicher machten und sie sich fühlte, als stünde sie am Rand eines Abgrunds, erwiderte sie einfach: »Ich auch.«

Sie gingen ein Stückchen zu Fuß, hielten sich an den Händen und beobachteten das Spiel der Sonnenstrahlen auf dem stillen Wasser, wenn ein Flußbarsch dann und wann ein paar Luftblasen an die Oberfläche schickte. Ihr Zusammensein war behaglich, keiner hatte das zwanghafte Bedürfnis zu reden, sie genossen ganz einfach ihre Freundschaft. Es war Abby, als kenne sie Barney schon ein Leben lang, als gäbe es zwischen ihnen eine tiefe Verbundenheit, eine besondere Nähe, die sie sich mit niemand anderem vorstellen konnte.

Schließlich ruderten sie wieder zum Bootshaus, wo der Bootsverleiher ihnen zunickte und sich dann weiter auf die Spitze seiner Angelrute konzentrierte, deren Ende sich leicht nach unten bog.

Barney und Abby fuhren in die Stadt zurück. Sie bummelten durch die Straßen, vorbei an den geschlossenen Geschäften, dem Kino, durch dessen offene Türen die letzten Minuten des Sonntagnachmittagsfilms zu hören waren, und an der Schmiede, die leer und ruhig dalag. Sie ließen die samstägliche Stille der Hauptstraße hinter sich und bogen in Nebenstraßen ein, schlenderten an Reihen ordentlicher kleiner Häuser entlang, vor denen Hortensien blühten, sich Wicken um Zäune rankten und kurze, gepflasterte Gartenwege zu einladenden Haustüren führten. Gelegentlich kamen sie an einem Mann vorbei, der kurz den Hut hob, oder an einer Frau, die nickte und das junge Pärchen mit unverhohlenem Interesse anlächelte.

Barney und Abby warteten händchenhaltend am

Park, als die mit den McBrides beladene Betsy heranrollte und vor ihnen anhielt.

»Na, habt ihr einen schönen Nachmittag gehabt?« rief Bob.

»Ja, haben wir.« Abby lächelte Barney scheu zu, der sie leicht auf die Lippen küßte und ihr dann die Wagentür aufhielt.

»Los, ihr Racker, rutscht rüber. Vielen Dank für den schönen Nachmittag, Barney.«

»Es war ein großartiger Tag. Bis bald.« Als sie losfuhren, winkte er ihnen nach.

Bob und Gwen sahen sich an, aber Gwen hielt ihren Mann mit strengem Blick davon ab, eine Bemerkung über die zärtliche Verabschiedung zu machen, die sie eben beobachtet hatten.

Im Rückspiegel musterte Bob Abbys erhitztes und glückliches Gesicht und begann zu singen: »*If you were the only girl in the world and I were the only boy ...*«

# NEUNTES KAPITEL

Für Bob McBride war die schönste Zeit des Tages der Abend, wenn die harte Arbeit hinter ihm lag und er sich nach einer von Gwens herzhaften Mahlzeiten im Kreis seiner Familie entspannen konnte.

Die nach Babypuder duftenden Zwillinge kamen in ihre Bademäntel gehüllt in das kleine Wohnzimmer, um sich ihren Gutenachtkuß abzuholen.

»Und, wer hat beim Monopoly gewonnen?«

»Kevin natürlich.«

»Aber der schummelt ja auch.«

»Würde ich nie tun!« Kevin grinste seinen Vater an und ließ sich neben seine Mutter aufs Sofa plumpsen.

»Was strickst du denn da, Mama?«

»Einen Pullunder für Brian. In letzter Zeit schießt er wie eine Kletterbohne in die Höhe. Bist du eigentlich mit den Hausaufgaben fertig?«

»Nicht ganz. Die Mädchen wollten ja unbedingt eine Runde Monopoly mit mir spielen. Hinterher quengeln sie jedesmal, dabei wissen sie doch, daß ich immer gewinne.«

Abby blickte vom *Daily Telegraph* auf, den sie jeden Abend mit nach Hause brachte. »Wie kommt das eigentlich?«

»Weil die sich nie trauen, ihr Geld auszugeben. Ich kaufe immer, soviel ich kann.«

»Hoffentlich gehst du dann später nicht auch so verschwenderisch mit echtem Geld um«, sagte Gwen.

»Geld braucht man doch sowieso nicht mehr. Heutzutage kauft man alles auf Raten«, verkündete Kevin großspurig.

»Aber nicht in dieser Familie«, schaltete sein Vater sich ein. »Was du nicht in der Tasche hast, kannst du auch nicht ausgeben.«

Abby sagte lieber nichts über das Kleid, das sie sich bei McKenzies hatte zurücklegen lassen.

»Und jetzt klemm dich hinter die Hausaufgaben, junger Mann. Dann darfst du später noch Radio hören«, sagte Bob, und Kevin hockte sich wieder an den Küchentisch, an dem in der Familie alle Arbeiten erledigt wurden.

Bob schaltete das Radio ein, und es wurde ruhig. Während die Abendnachrichten liefen, mußten alle mucksmäuschenstill sein, so wie jeden Mittag um eins, wenn Gwens Lieblingssendung *Blue Hills* kam.

Abby faltete ihre Zeitung zusammen und räkelte sich.

»Wieso klingen diese Sprecher eigentlich immer so gekünstelt? Können die nicht wie normale Menschen reden?« überlegte sie laut.

»Weil sie nun mal Radiosprecher sind«, flüsterte Gwen. »Das lernen sie bei der BBC.«

»Seid doch still, Mädchen. Ich möchte hören, was sie über die Rendex-Rallye sagen.«

Gwen und Abby grinsten sich an. »Wahrscheinlich würde er am liebsten mit unserer Betsy mitmachen und quer durch Australien rasen«, konnte Gwen sich nicht verkneifen zu flüstern.

Als die Sendung zu Ende war, ging Abby in die Küche, um die letzte Kanne Tee aufzubrühen, während Bob und Gwen sich über die Nachrichten unterhielten.

»Sieht so aus, als würden wir jetzt doch Fernsehen bekommen. Ich bin ja überhaupt nicht dafür«, meinte Bob und zündete sich eine von Gwens Filterzigaretten an.

»Also, ich fände es schön, wenn ich mir ein Ereignis wie die Krönung der britischen Königin daheim ansehen könnte«, wandte Gwen ein.

»Stell dir doch nur mal vor, wie alle in ihren Wohnzimmern sitzen und in die Flimmerkiste starren. Kein Mensch wird mehr lesen oder Radio hören oder ins Kino gehen - du wirst schon sehen«, prophezeite Bob.

»Da wir gerade davon reden«, sagte Abby, die mit den Tassen auf dem Tablett ins Zimmer kam. »Am Samstag gehe ich ins Kino. Sie zeigen *Fenster zum Hof.*«

»Mit wem?« wollte Bob wissen.

»Grace Kelly.«

Alle prusteten vor Lachen.

»Ach so. Nein, ich gehe mit Barney«, erklärte Abby und deckte die Tassen auf.

Gwen und Bob warfen sich rasch einen Blick zu.

»Nur ihr beide?«

Abby richtete sich auf und starrte ihre Eltern an. »Ja. Warum denn nicht?«

»Wir haben doch schon darüber gesprochen, Schatz. Natürlich haben wir nichts dagegen, daß du ausgehst und deinen Spaß hast. Aber erwarte bloß nicht, daß etwas Ernstes daraus wird. Barney ist ein anständiger Kerl, und du bist ein gutes Mädchen, aber setz dir bitte keine Flausen in den Kopf«, warnte ihr Vater.

»Wie kommt es eigentlich, daß alle mich für eine Art männermordende Sirene halten, und warum ist es so ein Riesenproblem, daß Barney und ich uns sehen?« fragte Abby empört. »Ich bin nicht schlechter als er.«

»Reg dich nicht gleich auf, Abby«, sagte Bob besänftigend. »Du hast ganz recht. Natürlich bist du nicht schlechter als er. Aber du kannst nicht leugnen, daß einen anderen familiären Hintergrund hat als du.«

»Und außerdem ist da auch noch dein Glaube, Schatz«, gab Gwen ruhig zu bedenken. »Die katholische Kirche sieht es nicht gern, wenn ihre Mitglieder Andersgläubige heiraten, das weißt du doch.«

»Die Kirche sollte verständnisvoll und versöhnlich sein, nicht strafend und kaltherzig«, sagte Abby. »Es wird Zeit, daß sich einiges ändert, schließlich leben wir im Zeitalter der modernen Frau. Es ist gar nicht mehr so ungewöhnlich, zu heiraten, wen man will. Im Krieg war alles anders, aber jetzt haben wir Frauen unseren Teil der Arbeit geleistet und sollen wohl wieder die Schürze anziehen und in die Küche zurückgehen, um zu tun, was unsere Männer und die Kirche uns sagen!« stieß sie zornig hervor.

»Beruhige dich«, sagte Bob. »Ich bin der allererste, der zugibt, daß die Frauen ganze Arbeit geleistet haben, als die Männer im Krieg waren. Aber jetzt wollen die Männer wieder arbeiten, und die Frauen wollen sich um ihre Familien kümmern und den Frieden genießen. Und was die Kirche angeht … also, Abby, wenn du ihre Regeln brichst, bist du es, die damit klarkommen muß. Wir machen dir überhaupt keine Vorwürfe, Liebling, wir wollen nur nicht, daß dir weh getan wird.«

»Dafür ist es ein bißchen spät. Überlaßt die Sorge um mein Leben ruhig mir. Wenn sich doch nur jeder um seine eigenen Angelegenheiten kümmern würde«, rief Abby und stürzte aus dem Zimmer.

»Ich hole den Tee«, sagte Gwen. »Laß sie nur machen. Sie ist ja vernünftig.«

»Wenn es um Herzensangelegenheiten geht, bleibt die Vernunft aber manchmal auf der Strekke«, brummte Bob und griff nach der Zeitung.

Barney schob das Gepäck in den Kofferraum des Fords, schlug den Deckel zu und drehte sich mit einem Lächeln zu seinen Eltern um.

»Mach dir keine Sorgen um mich, Schatz. Es wird schon alles gut gehen, da bin ich mir sicher«, beruhigte ihn seine Mutter und umarmte ihn fest.

»Paß gut auf dich auf, Mutter. Wahrscheinlich wird dich der Arzt sowieso für kerngesund erklären«, sagte Barney liebevoll.

»Ich hoffe es, Schatz. Bitte kümmere dich ein bißchen um Diet und Tucker ...«

»Nun komm, Enid, laß uns aufbrechen. Die Fahrt nach Sydney ist lang.«

Phillip reichte seinem Sohn die Hand. »Wir steigen im Australia Hotel ab und kommen so bald wie möglich zurück.«

»Laßt euch ruhig Zeit und macht euch um mich keine Sorgen. Du könntest Mama ja auch mal ins Tivoli ausführen oder so.« Barney beugte sich durchs Wagenfenster und gab seiner Mutter einen Kuß auf die Wange. »Versuch bitte auch ein bißchen Spaß zu haben. Geh einkaufen oder schau dir im Kino einen Film an. Nutz die Gelegenheit«, sagte er aufmunternd.

Enid warf ihm einen Blick zu, der sagte: »Du kennst doch deinen Vater ...«

Barney wußte, daß seine Eltern vermutlich nur im Restaurant ihres gediegenen Hotels essen, wenig miteinander sprechen und früh zu Bett gehen würden. Er fragte sich, ob einer der beiden sich jemals danach sehnte, allein etwas zu unternehmen oder ohne den anderen zu verreisen. Wie hatten sie eigentlich vor ihrer Heirat gelebt? Ihm wurde klar, daß er sie nie danach gefragt hatte. Ob ihr Leben immer so gewesen war, wie er es in den vergangenen Jahren erlebt hatte?

Während er zusah, wie der blankpolierte Ford die gepflegte Einfahrt hinunterfuhr, überlegte er sich, was Mrs. Anderson ihm wohl über die Zeit erzählen konnte, als er noch ein Baby war. Im Augenblick gab es allerdings etwas Wichtigeres, worüber er nachdenken mußte – am Samstag abend war er mit Abby verabredet. Er hatte ihr vorgeschlagen, ins Kino zu gehen und grübelte jetzt darüber nach, was er anschließend mit ihr unternehmen konnte.

Der New England Highway nach Süden war leer. Lediglich aus der entgegengesetzten Richtung brauste gelegentlich ein Wagen an ihnen vorüber. Enid schlug die Beine übereinander, rückte näher zum Fenster hin und starrte in das dichte Grün der Eukalyptus- und Eisenrindenbäume, die die Straße säumten. Phillip war tief in Gedanken versunken. Sie sprachen nie viel beim Autofahren. Falls sie doch einmal eine Bemerkung machte über die Landschaft oder über etwas, das ihr ins Auge fiel, waren sie schon vorbei, bevor er ihr antwortete. Außerdem fürchtete sie, ihm lästig zu fallen oder ihn beim Fahren zu stören.

Enid sah ihrem Besuch beim Kardiologen mit einem flauen Gefühl im Magen entgegen. Die Untersuchungen machten ihr Angst, und vor lauter Aufregung schien ihr Herz noch unsteter zu klopfen als sonst. Sie fand es unangenehm, daß solch ein Wirbel um sie veranstaltet wurde. Das gab ihr das Gefühl, allen – und ganz besonders Phillip – zur Last zu fallen. Sie hätte es vorgezogen, wenn niemand von ihrem Herzproblem gewußt hätte. Große Schmerzen hatte sie nicht. Ihre Kurzatmigkeit und die Herzrhythmusstörungen waren unangenehm, aber das machte sie noch nicht zum Pflegefall. Trotzdem fühlte sie sich alt. Wo war ihr Leben geblieben? Sie war einmal eine junge Frau gewesen, verliebt und voller Träume, die sich nie erfüllt hatten. Wenn sie daran dachte, spürte sie wieder den Schmerz, den sie an jenem Tag empfunden hatte, an dem sie vom Tod ihres Verlobten erfahren hatte. Falls Ray am Leben geblieben wäre, hätte sie dann ein besseres, glücklicheres Leben geführt? Oder war das wirklich alles: ein Kind, ein schönes Haus und ein Leben im Schatten eines erfolgreichen Ehemanns? Barney brauchte sie jetzt nicht mehr, und was ihr im Leben am meisten Freude bereitete, waren die Hunde und der Garten.

Das Leben an Phillips Seite verlief geruhsam. Sexuelle Ansprüche stellte er an sie schon lange nicht mehr, mittlerweile schliefen sie in getrennten Betten. Sie hatte den ehelichen Sex als Pflichtübung betrachtet und nie begriffen, weshalb er im Leben anderer Menschen eine so leidenschaftliche Rolle spielte. Phillip war der einzige, mit dem sie geschlafen hatte, aber sie konnte sich an die feurigen Küsse ihrer Jugend erinnern und bedauerte es, zugelassen zu haben, daß ihr Liebster in den Krieg zog, ohne daß sie wirklich zusammengekommen waren. »Warte, bis ich heimkehre. Wir haben noch unser ganzes Leben vor uns.« Aber es war anders gekommen, und sie fühlte sich betrogen. Ray lebte in ihrer Erinnerung als starker junger Mann fort, während sie immer älter wurde und sich schon lange nicht mehr hübsch oder begehrenswert fühlte.

Enid wußte, daß Phillip sich als Verlierer in einem Wettkampf betrachtete, der entschieden worden war, ohne daß er überhaupt Gelegenheit gehabt hätte, sich zu beweisen. Er hatte ihr Sicherheit geboten, einen schützenden Hafen, und den brauchte sie. Sie hatten einen Pakt geschlossen, zu dem sie ihren Beitrag leistete, aus Loyalität und – wie sie jetzt begriff – aus Dankbarkeit. Doch angesichts der noch vor ihr liegenden Jahre, in denen sich wohl nichts Neues mehr ereignen würde, wurde ihr schwer ums Herz. Sie würde keine abenteuerlichen Fahrten auf dem Amazonas unternehmen, keine glühenden Liebesaffairen haben, keine lärmende Großfamilie, die sie auf Trab hielt, und wenn dieses Leben dann an sein Ende käme, würde sie in der Welt, aus der sie sich verabschiedete, keine Spuren hinterlassen.

Hatte es in ihrem Leben einen Zeitpunkt gegeben, an dem es möglich gewesen wäre, den Lauf der Ereignisse zu ändern? War da ein Wegweiser, den sie übersehen, eine winzige Geste oder Andeutung von Phillip, der sie keine Beachtung geschenkt hatte? Enid schloß die Augen, um die unerfreulichen Gedanken zu verscheuchen und versuchte, ihren Kopf ganz leer zu machen. Darin hatte sie mittlerweile Übung.

Phillip entging nicht, daß sie wie so häufig in anderen Sphären schwebte. Ihre »Verfassung«, wie er es nannte, bereitete ihm größere Sorgen, als er sich anmerken ließ. Die Vorstellung, sie könne bettlägerig werden oder ihn unversehens allein lassen, machte ihm Angst. Enid war ein unerschütterlicher, weicher Puffer zwischen ihm und seinem Sohn und dem Rest der Welt. Solange er sich auf die angegriffene Gesundheit seiner zurückgezogen lebenden Gattin berufen konnte, hatte er eine Möglichkeit, sich dem gesellschaftlichen Leben zu entziehen. Alle, die ihn kannten, wären wohl aus allen Wolken gefallen, hätten sie geahnt, daß es dem furchteinflößenden und oft so herrisch auftretenden Phillip Holten in Wirklichkeit vor ganz normalen zwischenmenschlichen Beziehungen graute und daß er Angst davor hatte, daß Fremde ihm zu nahe treten könnten. Phillip hatte seine spätere Frau durch gemeinsame Freunde kennengelernt, als er auf der *Royal Easter Show* in Sydney die preisgekrönten Schafböcke seines Vaters ausstellte. Enid war von den prachtvollen Merino-Widdern begeistert, und nach einer längeren Unterhaltung lud er sie zum Lunch ein. Von da an trafen sie sich regelmäßig, und Phillip reiste, sooft er konnte, nach Sydney. Das attraktive und gebildete Mädchen faszinierte ihn. Unter ihrer strahlenden Fröhlichkeit spürte er eine Verwundbarkeit, die ihn anzog.

Erst als er sich ernstlich um sie bemühte, erzählte sie ihm von ihrem im Krieg gefallenen Verlobten. Phillip glaubte zu verstehen, war aber davon überzeugt, daß seine lebendige Liebe letztlich über ihre Liebe zu einem Toten triumphieren würde. Er sollte sich irren. Selbst nachdem er sie für sich gewonnen hatte, verlor er nie das Gefühl, eigentlich der Verlierer zu sein. Trotzdem war ihm Enid eine Zeitlang eine gute Frau. Obwohl sie keine Farmerstochter war, wie man es von seiner Zukünftigen erwartet hätte, fand sie sich ohne Schwierigkeiten in das beschauliche ländliche Leben ein. Sie führten eine zufriedene Ehe, bis dann das langersehnte Kind zur Welt kam.

Er hatte mit einem Kind gerechnet, nicht aber damit, daß es sein bisher so glatt verlaufenes Leben in solche Unruhe versetzen würde. Es war weniger das Kind selbst als vielmehr die unerwartete Tatsache, daß seine Frau sich von ihm zurückzog, wofür er seinem kleinen Sohn die Schuld gab. Er hatte sich bemüht, Enid wieder in seine eigene Welt zurückzuholen, kam jedoch gegen ihre mütterlichen Triebe nicht an und fand sich schließlich damit ab, sein Leben den veränderten Umständen entsprechend einzurichten.

Als sich vor ihm ein langes gerades Stück Straße erstreckte, sah Phillip kurz zu seiner Frau hinüber. Er war bestürzt über den traurigen Ausdruck auf ihrem Gesicht und fühlte sich plötzlich merkwürdig unwohl. »Alles in Ordnung, Schatz?« fragte er liebevoll und aufrichtig besorgt.

Beim Klang seiner Stimme zuckte Enid etwas zusammen und wandte ihren Blick vom Fenster ab. Sie sah ihn einen Augenblick lang an und sagte dann ruhig: »Aber ja, Phillip. Ich habe mir nur ein paar Gedanken gemacht.«

»Über früher?« fragte er leise.

»Ja.« Phillip nickte, und nach einer Weile fuhr Enid fort: »Ich habe über manche Dinge nachgedacht, und über diese Reise ... eine Reise von der wir nicht wissen, wohin sie uns führt. Wir fahren nach Sydney, ich weiß, aber was erwartet uns dort? Es ist doch so, daß wir niemals wissen können, was auf uns zukommt. Alles ist ein großes Geheimnis. Aber so ist das Leben wohl. Eine Reise voller Überraschungen. Irgendwo habe ich einmal gelesen, Reisen sei schöner als Ankommen. Kennst du diesen Ausspruch, Phillip?«

Phillip war verwundert. Er konnte sich nicht erinnern, wann seine Frau das letzte Mal etwas derartiges gesagt hatte und wußte einen Moment lang nicht, was er erwidern sollte. Statt dessen nickte er einfach.

Enid sprach weiter, als hätte sie ihm keine Frage gestellt oder aber zumindest keine Antwort erwartet. »Mein Vater sagte immer, der erste Schritt einer Reise sei der schwerste. Ich weiß nicht, ob er damit recht hatte. Inzwischen denke ich, daß die Ankunft vielleicht das schwerste von allem ist.«

Phillip lächelte sie an. »Damit könntest du recht haben, Liebling. Ich habe noch nie so richtig darüber nachgedacht.«

Eine Zeitlang fuhren sie schweigend weiter. Enid blickte nach vorn, ohne wirklich etwas zu sehen. Plötzlich begann sie wieder zu sprechen, allerdings eher zu sich selbst als zu Phillip. »Ich frage mich, ob wir auf dem richtigen Weg sind. Wenn man auf Reisen ist, verirrt man sich doch manchmal, nicht wahr?«

Phillip streckte seinen Arm aus und ergriff ihre Hand. Auf einmal wurde er sehr traurig. Er wußte keine Antwort auf ihre Fragen. Als er ihre Hand drückte, erwiderte sie seinen Druck sanft – es war seit sehr langer Zeit der erste Ausdruck körperlicher und emotionaler Nähe zwischen ihnen.

Barney saß währenddessen bei einem Glas selbstgemachtem Ingwerbier mit Mrs. Anderson auf der Veranda und beschloß, sie darum zu bitten, ihm von früher zu erzählen. Er nahm einen Schluck, während sie ihre Augen mit der Hand beschattete und angestrengt in den Garten spähte.

»Jim müßte irgendwo da draußen sein. Mein Gott, die Sträucher sind aber auch so gewachsen, seit wir hier leben. Ich werde ihn mal rufen. Huhu, Jim, Zigarettenpause«, rief sie.

»Sie sind ja auch schon hier, seit ich ein Baby war. Wie waren meine Eltern damals eigentlich?« fragte Barney.

»Jünger - wie wir alle!« lachte Mrs. Anderson. Als sie aber Barney ernstes Gesicht sah, fügte sie hinzu: »Im Grunde waren sie damals so wie heute, würde ich sagen. Deine Mutter konnte sich überhaupt nicht von dir losreißen. Du kamst als kleines Überraschungsgeschenk – sie hatte eigentlich nicht mehr daran geglaubt, noch ein Kind zu bekommen.

Ihr war anzusehen, daß sie überglücklich war. Dein Vater nahm es etwas gelassener. Wahrscheinlich ist der Kinderwunsch bei Frauen von Natur aus stärker. Was natürlich nicht heißt, daß er sich nicht über deine Geburt gefreut hätte«, setzte sie hastig hinzu.

Barney nahm noch einen Schluck. »Glauben Sie wirklich, Mrs. Anderson? Ich weiß nicht, wenn ich uns mit ... mit anderen Familien vergleiche, habe ich irgendwie das Gefühl, daß wir uns nicht so nahestehen.«

»Ach, Familien sind eigentümliche Gebilde. Wir unterscheiden uns alle und sind uns doch irgendwie ähnlich. Jim und ich kommen beide aus großen Familien und haben keine Kinder bekommen. Vielleicht ist das Gottes ausgleichende Gerechtigkeit. Obwohl ich zugeben muß, daß ich das Gefühl habe, mitgeholfen zu haben, dich großzuziehen. Wie haben Jim und ich uns über deine Fortschritte gefreut. Angefangen von deinen ersten Schritten, bis zu dem Tag, an dem du den Abschluß an der Uni gemacht hast. Mein Güte, waren wir an diesem Tag stolz auf dich.«

Ihr Gesicht glühte vor Freude, und Barney spürte einen Stich in der Brust. Obwohl er den Andersons gegenüber Dankbarkeit und Zuneigung empfand, hatte er sich nie besonders viele Gedanken über sie gemacht. Sie waren einfach dagewesen. Wenn er Schwierigkeiten hatte, war er immer zuerst zu Mrs. Anderson gelaufen, die ein großes Herz hatte und nie mit Zärtlichkeit und gutem Rat geizte. Und auch der ruhige, etwas phlegmatisch veranlagte Jim hatte ihm so oft geholfen. Er hatte sich viel Zeit für ihn genommen und ihm geduldig erklärt, wie ein Motor funktionierte oder wie man Fische fing. Plötzlich dämmerte es Barney, daß er und seine Eltern sich bei den Andersons nie für all das erkenntlich gezeigt hatten. Warum war er eigentlich nicht auf den Gedanken gekommen, sie zu seiner Abschlußfeier einzuladen? Vermutlich hätten sie die Einladung nicht angenommen, weil sie dort nicht »hingehörten«, aber gefreut hätten sie sich bestimmt.

»Sie waren für mich immer so eine Art zweite Mutter«, sagte Barney liebevoll, und es war sein voller Ernst.

Mrs. Anderson nickte und schenkte hastig Tee für Jim ein. Nach einer Weile sagte sie: »Aber da du gefragt hast, Barney ... muß ich sagen, daß sich doch etwas geändert hat ... aber ganz langsam. Eines Tages blickt man zurück und begreift plötzlich, daß es nicht mehr ist wie vorher. Ich glaube, dein Dad fühlte sich nach deiner Geburt ein bißchen vernachlässigt, weshalb er sich stärker um die Schafzucht kümmerte und die häuslichen Angelegenheiten deiner Mutter und mir überließ. Nach deiner Geburt dauerte es lange, bis sie wieder zu Kräften kam. Da sind Jim und ich eingezogen, und jetzt sind wir immer noch da!«

»Wie war das? Mir klingen die Ohren.« Jim putzte sich die Schuhe ab, zog den Hut vom Kopf, setzte sich auf eine Treppenstufe und nahm die Tasse

Tee mit dem Keks auf dem Unterteller entgegen, die ihm seine Frau reichte.

»Danke, Rene. Worüber quasselt ihr?«

»Barney hat sich gefragt, wie es hier war, als er noch ein kleiner Junge war.«

»Ich würde sagen, vieles hat sich auf Amba verbessert, aber im großen und ganzen sieht es immer noch genauso aus wie damals.«

»Wir haben über seine Mutter und seinen Vater gesprochen. Darüber, wie Menschen sich verändern.«

»Wir werden eben alle nicht jünger«, sagte Jim etwas nachdenklich. »Du hast doch nicht etwa vor, große Veränderungen durchzuführen, wenn du Amba mal übernimmst, oder?« fragte er plötzlich.

Barney erhob sich und schüttelte den Kopf. »Nein, es wird wohl alles bleiben, wie es ist. Tja, ich muß dann mal los.«

»Hast du ihm das mit dem Wochenende gesagt, Schatz?« erinnerte Jim seine Frau.

»O Gott, das habe ich völlig vergessen.« Sie wandte sich an Barney. »Meinst du, du könntest am Wochenende allein zurechtkommen, wo deine Eltern jetzt weg sind? Jim und ich dachten, wir könnten uns ein paar Tage freinehmen. Ich kann dir Mahlzeiten vorkochen.«

»Klar, gar kein Problem. Aber machen Sie keine Umstände. Ich kann mir selbst etwas zu essen machen, und am Samstag gehe ich sowieso aus.«

Die vier flimmernden großen Buchstaben, die das Wort ENDE bildeten, wurden immer undeutlicher, als sich langsam der rotgoldene Vorhang vor die Leinwand schob.

Abby holte tief Luft, drehte sich zu Barney um und bemerkte erst in diesem Augenblick, daß sie immer noch seine Hand umklammert hielt. »Das war toll.«

»Wirklich ein guter Film«, stimmte er ihr zu.

»An manchen Stellen hatte ich solche Angst, daß ich richtig gezittert habe.«

»Das war mir ganz recht«, grinste Barney. »Ich fand es gut, wie du meine Hand gedrückt hast.«

Abby wurde rot und ließ seine Hand fallen. »Du hast doch selbst vor Aufregung auf der Stuhlkante gesessen.«

»Stimmt schon. Komm, laß uns abhauen.«

Sie gingen mit schnellen Schritten zu Barneys Wagen. Er schloß ihr die Beifahrertür auf und fragte: »Worauf hast du jetzt Lust? Wir könnten im Hotel noch ein Steak bekommen oder im *Golden Dragon* chinesisch essen, falls du das lieber willst.«

Barney setzte sich hinter das Steuer des Holden und betrachtete ihr hübsches Profil. »Also, du hast die Qual der Wahl.«

»Ich weiß nicht. Entscheide du, Barney.«

»Das klingt nicht gerade begeistert. Wir könnten natürlich auch ... Ach nein, vergiß es.« Er ließ den Motor an, ohne jedoch den Gang einzulegen.

Ihm war gerade der Einfall gekommen, Abby zu fragen, ob sie mit ihm nach Amba kommen wollte. Das Haus war leer, und die Vorstellung, mit ihr bei sich zu Hause am Tisch zu sitzen, gefiel ihm. Aber ihm war klar, daß sie eine solche Einladung leicht mißverstehen konnte und außerdem viel zu gut erzogen war, als daß sie ohne Begleitung mit einem Mann nach Hause gegangen wäre. Obwohl er keineswegs vorhatte, irgendwelche Annäherungsversuche zu machen, weckte ihre Nähe doch beunruhigende Gefühle in ihm.

»Wie wäre es, wenn wir einfach ganz gemütlich nach Hause fahren?« schlug Abby vor.

Die Nacht war mild, und am Himmel leuchtete der Vollmond. Als sie die Hügelkuppe zwischen Amba und Angelsea erreichten, wollte Barney Abby gerade auf den spektakulären Ausblick ins Tal aufmerksam machen, als plötzlich ein lauter Knall ertönte und der Wagen nach links gerissen wurde.

»O nein«, stöhnte Barney. »Wir haben einen Platten!«

Es war der Vorderreifen auf der Fahrerseite. »Wahrscheinlich lag ein scharfkantiger Stein auf der Straße. Ich wechsle schnell den Reifen. Mach du es dir solange bequem.« Er öffnete den Kofferraum und nahm den Reservereifen, einen rostigen Wagenheber und eine alte Wolldecke für Abby heraus. »Hier, setz dich da drauf und genieße die Aussicht.«

Vor ihr erstreckte sich ein unvergleichliches Panorama. Die Hügel auf der gegenüberliegenden Seite verschwammen als dunkle Masse mit dem wolkenlosen Nachthimmel, und unten floß der von Bäumen gesäumte Bach im Mondlicht wie ein Strom aus purem Silber. Der buttergelbe Mond hing rund am Himmel, und die Sterne funkelten wie Diamanten und schienen zum Greifen nahe.

Barney machte sich am Wagen zu schaffen, brummte einmal kurz, als eine störrische Mutter sich nicht lösen wollte, und hatte den Reifen bald gewechselt. Er stand auf, wischte sich die Hände sauber und ließ sich neben Abby fallen. »Puh! Das wäre geschafft.« Er schwieg für einen Moment und nahm die atemberaubende Stimmung und den Blick auf das ins Mondlicht getauchte Tal in sich auf. »Unglaublich ... wie verzaubert, was?«

»Ja, wirklich. Nachts sieht es viel schöner aus als tagsüber.«

»Ich meinte nicht nur den Blick, sondern auch, daß ich hier neben dir sitze, Abby ...« Sie berührten sich an den Händen, und als ihre Lippen sich trafen, waren alle anderen Gedanken wie ausgelöscht.

Die Zeit hörte auf zu existieren, als sie in eine Welt gerissen wurden, in der es nur noch sie beide gab. Eng umschlungen sanken sie zu Boden und gaben sich ganz ihren innersten und tiefsten Gefühlen hin.

Barney ließ seine Hände über Abbys Körper gleiten, der unter seiner Berührung erschauerte. Die beiden lösten sich für einen Moment und blickten sich tief in die Augen. »Ich habe so etwas noch nie erlebt ... noch nie jemanden so geküßt wie dich ... O Abby.«

»Ich auch nicht«, flüsterte sie zurück, und sie fielen sich erneut in die Arme, überwältigt von der

Heftigkeit und der feurigen Glut ihrer Leidenschaft. Jetzt, wo sich ihre Gefühle einmal ihren Weg gebahnt hatten, gab es kein Zurück mehr.

Es geschah ganz ungezwungen und natürlich, ohne Widerstände, ohne Scham. Irgendwann faßte er sie bei den Schultern und blickte in ihr süßes Gesicht. »Abby ... bist du dir sicher?«

Sie nickte und schmiegte sich fest an ihn.

Obwohl sie sich anfänglich etwas ungeschickt anstellten, ein bißchen kicherten und Abby einen kurzen Schmerzensschrei ausstieß, der jedoch schon bald in leise, wohlige Seufzer überging, waren die beiden nach dieser ersten Erfahrung sehr glücklich.

Barney strich Abby das feuchte Haar aus der Stirn und genoß es unendlich, ihr so nah sein zu können. Sie streichelte seinen muskulösen Rücken und ließ ihre Augen scheu über seinen Körper wandern, immer noch voller Staunen über das, was zwischen ihnen geschehen war.

Ganz allmählich nahm Abby die Welt jenseits ihrer Körper und ihrer Leidenschaft wieder wahr. Sie blickte über Barneys Schultern hinweg in den sternenübersäten Himmel und entdeckte einen Stern, der unter all den anderen ganz besonders hervorstach.

»Da schaut uns ein Stern an«, wisperte sie.

Barney hob den Kopf, den er in ihrem Haar vergraben hatte, rutschte näher, hielt ihre Hand und fragte zärtlich: »Welcher ist es?«

Abby wies ihm sorgfältig den Weg durch den

Himmel zu ihrem Stern, der in der Nähe vom Kreuz des Südens lag.

»Das ist jetzt für den Rest unseres Lebens unser Stern, ja?« fragte Barney leise.

Wieder wurden sie von Liebe überwältigt. Sie küßten sich, bis Abby sich von ihm löste. »Dieser freundliche Stern wärmt uns vielleicht das Herz, aber für unsere Körper kann er nicht viel tun ... mir wird langsam kalt.« Sie drehte sich zu ihm, nahm seine Hand, und sie sahen sich in die Augen. Beide spürten, daß sie sich eigentlich nicht voneinander trennen wollten.

»Es ist nicht leicht, wieder auf die Erde zu kommen«, sagte Barney zärtlich.

Abby nickte.

»Von jetzt an wird es nie mehr sein wie vorher, Abby. Was passiert ist, können wir nicht rückgängig machen. Ich liebe dich so.«

»Und ich dich, Barney. Sehr.«

Abby stieg bereits am Tor vor der Auffahrt nach Anglesea aus. »Fahr lieber nicht bis zum Haus, sonst wachen sie auf. Ich laufe die letzte Meile.« Sie freute sich darauf, den von Bäumen gesäumten, mondbeschienen Weg entlangzugehen, weil sie diesen besonderen Abend so lange wie möglich auskosten wollte.

»Aber nicht allein. Ich fahre noch ein Stückchen langsam und ohne Licht und begleite dich dann zu Fuß«, flüsterte er so leise, als könnten die McBrides ihn hören. Dann wartete er und beobachtete, wie sie das letzte Stück des Weges zum Haus eilte, sich umdrehte, ihm zuwinkte und schließlich verschwand. Beide erlebten diese Nacht wie einen Traum, und ihre Zukunft erschien ihnen in diesem Augenblick so vielversprechend und strahlend wie die funkelnden Sterne über ihnen.

Am nächsten Montag kam Barney in die Praxis und legte einen Strauß Rosen aus Enids Garten auf Abbys Schreibtisch. Sie sahen sich an. Auf ihren Gesichtern lag ein warmes, zärtliches und wissendes Lächeln.

»Ich warte in der Mittagspause im Park auf dich«, flüsterte er. »Und davor besorge ich uns ein paar Sandwiches.«

Unter dem Schutz der Bäume saßen sie in der Sonne, hielten sich an den Händen und verzehrten ihre Sandwiches. Barney beugte sich zu Abby hinüber und küßte ihr einen Brotkrümel von der Unterlippe. »Abby ... ich liebe dich. Und das sage ich nicht nur wegen vorgestern. Ich liebe dich wirklich. So sehr, daß es nicht wieder passieren wird ... ich werde mich nie wieder so hinreißen lassen. Bitte denk nicht, ich sei nur deswegen mit dir ins Kino gegangen oder so. Ich möchte mich auch in Zukunft mit dir treffen und verspreche dir, daß es nicht wieder passieren wird.«

Sie lächelte ihn liebevoll an. »So furchtbar war es nun auch wieder nicht, Barney«, neckte sie ihn. »Aber ich finde es sehr süß, daß du das sagst. Ich liebe dich auch. Aber glaubst du wirklich, wir sollten uns auch weiterhin sehen? Ich meine ...« Sie stockte, weil sie nicht sagen wollte, daß sie wußte, daß es für ihre Liebe keine Zukunft geben konnte.

Barney küßte sie wieder, es war ein langer, leidenschaftlicher Kuß, den sie stürmisch erwiderte. Dann hielt er sie ein Stückchen von sich weg und strich ihr mit einer Fingerspitze über die Wange. »Schsch, Abby ... laß uns nicht mehr darüber sprechen, sondern einfach genießen, daß wir zusammen sind. Ich möchte nur bei dir sein.«

Im Laufe der folgenden Wochen verbrachten die beiden jede freie Minute miteinander, warfen jegliche Vorsicht über Bord und kümmerten sich nicht um das Gerede in der Stadt. Picknicks, Ausritte, lange Spaziergänge, Kino – alles war plötzlich doppelt so schön, solange sie nur zusammen waren. Sie lachten viel, neckten sich, teilten Geheimnisse und wurden immer vertrauter miteinander. Barney war völlig hingerissen von Abby, und Abby wußte, daß sie niemanden so sehr lieben würde wie ihn.

Aber das Wissen, daß es nicht ewig währen konnte, warf einen dunklen Schatten auf ihr Glück. Eines Tages würden ihre beiden ungleichen Welten sie auseinanderzwingen. Immer wieder nahm sie sich vor: »Das nächste Mal sage ich ihm, daß wir so nicht weitermachen können.« Aber sobald sie dann sein glückliches Lächeln sah, seine zärtlichen Hände spürte und seine geraubten Küsse süß auf ihren Lippen schmeckte, geriet ihr Entschluß wieder ins Wanken. »Beim nächsten Mal, dann aber sicher. Einer von uns muß die Kraft aufbringen und einen

Schlußpunkt setzen, bevor wir uns gegenseitig das Herz brechen. Es ist wunderschön, aber wir haben einfach keine gemeinsame Zukunft.« Doch jedesmal siegte wieder das Herz über den Verstand.

Barney sah keine Probleme. Er hatte das Mädchen seiner Träume gefunden. Er liebte Abby, und die einzige Frage, die ihm beim Aufwachen durch den Kopf ging, war die, wann er sie wiedersehen würde. Das Morgen lag in weiter Ferne.

# ZEHNTES KAPITEL

Shannon stützte die Ellenbogen auf den Tisch, auf dem normalerweise Wolle klassiert wurde, und sah Barney zu, der etwas in das Notizbuch schrieb, in dem er Zahlen und Berechnungen notierte, Beobachtungen festhielt und seine Termine plante.

»Na, wie macht sich dein Pferd?« wollte er wissen.

»Geht so. Das Training fürs Dressurreiten ist zum größten Teil ziemlich langweilig. Springen finde ich besser.«

»Kann man sich nicht für das eine oder das andere entscheiden?«

»Eigentlich nicht.« Shannon sah ihn scharf an. »Und was hast du so gemacht? Man bekommt dich ja gar nicht mehr zu Gesicht.«

»Ach, das Übliche. Ich war in letzter Zeit ziemlich beschäftigt.« Barney richtete sich auf und schob das Notizbuch in die Jackentasche.

»Gehören zum Üblichen auch Samstagabende im Kino, Ausritte und Picknicks mit einem gewissen Mädchen?«

Er warf ihr einen eisigen Blick zu. »Kann schon

sein. Hör mal Shannon, das haben wir doch schon durchgekaut ...«

»Du bist so ein Dummkopf, Barney. Und sie steht genauso dumm da oder noch schlimmer.«

»Und was soll das bitte heißen?« Shannons Andeutungen ärgerten ihn. Abby war unkompliziert und sagte immer, was sie dachte.

»Im allgemeinen geht man davon aus, daß es einen ganz bestimmten Grund hat, wenn Jungen wie du mit einem Mädchen wie ihr ausgehen.«

»Und den verrate ich dir gern, Shannon. Ich bin nämlich gern mit Abby zusammen. So einfach ist das.«

Er dachte einen Moment nach und holte dann tief Luft. »Du bist ein hübsches Mädchen und hast viele Vorzüge, Shannon. Mach unsere Freundschaft nicht kaputt, ja? Such dir einen von den Typen aus, die immer um dich herumscharwenzeln, und amüsier dich. Bis zum nächsten Mal.« Er setzte sich in den Transporter, lächelte ihr flüchtig zu und fuhr los. Shannon schwang sich in den Sattel ihres Pferdes und ritt zornentbrannt nach Anglesea zurück.

Gwen war aufgefallen, daß Abby sich verändert hatte. Eines Sonntagnachmittags, als sie in der Küche gemeinsam einen riesigen Stapel Bügelwäsche erledigten, beschloß sie, ihre Tochter darauf anzusprechen.

»Barney bedeutet dir viel, nicht wahr?« fragte sie wie beiläufig, ohne von dem Baumwollhemd aufzublicken, das sie gerade mit Wasser besprengte und zum Bügeln ausbreitete.

Abby ließ sich durch ihre Bemerkung nicht aus dem gleichförmigen Rhythmus bringen, mit dem sie das Bügeleisen über eines von Kevins Schulhemden gleiten ließ. Sie hatte schon seit einiger Zeit damit gerechnet, daß ihre Mutter etwas dazu sagen würde. »Ja, Mama, ich liebe ihn«, erwiderte sie ruhig.

»Sehr?«

Abby hielt in der Bewegung inne, stellte das Bügeleisen weg und sah ihre Mutter an. Ihre Blicke trafen sich. »Wie verrückt ... ich liebe ihn wie verrückt, Mama.«

Ihre Augen füllten sich mit Tränen.

»Mach das Bügeleisen aus, Schatz, und setz dich einen Augenblick zu mir an den Tisch.«

Über den Stapel feuchter Wäsche hinweg blickte Gwen auf ihre Tochter und dachte: Die Geschichte wird ihr weh tun, ganz furchtbar weh tun.

Abby setzte sich ihrer Mutter gegenüber und verschränkte die Arme auf dem Tisch. Dann griff sie in die Rocktasche, zog ein Taschentuch hervor und rieb sich die Augen. »Ich weiß genau, was du denkst, Mama ... daß es aussichtslos ist, unmöglich ... daß aus uns nichts werden kann ... und ... o Gott, was soll ich nur tun? Du kannst dir nicht vorstellen, wie sehr ich ihn liebe.«

»Doch, das kann ich. Mütter können ganz genauso verliebt sein wie Töchter ... und wir haben Erinnerungen, weißt du.«

Abby sagte nichts, schniefte in ihr Taschentuch und wischte sich wieder über die Augen.

»Ich glaube nicht, daß es leicht ist, dir im Augenblick einen Rat zu geben. Diese Art von Liebe kann wie ein überflutender Strom sein. Du mußt dich an etwas festhalten, bis die Flut vorüber ist.«

»Woran soll ich mich denn festhalten?« fragte Abby.

»An uns, Abby, und an deinem Glauben.« Sie ging um den Tisch herum und schloß ihre Tochter in die Arme.

Abby nickte, aber irgendwie konnte sie sich nicht vorstellen, daß der Glaube ihr weiterhelfen würde.

Als Enid und Phillip zu Hause ankamen, stürmten Barney und die Hunde die Stufen hinunter zum Wagen, um sie zu begrüßen.

Barney umarmte seine Mutter überschwenglich und hob sie hoch, so daß sie überrascht nach Luft schnappte.

»Barney, laß mich runter. Was ist denn los mit dir?«

Barney grinste nur und überging ihre Frage. »Wie geht es dir, Mama. Was spricht der Doktor?«

Noch bevor sie antworten konnte, schaltete Phillip sich ein: »Das ist jetzt nicht unbedingt der geeignete Augenblick für medizinische Einzelheiten, Barnard. Wir sprechen später darüber.« Er gab Barney die Hand. »Schön, dich wiederzusehen, mein Sohn. Gab es Schwierigkeiten auf der Farm?«

»Alles in wunderbarer Ordnung, Vater. Absolut

wunderbar«, strahlte er ihn an. Phillip warf ihm einen zweifelnden Blick zu und lud die Koffer aus. Mrs. Anderson erschien und führte Enid ins Haus.

Nach dem Abendessen bat Phillip Barney in sein Arbeitszimmer, wo er sich bei einem Glas Portwein mit ihm unterhalten wollte.

»Es sieht nicht so schlecht aus. Deine Mutter hat zwar einen Herzfehler, der nicht behandelt werden kann, aber wenn sie gut auf sich achtgibt und sich nicht überanstrengt, wird ihre Gesundheit noch lange mitmachen.«

»Nicht so schlecht ... aber auch nich gerade gut«, entgegnete Barney.

»Nun ja, deine Mutter hält sich sehr tapfer. Jetzt ist es an uns, sie zu unterstützen, so gut wir können.« Phillip nahm einen Schluck Portwein. »Ach, übrigens, wir haben deinen Tip befolgt und sind ins Tivoli gegangen. Phantastische Vorstellung. Enid hat sich blendend amüsiert.«

Am nächsten Vormittag saß Enid in ihrem Rosengarten, als Barney mit zwei Gläsern Zitronenlimonade zu ihr trat.

»Es ist so schön, wieder zu Hause zu sein und im Garten zu sitzen«, seufzte seine Mutter. »Zusammen mit dir«, setzte sie noch liebevoll hinzu.

»Es ist auch schön, dich wiederzuhaben, Mama. Dad hat mir erzählt, die Sache mit deinem Herzen sei nicht so ernst«, sagte er, wobei er sich bemühte, sich seine Besorgnis nicht anmerken zu lassen.

»Ja, der Arzt sagte, ich solle mir keine Sorgen machen. Es hat ja ohnehin keinen Sinn, sich verrückt zu machen.« Enid nahm einen kleinen Schluck von ihrer Limonade. »Nach dem Frühstück habe ich mich übrigens mit Mrs. Pemberton unterhalten.«

Barney leerte sein Glas. Uff, dachte er, jetzt kommt's. Er sah seine Mutter an. »Vermutlich hatte sie interessante Neuigkeiten für dich.«

»Genau. Sie erzählte, daß Shannon verstimmt sei, weil du dich so häufig mit diesem McBride-Mädchen triffst.« Enid musterte ihn. »Ich nehme an, du magst sie?«

Barney nickte.

»Das wird dein Vater aber nicht gern hören, Barney. Du weißt, daß er eine solche Verbindung für unpassend halten wird. Es ist wohl das beste, wenn du die Geschichte möglichst bald beendest, Schatz.«

»Ich liebe sie, Mama.«

Enid sah ihn hilflos an. »Oje ...«, seufzte sie. »Oje.«

Ein paar Wochen darauf ging Abby eines Abends vor dem Essen noch etwas nach draußen. Sie war durcheinander und mußte sich über ihre Gefühle klarwerden. Es war schon spät. Das Licht der untergehenden Sonne überzog die Wolken mit einem rotgoldenen Schimmer, und die Blätter erzitterten im ersten Hauch des Abendwinds. Sie war ganz in ihre eigene Welt versunken und dachte an ihren geliebten Barney. Die Erinnerung an ihn jagte kleine Schauer über ihren Rücken: seine Arme und Lippen, seine Hände auf ihrem Körper, sein leises Lachen und der sanfte Klang seiner Stimme. Sie liebte ihn so. Er beherrschte ihre Gedanken und Gefühle in solchen Maße, daß sie kaum an etwas anderes denken konnte und manchmal glaubte, vor lauter Liebe krank zu werden. Sie setzte sich auf den Boden, lehnte sich gegen den Stamm eines alten Eukalyptusbaums und sah zu wie der Tag in den Abend überging. Bald würde sie zurückgehen müssen, weil das Essen wartete. Kutteln und Zwiebeln in weißer Petersiliensauce. Abby schloß die Augen, sie hatte überhaupt keinen Hunger.

Durch die geschlossenen Lider sah sie ein helles Licht brennen wie einen feurigen Ball. Und ganz plötzlich traf sie die Erkenntnis wie ein Blitz, sie fühlte, nein wußte ... daß sie schwanger war. Da waren die kleinen Anzeichen, denen sie keine Beachtung geschenkt, diese schleichende Ahnung, die sie erfolgreich verdrängt hatte, jetzt ließ es sich nicht mehr wegschieben. Ja, es war schon Wochen her, länger, als ihr bewußt gewesen war.

Angst, Bestürzung und Entsetzen wichen einem rasch anwachsenden Glücksgefühl. Da war ein Stück von Barney in ihr, ihrer gemeinsamen Liebe war etwas Greifbares entsprungen. Alle Welt würde die Frucht ihrer Liebe und Leidenschaft sehen können. Jetzt, wo sie sein Kind bekam, würde Barney für immer bei ihr sein.

Einen ganzen Monat lang schob Abby es immer wieder auf, sich mit den Realitäten ihres Zustands zu befassen. Sie sehnte sich danach, ihrer Mutter von ihrer Sorge zu erzählen, aber zunächst benötigte sie die Bestätigung eines Arztes. Deshalb nahm sie all ihren Mut zusammen und bat Dr. Malone um eine Untersuchung.

Sie stand vor seinem Schreibtisch und blickte zu Boden, als er sie fragend ansah. »Was gibt es denn, Abby? Geht es Ihnen nicht gut?«

Sie schüttelte den Kopf. »Ich will Ihnen meine Symptome gar nicht erst aufzählen, sie sind vermutlich ziemlich normal. Ich ... ich glaube, ich könnte schwanger sein.«

Dr. Malone gab sich Mühe, seine Überraschung und Enttäuschung zu verbergen. Er hätte Abby nicht für eines dieser Mädchen gehalten, die in ›Schwierigkeiten‹ gerieten und ihn dann um Hilfe baten.

Nach der Untersuchung, die ihren Verdacht bestätigte, zog er den Vorhang um die Untersuchungskabine. »Was haben Sie jetzt vor, Abby?« wollte er wissen, während sie sich mit zitternden Fingern die Bluse zuknöpfte.

»Ich weiß es nicht. Zuerst muß ich mich an den Gedanken gewöhnen. Ich war mir ja nicht ganz sicher. Sie werden doch niemandem davon erzählen, nicht wahr, Dr. Malone?« fragte sie dann.

»Ich bin an die Schweigepflicht gebunden, Abby. Aber Sie sollten sich jeden Ihrer Schritte gut überlegen. Ich würde Ihnen gern dabei zur Seite stehen. Haben Sie denn schon mit dem Vater und mit Ihren Eltern darüber gesprochen?« fragte er freundlich.

Abby trat hinter dem kurzen Vorhang hervor, nahm ihm gegenüber am Schreibtisch Platz und schüttelte den Kopf. »Ich hoffe aber, Sie werden es ihnen bald sagen. Sie müssen nämlich eine sehr schwierige Entscheidung treffen.«

Abby sah ihn überrascht an. »Wovon sprechen Sie?«

»Sie müssen entscheiden, was aus dem Kind werden soll.«

Abby schloß die Augen und war plötzlich so verwirrt, daß sie das Gefühl hatte, sie würde gleich in Ohnmacht fallen. »Wie meinen Sie das, was aus dem Kind werden soll? Es ist meines. Ich behalte es.«

»Wird der Vater Sie heiraten?« Als Abby ihn nur wortlos und mit bleichem Gesicht anstarrte, fuhr Dr. Malone fort: »Seien Sie realistisch, Abby. Wenn Sie beide sich lieben und ohnehin heiraten wollen, dann sollten Sie das auch möglichst bald tun. So etwas kann ja mal passieren. Aber falls Sie nicht vorhaben zu heiraten, muß das Kind irgendwo unterkommen. Da wir beide Katholiken sind, kommt eine andere Lösung natürlich nicht in Frage, und ich werde Ihnen zur Seite stehen. Ich könnte Ihnen die Adresse eines Heims in Sydney geben, wo man sich um junge Frauen in Ihrer Situation kümmert und die Babys bei guten katholischen Familien unterbringt.«

»Ich habe meine eigene Familie, die sich um mich kümmern wird. Ich muß meinem Baby kein Zuhause suchen.«

»Abby, Sie müssen aber auch medizinisch betreut werden. Und außerdem betrifft die Entscheidung nicht nur Sie und Ihre eigene Zukunft. Da ist auch noch der Vater und Ihre eigene Familie. Denken Sie daran, was Ihr Bruder und Ihre Schwestern möglicherweise in der Schule durchmachen müssen. Sie wissen doch, wie die Leute reden.« Er legte seine Hand auf die ihre. »Gehen Sie nach Hause und sprechen Sie mit Ihren Eltern. Und sagen Sie ihnen, daß es viele Paare gibt, die sich von ganzem Herzen ein Baby wünschen. Sie werden darüber hinwegkommen und später Ihre eigene Familie gründen. Werfen Sie Ihr Leben nicht weg, Abby. Ich habe es zu oft erleben müssen.«

Abby verschob die Aussprache. Auch als Barney sie in der folgenden Woche in der Praxis anrief, suchte sie zunächst nach Ausflüchten, um sich nicht mit ihm treffen zu müssen. »Ich möchte dich aber sehen, Abby. Was ist denn mit dir los?«

»Nichts, es geht mir gut.«

»Abby, du klingst komisch. Aber ich werde dich schon aufmuntern. Ich möchte den ganzen Samstag mit dir verbringen. Bitte, Abby … versuch doch das Hockeytraining abzusagen.«

»Das habe ich sowieso schon«, erwiderte Abby zögernd. Es war nicht einfach gewesen, Cheryl glaubhaft zu vermitteln, warum sie aus der Mannschaft austreten wollte. Aber da sie es für das Klügste hielt, es so früh wie möglich zu tun, hatte sie behauptet, sie müsse ihrer Mutter in der nächsten Zeit mehr helfen.

»Gut. Das war ja beinahe Gedankenübertragung, ich habe den Ausflug nämlich schon die ganze Woche geplant. Ich hole dich am Samstag morgen um zehn ab.«

Abby lag zwei qualvolle Nächte schlaflos im Bett und zermarterte sich den Kopf darüber, wie sie das Dilemma am vernünftigsten lösen konnte. Sie liebte Barney, aber sie hatte von Anfang an gewußt, daß ihre Beziehung eines Tages enden mußte. Jetzt war der Augenblick gekommen. Sie nahm sich vor, ihm zu sagen, daß sie sich nicht mehr treffen durften. Sie seien zu weit gegangen, das Ganze sei zu ernst geworden, und deshalb wäre die Trennung für beide das Klügste. Sie wollte Barneys Kind, aber sie würde ihn nicht zwingen, sich mit einer Situation abzufinden, die er sich nicht ausgesucht hatte. Abby hörte schon seine Eltern, die ihm sagen würden, sie hätte ihn mit dem ältesten Trick der Bibel reingelegt. Aber sie wußte ganz genau, selbst wenn sie nicht schwanger geworden wäre, hätte nichts aus ihr und Barney werden können.

Am Samstag morgen sagte Abby ihrer Mutter, sie würde den Tag mit Barney verbringen. Sie wollte sich gerade auf den Weg zur Abzweigung machen, da fuhr er ihr schon entgegen.

»Du konntest es wohl gar nicht erwarten, mich wiederzusehen, was?« grinste er, lehnte sich über den Beifahrersitz und öffnete ihr die Tür.

Abby lächelte matt, als er sie zur Begrüßung auf die Wange küßte. »Wohin fahren wir überhaupt?«

»Wirst du schon sehen.«

Sie fuhren etwa eine Stunde auf der Hauptstraße, bogen dann in einen Feldweg ein und holperten schließlich einen schmalen Pfad entlang. Nach einer Weile erblickte Abby eine Flußbiegung, an der ein kleines Wäldchen lag.

»Das ist ein verzaubertes Fleckchen, Abby. Zauberhaft und schön wie du.«

Sie packten Mrs. Andersons Picknickkorb aus, sammelten trockenes Holz, machten ein Feuer, um in einem alten Blechtopf Teewasser zu kochen, und gingen anschließend auf Entdeckungsreise. Zu ihrer Überraschung stießen sie auf ein kleines eingezäuntes Areal, in dem sich ein Kindergrab befand – *Joan Alice Gilbert, ein Monat alt.* Abby schossen plötzlich Tränen in die Augen.

Barney nahm sie in die Arme und tröstete sie. »Abby ... du mußt deswegen doch nicht gleich weinen.« Er küßte ihr tränenüberströmtes Gesicht.

»Normalerweise würde es mich ja auch nicht so mitnehmen ... ach, Barney.« Sie entwand sich seiner Umarmung, drehte sich um und rannte weg, stolperte blind vor Tränen quer über die Wiese.

Barney holte sie rasch ein, packte sie am Arm und zwang sie, ihn anzusehen. Seine Stimme war fest, und er sah besorgt aus: »Abby, was ist los? Bitte sag mir, was dich bedrückt.«

Abby schloß die Augen und flüsterte unter Tränen: »Ich bekomme ein Baby.«

»Ein Baby? Unser Kind? Du und ich?« Barney konnte kaum sprechen.

Abby nickte nur, sie war zu ängstlich, um ihn anzusehen.

Einen Augenblick lang schwieg er, und Abby zog langsam ihren Arm weg. Dann sah sie zaghaft zu ihm auf. Barney hatte ein ziemlich albernes Grinsen auf dem Gesicht, und seine Augen leuchteten. »O Abby ...« Er zog sie an sich. »Warum bist du denn so unglücklich? Hab keine Angst. Es wird alles gut. Ich freue mich so.« Er wiegte sie in seinen Armen, sie schmiegte sich an ihn und begann laut zu schluchzen.

Als sie sich schließlich wieder beruhigt hatte, holte sie tief Luft und sagte mit ruhiger Stimme: »Ich weiß, daß wir das beide nicht gewollt haben, aber jetzt ist es nun mal passiert, und ich muß eine Entscheidung treffen. Ich bin mir über deine Position vollkommen im klaren, Barney, und ich bitte dich um nichts und habe auch keine Erwartungen –«

»Moment mal, Abby«, unterbrach er sie. »Da habe ich aber auch ein Wörtchen mitzureden. Es ist auch mein Baby, und ich sage, daß du mich auf jeden Fall heiraten wirst. Ich will dich heiraten. Ich liebe dich, Abby.«

Abby lächelte scheu. »Barney, das ist sehr lieb von dir, aber du mußt vernünftig sein. Du weißt genau, daß deine Eltern dir niemals erlauben werden, mich zu heiraten.«

»Sie können mich nicht daran hindern!«

Abby verschloß ihm die Lippen mit dem Zeigefinger. »Das werden sie aber, Barney. Sie haben mehr als einen guten Grund, dagegen zu sein.

Außerdem hängt Ambas Zukunft von dir ab. Ich liebe dich viel zu sehr, als daß ich zulassen würde, daß du das alles zerstörst.«

»Nein, Abby, du irrst dich.« Barney sah wütend aus. »Und ich möchte auf keinen Fall, daß du eine andere Lösung in Erwägung ziehst ... du weißt schon ... etwa, es wegmachen zu lassen.«

»Ich bin Katholikin, Barney. Das könnte ich sowieso nicht mit meinem Glauben vereinbaren. Übrigens ein weiterer Grund, warum deine Eltern einer Heirat nie zustimmen werden ... mein Glaube.«

»Und das alles ist dir wichtiger als unsere Zukunft? Es sieht ganz so aus, als ob du mich nicht so sehr liebst wie ich dich«, sagte Barney bitter.

Was er da sagte, verletzte Abby, und sie drehte sich um und ging langsam auf den Wagen zu. Sie liebte ihn sogar so sehr, daß sie sich weigerte, ihn zu heiraten, und sein Baby trotzdem bekommen wollte. Schweigend und in Gedanken vertieft, begannen sie die Sachen im Wagen zu verstauen. Barney hatte die Neuigkeit noch immer nicht ganz verdaut, stand aber fest entschlossen zu dem, was er gesagt hatte. Er wollte Abby heiraten. Er spürte, daß er begann, sie wirklich zu lieben, und das bestärkte ihn nur noch mehr in seiner Entschlossenheit. Leicht würde es nicht, das war ihm klar, aber gemeinsam fanden sie sicher eine Lösung. Abby war ein Dickschädel und hatte ihren Stolz, aber diese Entscheidung betraf sie beide gemeinsam.

Er öffnete ihr die Beifahrertür und fragte plötzlich: »Wem hast du es schon erzählt, Abby? Deinen Eltern?«

»Noch nicht«, erwiderte sie leise.

»Möchtest du, daß ich mitkomme, wenn du es ihnen sagst? Du kannst das doch nicht alles allein machen.«

»Schon in Ordnung, Barney. Es ist besser, wenn ich allein mit ihnen spreche. Ich erzähle ihnen, was du gesagt hast«, antwortete sie mit müder Stimme. Sie ahnte, was er als nächstes sagen wollte, und riet ihm: »Sag deinen Eltern am besten noch nichts. Nicht, bevor wir nicht alles geklärt haben.«

Er nickte, aber er wußte ohnehin, wie sie reagieren würden.

Sie machten sich schweigend auf den Rückweg. Einmal beugte Barney sich zu Abby hinüber und streichelte ihr übers Gesicht. Sie spürte seine Liebe in dieser zärtlichen Berührung, und ihr wurde schwer ums Herz. Seine Reaktion machte es ihr nicht leichter. Sie gab sich große Mühe, vernünftig zu bleiben. Natürlich hätte sie nichts in der Welt lieber getan, als Barney zu heiraten, aber sie wußte, daß eine solche Verbindung auf Dauer nicht gutgehen konnte. Trotzdem – das Kind, das sie in sich trug, würde sie für immer mit ihm verbinden, was auch geschah. Ihr rollte eine Träne die Wange hinunter, doch Barney war viel zu sehr mit seinen eigenen Gedanken und Gefühlen beschäftigt, um sie zu bemerken. Als sie in Anglesea anlangten, hatte Abby sich schon wieder gefangen.

Barney parkte ein Stück vom Haus entfernt, einen Augenblick blieben sie wortlos hinter dem Steuer sitzen und beobachteten Kevin und die Mädchen, die damit beschäftigt waren, die Hühner und Tom Turkey in ihr Gehege zu scheuchen.

»Abby, ich bitte dich noch einmal ... heirate mich.«

»Hör auf damit! Ich kann nicht! Es würde nicht gutgehen!« Sie riß die Tür auf, sprang aus dem Wagen und lief zum Haus hinüber. Barney fuhr unglücklich davon, während Abby in ihr Zimmer rannte und die Tür hinter sich zuschlug.

Kevin schob sich mit den Eiern durch die Hintertür ins Haus. »Hier, Mama – fang!« Er warf ihr ein Ei zu.

»Wie oft muß ich dir noch sagen, daß du das mit mir nicht machen sollst!« schimpfte Gwen.

»Du fängst sie doch jedesmal. Ich teste nur dein Reaktionsvermögen. Sag mal, was ist eigentlich mit Abby los. Hatte sie Streit mit Barney?«

»Keine Ahnung. Wie kommst du darauf?«

»Sie sah ziemlich schlecht gelaunt aus und ist ihm davongelaufen.«

»Vorhin dachte ich noch, ich hätte gehört, wie die Tür zuschlug. Laß sie lieber in Ruhe, Kev.«

Abby wollte nicht zu Abend essen. Als Brian im Bett lag und Bob in der Küche damit beschäftigt war, Zündkerzen zu reinigen, die er auf einem Stück Zeitungspapier ausgebreitet hatte, ging Gwen nach oben, um nach ihr zu sehen. Sie setzte sich auf die Bettkante, sah das blasse, verweinte Gesicht ihrer Tochter und nahm ihre Hand.

»Was ist passiert, Liebling?«

»Ach, Mama.« Wieder flossen ihre Tränen, und Gwen hielt ihr die Hand, bis sie wieder sprechen konnte. »Ich liebe Barney. Ich liebe ihn wirklich, aber ich darf ihn nicht wiedersehen ...«

»Aber das wußtest du doch von Anfang an. Ihr kommt eben nicht aus derselben Welt.«

»Mama, du verstehst nicht. Barney möchte mich heiraten, aber ich kann nicht, ... weil ich ... schwanger bin.«

Gwen starrte sie erschrocken an und schwieg, während Abby überstürzt weiterredete: »Es tut mir so leid. Ich wollte nicht, daß so etwas passiert. Es war nur ein einziges Mal ... er hat mich nicht überrumpelt, überhaupt nicht. Wir lieben uns ...«

»Abby, wenn er dich heiraten will und ihr beide euch liebt, warum tut ihr es dann nicht?«

»Ich will nicht, daß er mich heiratet, bloß weil er das Gefühl hat, er sei dazu verpflichtet ... das würde auf die Dauer nicht gutgehen.«

»Es wäre auf jeden Fall besser als das, was die Leute so sagen werden.« Gwen dachte einen Augenblick nach. »Willst du das Baby zur Adoption freigeben? Was meint Barney dazu? Am besten besprechen wir die Sache mit Dad.«

»Es ist meine Entscheidung, Mama.« Abby liefen wieder die Tränen übers Gesicht. »Es ist mein Baby, und ich möchte es behalten.«

»Leicht wird das nicht«, sagte Gwen und fügte dann mit strahlendem Lächeln hinzu: »Aber was macht ein zusätzlicher Esser schon aus, Abby? Ich möchte mein erstes Enkelkind nicht verlieren. Wenn du das Baby also nicht weggeben willst, bin ich damit einverstanden, und dein Dad wird dich auch unterstützen, da kannst du dir sicher sein.«

Abby sah ihre Mutter an. »Ich bin so froh, daß ich euch habe. Ich wußte, daß ihr zu mir halten würdet.«

Und Mutter und Tochter nahmen sich wortlos in die Arme.

# ELFTES KAPITEL

Abby schloß die Tür zu Dr. Malones Büro und kehrte mit einem flauen Gefühl im Magen an ihren Platz zurück. Es war keine einfache Unterhaltung gewesen. Sie hatte ihm mitgeteilt, daß sie das Kind behalten würde und daß ihre Eltern ihren Entschluß unterstützten.

Er hatte den Kopf geschüttelt. »Ich sollte selbst mit Ihren Eltern sprechen, Abby. Ist Ihnen denn überhaupt klar, wie sehr ein Kind Ihr Leben verändern wird und welche Belastung das alles für Ihre Familie bedeuten wird?«

Abby lächelte ihn kleinlaut an und erwiderte: »Ich glaube schon. Aber ich habe großes Glück, Dr. Malone, weil ich eine ganz besondere Familie habe. Und das Baby wird innerhalb dieser Familie aufwachsen. Meine Mutter ist der Ansicht, ich sollte auch weiterhin arbeiten. Das heißt natürlich nicht, daß ich das Kind einfach bei ihr ablade. Ich werde voll und ganz die Verantwortung dafür übernehmen.«

Mit einem resignierten und zugleich anerkennenden Kopfschütteln, sagte Dr. Malone: »Schade, daß es nicht mehr Eltern gibt, die so hinter ihren Kindern stehen wie Ihre. Trotzdem möchte ich Ihnen noch einmal anbieten, daß ich mich um ein sicheres Zuhause für Ihr Baby kümmern könnte. Es gibt so viele gute Menschen, die selbst keine Kinder haben können. Vielleicht hat Ihr Kind dort bessere Chancen als bei Ihnen, Abby - zum Beispiel, was die Ausbildung betrifft.«

Abby hatte selbst schon darüber nachgedacht, sagte jedoch schlicht: »Aber ich bin seine Mutter, und niemand wird es so lieben wie ich.«

»Und der Vater?«

»Er ist gekränkt, weil ich ihn nicht heiraten will. Aber wenn das Kind bei mir bleibt, hat er wenigstens die Möglichkeit, es zu sehen.«

»Sie scheinen sich wirklich alles gut überlegt zu haben, Abby. Ich hoffe nur, daß Sie sich darüber im klaren sind, mit welchen Reaktionen Sie in einer Kleinstadt wie dieser rechnen müssen, und daß sie dafür das nötige Selbstbewußtsein mitbringen. Es ist gut möglich, daß Ihre gesamte Familie darunter zu leiden hat.«

»Meine Güte, was für ein Theater wegen eines kleinen Babys«, sagte Abby lächelnd. »Ich danke Ihnen jedenfalls, daß Sie so nett waren und mir Ihre Hilfe angeboten haben, Dr. Malone.«

Es klopfte an der Vordertür. Gwen wischte sich die feuchten Hände an der Schürze ab und öffnete. Sie blickte überrascht auf Barney, der mit dem Hut in der Hand vor ihr stand.

»Morgen, Mrs. McBride. Könnte ich wohl bitte hereinkommen und mich mit Ihnen und Bob unterhalten?«

»Aber natürlich, Barney. Kommen Sie herein und machen Sie es sich bequem. Ich rufe Bob gleich herein, es ist sowieso bald Zeit für seine Mittagspause.« Sie schlug gegen ein Stück Blech, das an der Hintertür hing, um Bob ein Zeichen zu geben. »Macht es Ihnen etwas aus, in der Küche zu sitzen? Ich habe einen Kuchen im Ofen und wollte noch Brot backen.« Als Barney sich an den Küchentisch gesetzt hatte, begann sie, in einer Schüssel Teig zu kneten. »Ich weiß, warum sie hier sind, Barney. Abby hat uns alles erzählt«, sagte Gwen ruhig. Ihre Stimme klang gelassen, überhaupt nicht feindselig oder vorwurfsvoll.

»Ich liebe Abby und möchte, daß sie mich heiratet. Mir ist es ganz ernst damit, aber sie scheint mir nicht glauben zu wollen. Sie sagt, sie will mich nicht heiraten. Und ich dachte, sie liebt mich.«

»Die Dinge sind nicht immer so einfach, wie sie auf den ersten Blick aussehen, Barney. Eben gerade weil sie Sie liebt, will sie nicht heiraten. Aber lassen Sie uns doch auf Bob warten, bevor wir uns darüber unterhalten.« Sie knetete den Teig noch einmal durch und stellte die Schüssel dann zur Seite. Anschließend nahm sie einen gehäkelten Topflappen vom Haken, öffnete die Klappe des Gasherds und zog zwei Formen mit goldgelbem Bisquitkuchen heraus. Der süße Duft des frischgebackenen Kuchens erfüllte den ganzen Raum.

»Hmm, ist der für mich?« fragte Bob, der gerade zur Hintertür hereinkam, und roch begeistert den Kuchenduft, während er aus seinen Stiefeln schlüpfte. Barney erhob sich, um ihm die Hand zu geben. Als Bob sich setzte, fragte er: »Weiß Abby, daß Sie hier sind?«

Barney schüttelte den Kopf. »Ich wollte, daß Sie auch hören, wie ich die Sache sehe. Sie beide sollen wissen, daß ich Abby liebe und sie wirklich heiraten möchte. Und zwar nicht nur wegen des … des Kindes.« Er holte tief Atem. »Ich habe noch nie jemanden so geliebt und ich kann mir nicht vorstellen, daß ich jemals eine andere Frau so lieben könnte. Ich glaube, man spürt es irgendwie, wenn man für einander bestimmt ist.«

»Was sagen denn Ihre Eltern dazu?« fragte Bob unbeirrt.

Barney blickte zu Boden. »Ich habe es ihnen noch nicht gesagt. Ich wollte erst alles mit Abby klären.«

Gwen setzte sich neben Bob. »Sie werden nicht damit einverstanden sein, Barney«, sagte sie sanft.

»Aber es ist meine Entscheidung«, entgegnete er hitzig.

»Sie können sich den Plänen Ihres Vaters nicht widersetzen, Junge«, sagte Bob. »Ihre Eltern haben sich ihre Schwiegertochter sicherlich anders vorgestellt. Nicht, daß wir an unserer Abby etwas auszusetzen hätten, aber es läßt sich nun mal nicht leugnen, daß Sie aus ganz anderen Kreisen kommen … und dann wäre da auch noch das Problem mit der Religion.«

Barney rieb sich die Augen und antwortete nicht.

»Wissen Sie was, Barney?« schlug Gwen vor, »Sprechen Sie erst einmal mit Ihren Eltern, und dann sehen Sie weiter. Abby ist fest entschlossen, das Baby zu behalten.«

»Wirklich?« Barney sah die beiden an, und in seinen Augen leuchtete ein Hoffnungsschimmer auf. »Wie will sie das schaffen, wenn sie mich nicht heiratet?«

»Sie kennen uns doch. An unserem Tisch ist immer Platz für einen unvermuteten Gast. So ein kleines Würmchen können wir auch noch durchfüttern. Der Arzt hat Abby geraten, das Baby in Sydney zu bekommen und es dann zur Adoption freizugeben, aber davon will sie nichts wissen.«

»Das will ich auch nicht«, erklärte Barney entschieden.

»Tja, Kumpel, Sie können das Kleine aber nicht aufziehen«, sagte Bob. »Einfach wird es nicht, das ist mal sicher. Aber wir möchten, daß Abby versucht, auf eigenen Füßen zu stehen ... so gut es unter diesen Umständen eben möglich ist.«

»Wir dachten daran, von hier wegzuziehen, damit Abby ganz von vorn beginnen kann, aber ... nun ja, Sie wissen ja, wie schnell sich so etwas überall herumspricht. Und Bob hat hier gute Arbeit. Das müssen wir auch bedenken.«

Barney wurde plötzlich klar, welche finanzielle Belastung auf die McBrides zukam, und er fragte sich, wie die Pembertons – besonders Shannon – die Neuigkeit wohl aufnehmen würden. Möglicherweise war Bob McBrides Arbeitsplatz weniger sicher, als die beiden glaubten. »Warum heiratet sie mich nicht? Sie sagt, es würde nicht gutgehen. Ich verstehe das einfach nicht.«

Gwen war ernsthaft gerührt, als sie Barneys Verwirrung sah, es war offensichtlich, daß er Abby wirklich liebte. »Sie liebt Sie mehr, als Ihnen bewußt ist, Barney. Sie will nur nicht mit ansehen, wie sie alles verlieren, was einmal Ihnen gehören soll. Und sie möchte sich nicht zwischen Sie und Ihre Eltern stellen. Familie bedeutet Abby sehr viel. In jeder Ehe kann es Zeiten geben, in denen nicht alles so harmonisch verläuft, und falls Sie Amba aufgeben müssen, werden Sie Abby später möglicherweise vorwerfen, Ihnen die Zukunft zerstört zu haben. Daran denkt sie.«

Was Gwen eben gesagt hatte, traf Barney hart. Amba aufgeben. Dazu würde es sicherlich nicht kommen. »Ich werde meine Eltern schon überzeugen.« Er erhob sich und wirkte plötzlich sehr entschlossen. »So schnell gebe ich mich nicht geschlagen. Wenn ich erst alles geklärt habe, wird Abby keine Ausrede mehr haben, mich nicht zu heiraten. Sie werden schon sehen.«

An der Tür drehte er sich noch einmal um. »Sie beide sind wirklich außerordentliche Menschen. Abby kann sich sehr glücklich schätzen.«

Die Unterhaltung, die Barney mit seinem Vater führte, stand dazu in krassem Gegensatz. Er hatte Phillip gebeten, nach dem Essen unter vier Augen in der Bibliothek mit ihm sprechen zu dürfen. Barney blieb stehen, während er die kleine Rede hielt, die er vorbereitet hatte, und wartete dann auf die unvermeidliche Reaktion.

»Barnard, ich bin entsetzt, daß du dich in eine solche Lage gebracht hast. Man hat dich doch sicherlich über diese Dinge aufgeklärt ... natürlich muß sich ein junger Mann die Hörner abstoßen, aber ... du wirst die Angelegenheit klären müssen. Natürlich werden sie Geld sehen wollen.«

»Dad! Ich will sie heiraten. Ich liebe Abby!«

»Lächerlich. Kommt überhaupt nicht in Frage.« Als er Barneys Gesichtsausdruck sah, fügte er hinzu: »Das kann nicht dein Ernst sein. Ich wußte von Anfang an, daß es mit diesem Mädchen Ärger geben würde«. Er schäumte vor Wut. »Jetzt bring die Sache so schnell und so unauffällig wie möglich in Ordnung, bevor deine Mutter etwas davon erfährt. Stell dir nur vor, was du ihr damit antun würdest.«

»Dad, hörst du mir überhaupt zu? Abby bekommt ein Kind von mir. Ich habe vor, sie zu heiraten.«

»Ich höre dich sehr gut, aber ich bin nicht bereit, mir diesen Unsinn noch weiter anzuhören. Schreib dir eins hinter die Ohren, Barnard – ich werde dir keinesfalls erlauben, diese absurde Idee in Betracht zu ziehen, geschweige denn, sie zu verwirklichen. Falls du dich mit diesem Mädchen zusammentust, siehst du von mir keinen Penny. Hast du mich verstanden?« Seine Stimme wurde mit jedem Satz lauter. Vater und Sohn starrten sich zornig an.

Barney zitterte vor Wut. »Dann wird dich vielleicht interessieren, daß ich sie bereits gebeten habe, mich zu heiraten, und daß sie mich abgewiesen hat. Aber ich bringe sie schon noch dazu, ihre Meinung zu ändern. Du kannst uns nicht beide tyrannisieren.«

Phillip war einen Augenblick lang aus dem Konzept gebracht, aber dann entschied er, daß es sich um einen cleveren Schachzug von Abby handeln mußte. »Ich gebe dir bis Ende der Woche Zeit und erwarte, daß du die Geschichte bis dahin geregelt hast. Und jetzt kein Wort mehr.« Er wandte sich ab und öffnete sein Buch. Barney seufzte. Es war sinnlos weiterzustreiten. Er würde die Sache bis Ende der Woche auf jeden Fall geregelt haben. Allerdings nicht so, wie sein Vater es sich vorstellte.

Abby war müde und hatte Kopfschmerzen. Sie wünschte, sie könnte ihre Last mit jemandem teilen. Einen Moment lang fragte sie sich, ob sie die richtige Entscheidung getroffen hatte. Ihr fiel plötzlich ein, daß ihr eine frühere Freundin einmal von einer Bekannten erzählt hatte, die abtrieb, indem sie sehr heiß badete und dazu warmen, mit Kümmel versetzten Gin trank. Wäre das eine Lösung? Niemals. Nein, sie würde dieses winzige Pünktchen, das aus ihrer und Barneys Liebe entstanden war, auf keinen Fall aufgeben. Während sie darüber nachdachte, durchströmte sie ein Gefühl der Wärme, und zum ersten Mal überlegte sie sich, ob es wohl ein Junge oder ein Mädchen war. Plötzlich bemerkte sie, daß ihre Mutter etwas zu ihr sagte und versuchte, sich wieder auf die Gegenwart zu konzentrieren.

»Alles in Ordnung, Liebling? Ich habe mir gerade Gedanken darüber gemacht, wie lange du wohl noch arbeiten kannst?«

»Darüber habe ich schon mit Dr. Malone gesprochen. Er meint, ich kann bleiben, bis die Arbeit mir zu anstrengend wird. Er sagte, es läge an mir, ob ich die Stärke aufbringen würde, mich in der Stadt zu zeigen. Er würde mir jedenfalls nicht kündigen. Aber er versucht trotzdem immer noch, mich dazu zu überreden, nach Sydney zu gehen.«

»Und du hast deine Meinung nicht geändert?«

»Nein.«

»Was hast du vor, Abby? Barney scheint fest entschlossen, dich umzustimmen.«

»Das wird ihm aber nicht gelingen.«

Bob und Gwen sahen sich mit einem Schulterzucken an.

Auch wenn Abby nach außen hin entschlossen wirkte, tat es ihr in der Seele weh. Sie hätte Barney unendlich gern geheiratet und liebte ihn dafür, daß er so treu zu ihr hielt, aber gleichzeitig wußte sie, daß einer von ihnen beiden stark sein mußte.

Nach dem Abendessen bat Abby Kevin, aus dem Wohnzimmer zu gehen, weil sie sich mit ihren Eltern unterhalten wolle. Kevin schaufelte die Baukastenteile, mit denen er und Brian gespielt hatten, in die Schachtel und starrte wütend in das kleine Wohnzimmer zurück, in dem die drei saßen.

»Wann bekomme ich endlich gesagt, was los ist?« beschwerte er sich.

»Das erfährst du früh genug, Kumpel«, erwiderte sein Vater.

»Geheimnisse. Ich hasse Geheimnisse«, schmollte der Junge und ging in die Küche, wo die Mädchen am Tisch Flohhüpfen spielten.

»Armer Kev, die Mädchen tuscheln die ganze Zeit und weihen ihn in ihre Geheimnisse nicht ein. Ich fürchte, er fühlt sich oft ziemlich ausgeschlossen«, sagte Gwen. »Wir erzählen ihm davon, wenn es ein bißchen offensichtlicher ist, was meinst du, Abby?«

Abby nickte und fand es auf einmal peinlich, darüber sprechen zu müssen. »Bestimmt werden sie sich fragen, wo das Baby herkommt, weil ich doch nicht verheiratet bin.«

»Mach dir darüber keine Sorgen, Schatz. Die werden so begeistert darüber sein, ein Baby zu bekommen, daß sie überhaupt keine Fragen stellen«, sagte Gwen in der Hoffnung, Abby damit zu beruhigen.

»Wollen wir wetten?« sagte Bob.

Eine Woche später klärte Barney seinen Vater darüber auf, daß Abby das Kind behalten wolle und nach wie vor nicht bereit sei, ihn zu heiraten, daß er jedoch entschlossen sei, sie umzustimmen, und dazu die Unterstützung seiner Eltern brauche.

Phillip Holten platzte vor Wut. »Du bist ausgesprochen naiv, Barney. Woher willst du überhaupt wissen, daß es dein Kind ist? Bist du dir da sicher? Vielleicht will sie Geld.«

»Dad! Für diese Bemerkung entschuldigst du dich!« verlangte Barney wutentbrannt.

»Du bist derjenige, der sich zu entschuldigen hat. Du bringst Schande über alles, wofür ich ein Leben lang hart gearbeitet habe. Ich hätte gute Lust, dich meines Hauses zu verweisen, bis du wieder zur Vernunft gekommen bist.«

»Mach dir keine Mühe, ich gehe von selbst.« Barney ging wütend zur Tür.

»Ich werde dafür sorgen, daß du keinen einzigen Penny zur Verfügung hast. Nichts, aber auch gar nichts bekommst du, bis du mir schwören wirst, daß du mit diesem Mädchen oder ihrem Kind nichts mehr zu schaffen hast«, brüllte Phillip Holten.

»Dein verdammtes Geld kannst du behalten!« Barney schlug die Tür hinter sich zu und stampfte durch den Korridor.

Enid stand an der Tür ihres Salons und drückte die beiden Hunde ängstlich an sich. »Was ist denn, Liebling? Ihr habt ziemlich laut gesprochen.«

»Wir haben gebrüllt, Mutter. Dad ist vollkommen außer sich …« Er zögerte und holte tief Luft. »Ich erzähle dir besser alles.« Er nahm sie am Arm, ignorierte Tuckers lautes Knurren und führte sie zur Couch. Dann setzte er sich neben sie und erzählte ihr, so ruhig er konnte, wie sehr er Abby liebte und daß sie schwanger war, daß er sie heiraten wollte und sie sich aber weigerte.

»Aber warum? Liebt sie dich denn nicht? Das ist doch seltsam.«

»Sie sagt, weil sie lediglich die Tochter eines Schafscherers sei und außerdem Katholikin, könnten wir nicht glücklich miteinander werden. Ich bin da anderer Meinung. Dad möchte, daß ich sie nie mehr wiedersehe. Aber darauf kann ich mich nicht einlassen. Also werde ich für eine Weile von zu Hause fortgehen. Nur so lange, bis sich die Gemüter etwas beruhigt haben. Ich hoffe immer noch, daß ich Abby davon überzeugen kann, mich zu heiraten. Ihre Eltern sind gute und anständige Leute. Du würdest sie auch mögen.«

Enid schwieg einen Moment betroffen und versuchte, die Nachricht zu verkraften. Dann streichelte sie ihm über die Hand. »Aber wohin willst du denn gehen, Schatz? Hoffentlich nicht zu weit weg.«

»Nein, Mutter. Ich werde eine Zeitlang in die Stadt ziehen. Ich möchte in Abbys Nähe bleiben.«

»Die Geschichte wird sicher für einiges Gerede sorgen. Dein Vater ist darüber bestimmt nicht begeistert.«

»Das ist anzunehmen. Aber Abby wird mehr unter dem Tratsch leiden müssen.«

»Du liebst sie wirklich und willst sie heiraten?«

»Ja, das will ich. Mir ist schon klar, daß du dir vermutlich ein Mädchen aus einer angesehenen und vermögenden Schafzüchterfamilie für mich gewünscht hättest. Jetzt ist es eben anders gekommen. Es tut mir leid.«

»Das braucht dir nicht leid zu tun. In der Liebe kommt es selten so, wie man es erwartet«, entgegnete Enid geheimnisvoll.

Barney sah seine Mutter verwundert an. Mit dieser Reaktion hätte er nicht gerechnet. »Dad hatte Angst, daß dich das alles zu sehr aufregt. Ich hoffe nicht. Mach dir bitte keine Sorgen. Ich werde schon eine Lösung finden.

»Enid nickte, drückte noch einmal Barneys Hand und kraulte dann gedankenverloren ihre Hunde.

»Möchtest du vielleicht noch etwas, Mutter?« fragte Barney sanft.

»Ja. Ich möchte, daß du glücklich wirst«, erwiderte Enid.

Barney beugte sich gerührt zu ihr hinüber und küßte sie auf die Wange, danach verließ er leise das Zimmer. Er ging in die Küche, um Mrs. Anderson zu suchen, die gerade damit beschäftigt war, das Geschirr vom Abendessen wegzuräumen.

»Jim ist schon im Bett, und ich gehe auch gleich. Brauchst du noch etwas?« fragte sie. Sie hatte die lauten Stimmen gehört, und als sie jetzt sein Gesicht sah, fügte sie hinzu: »Eine Schulter zum Ausweinen vielleicht?«

»Ach, Mrs. Anderson, die könnte ich wirklich gebrauchen.« Barney ließ sich in den Schaukelstuhl vor dem Ofen fallen und redete sich alles von der Seele.

»Warum bist du denn nicht gleich zu mir gekommen? Schrecklich, daß du so etwas die ganze Zeit allein mit dir herumgetragen hast.«

»Unseren Streit haben Sie vermutlich mitbekommen. Ich werde für eine Weile in die Stadt ziehen, bis wir entscheiden, wie es weitergeht. Ich wünschte, Abby würde mich heiraten. Ich habe Mama davon erzählt, sie hat es erstaunlich gut aufgenommen.«

»Es ist ja gut und schön, daß du sagst, du willst sie heiraten, aber vielleicht solltest du Abby beweisen, wie ernst es dir damit ist. Du mußt dich entscheiden, Barney – Amba oder Abby.«

»Es würde Dad das Herz brechen, wenn ich das alles hier einfach so aufgeben würde. Es stand doch für alle immer fest, daß ich Amba eines Tages übernehmen würde. Wenn ich doch nur einen Bruder hätte!«

»Du mußtest dich noch nie wirklich entscheiden. Von klein auf wurden dir alle Entscheidungen abgenommen. Vielleicht ist es jetzt an der Zeit, dein Leben in die Hand zu nehmen und darüber nachzudenken, was du selbst eigentlich willst.«

»Man kann nicht immer das tun, was man selbst will, Mrs. Anderson, weil man seiner Familie gegenüber Verpflichtungen hat und eine moralische Verantwortung trägt.«

»Und manchmal bekommt man im Leben nur einmal die Chance, sein Glück zu finden.«

Die beiden sahen einander quer durch den Raum in die Augen.

»Ich bin wirklich in einer schrecklichen Zwickmühle«, sagte Barney niedergeschlagen. »Es gibt einfach keine Lösung, die alle glücklich macht. Meine Hoffnung war, daß ich Abby und das Baby wenigstens sehen könnte, selbst wenn sie sich weiterhin weigern sollte, mich zu heiraten.«

»Das wäre doch nichts Halbes und nichts Ganzes. Irgendwann würden sie wegziehen, und du würdest sie endgültig verlieren. Glaub mir, Barney, es ist das beste, du triffst die Entscheidung jetzt.«

Sie stand auf und klopfte ihm tröstend auf die Schulter. Er tat ihr unendlich leid. »Denk über dein eigenes Leben nach, Barney, und über das Leben, das dein Kind später führen wird. Ich bin leider kinderlos geblieben, aber wenn ich ein Kind gehabt hätte, würde mich der Gedanke, es zu verlieren, todtraurig machen. So, und jetzt wünsche ich dir eine gute Nacht, mein Lieber.«

Barney schlich sich leise durch das riesige stille Haus. Er wußte, daß er nur schwer Schlaf finden würde. Ein schmaler Streifen Licht schimmerte unter der Tür zum Arbeitszimmer seines Vaters hervor. Seine Mutter hatte sich in ihr Schlafzimmer zurückgezogen und Diet und Tucker bereits ins Körbchen gebracht. Der andere Teil des Hauses lag kalt und düster da.

Er öffnete die Tür zu seinem alten Kinderzimmer, knipste das Licht an und betrachtete die darin versammelten Erinnerungsstücke aus seiner Jugend und der Schulzeit. In diesem Moment schwappte eine Welle der Einsamkeit über ihn, ein altbekannter Schmerz, den er lange verdrängt hatte. Er dachte an die Nächte im Internat, in denen er sich, tief in sein Kissen gedrückt, in den Schlaf geweint hatte. Tage und Nächte hier in seinem Zimmer, an denen er sich nach der Fröhlichkeit und dem Zusammenhalt einer Familie gesehnt hatte … nach einer Familie wie der der McBrides.

Er hatte einen Vater, mit dem er sich nicht verstand und dem er es niemals recht machen konnte, und eine Mutter, die nur noch ihre Hunde zu lieben schien, die sie anhimmelten und keinerlei Ansprüche an sie stellten. Nein, so wollte er nicht leben. Geld, Sicherheit, Status – das war nicht das, worauf es ankam. Aber in Armut zu leben war auch keine Lösung.

Barney schaltete das Licht aus und ging schnell aus dem Zimmer. Er würde sein Kind auf keinen Fall dazu verdammen, eine so gefühlsleere und einsame Kindheit zu durchleben wie er selbst. Abby und er würden es schaffen, ihrem Kind ein glückliches Familienleben zu schenken. Irgendwie.

## ZWÖLFTES KAPITEL

Mrs. Doherty, ein treues Mitglied der Landfrauenvereinigung, eilte in vernünftigen flachen Schuhen mit einem Einkaufskorb am Arm auf das Kurzwarengeschäft zu. Das taillierte geblümte Kleid mit dem weiten Rock, den Puffärmeln und den Perlmuttknöpfen betonte ihre kräftige Figur besonders. Bei jedem ihrer energischen Schritte wippten auf ihrem Strohhut kleine Plastikkirschen im Takt mit. Sie konnte es kaum erwarten, zu berichten, was ihr über Barney Holten zu Ohren gekommen war.

Sobald sie sich der gespannten Aufmerksamkeit der Ladenbesitzerin sicher war, ging sie ins Detail: »Ganz recht. In die Stadt. Erst vor zwei Tagen ist er umgezogen. In das Haus, in dem die Undersides wohnten, bis der alte George starb. Er wohnt zur Miete dort und nur vorübergehend, wie mir gesagt wurde. Es muß einen schrecklichen Streit auf Amba gegeben haben.«

Die Frau auf der anderen Seite der hölzernen Ladentheke war völlig aus dem Häuschen: »Worüber wohl?«

»Bestimmt ging es um ein Mädchen. Und ich glaube, ich weiß sogar, um welches«, sagte Mrs. Doherty triumphierend und lächelte vielsagend.

»Barney, ich kann einfach nicht glauben, daß du das getan hast«, flüsterte Abby in den Telefonhörer.

»Soll ich in der Mittagspause bei dir vorbeikommen? Jetzt, wo ich in der Stadt wohne, habe ich es ja nicht mehr weit«, sagte er und versuchte, unbekümmert zu klingen.

»Hältst du das für klug? Vielleicht sollten wir uns lieber eine Weile nicht zusammen sehen lassen. Wahrscheinlich weiß schon jetzt die ganze Stadt, daß du bei deinen Eltern ausgezogen bist.«

»Die Leute werden sowieso früh genug von uns erfahren, Abby.«

»Was hast du jetzt vor, Barney?«

»Das sage ich dir, wenn wir uns sehen. Ich bin mit meiner Mutter vormittags zum Tee verabredet. Sie mußte zu einer Nachuntersuchung ins Krankenhaus.«

»Barney, Ich weiß nicht, ob es heute mit der Mittagspause klappt. Dr. Malone hat sehr viel zu tun ... vielleicht morgen ...«

Barney spürte die Unschlüssigkeit in ihrer Stimme, und war einen Augenblick lang gekränkt, aber dann riß er sich zusammen und sagte sanft: »Du mußtest in der letzten Zeit eine Menge verkraften, nicht wahr? Dann treffen wir uns eben morgen. Ist denn bei dir alles in Ordnung?«

»Ja, Barney. Ich bin nur ein bißchen durcheinander. Ich fühle mich verantwortlich für das, was du jetzt durchmachen mußt.«

»Dafür bin ich selbst genauso verantwortlich, Abby«, sagte er liebevoll. »Zum ersten Mal nehme ich mein Leben in die Hand und stelle mich der Verantwortung für das, was ich tue. Wir sprechen morgen darüber. Ich liebe dich, Abby.«

In der Mittagspause schlenderte Abby tief in Gedanken versunken bei strahlendem Sonnenschein die Hauptstraße hinunter. Das Gefühlschaos um sie und Barney verwirrte und überforderte sie. Dabei hatte alles so einfach ausgesehen. Und jetzt war ihr ganzes Leben auf einmal in Aufruhr geraten wie der überflutende Strom, von dem ihre Mutter gesprochen hatte. Sie hoffte, der Spaziergang würde ihr den Kopf wieder etwas frei machen, aber wie immer kreisten ihre Gedanken vor allem um Barney. Allerdings dachte sie diesmal nicht mehr nur daran, wie sehr sie ihn liebte, sondern sie machte sich auch Sorgen um ihn. Die Tatsache, daß sie ihn so nahe wußte, machte es ihr nicht einfach. Sie wünschte, sie hätte mehr Selbstdisziplin, um ihn auf Abstand zu halten. Während sie daran dachte, wurde ihr klar, daß sie eines Tages mit dem Baby wegziehen müßte, um einen Neuanfang zu machen und es Barney zu ermöglichen, nach Amba zurückzukehren und das Leben zu führen, das ihm bestimmt war. Die Vorstellung, ihn verlassen zu müssen, machte sie sehr niedergeschlagen.

Plötzlich fand sie sich vor den Stufen ihrer Kirche

wieder. Da die Tür offenstand, stieg sie langsam die Treppe hinauf und betrat das kühle und friedvolle Innere des Gotteshauses. Sie tauchte die Finger leicht in das Weihwasserbecken und bekreuzigte sich. Als sie einen Knicks in Richtung Altar machte, entdeckte sie, daß sie nicht allein war. Ganz in ihrer Nähe saß eine Dame mit elegantem Hut, die den Kopf gesenkt hielt.

Abby richtete ihr Kopftuch und schlüpfte in eine der hinteren Bankreihen. Sie war nicht mehr bei der Beichte gewesen, seit sie herausgefunden hatte, daß sie schwanger war. War es, weil sie sich schuldig fühlte und vermeiden wollte, daß Pfarrer O'Leary alles erfuhr, ihr Ratschläge gab und sie möglicherweise verurteilte? Obwohl Abby auch diesmal nicht zur Beichte ging, fühlte sie sich durch die Heiligkeit des Ortes getröstet und trotz ihres Fehltritts geliebt und angenommen. Sie ging davon aus, daß sie das Kind katholisch aufziehen würde, obwohl Barney Presbyterianer war, und fragte sich, ob sie die Angelegenheit vielleicht mit ihm besprechen sollte. Aber dann beschloß sie, daß die Entscheidung bei ihr lag, da sie schließlich auch die Verantwortung für das Kind trug.

Wieder einmal wurde ihr bewußt, wie tief die Kluft war, die sie und Barney, trotz ihrer tiefempfundenen Liebe, voneinander trennte. Bei diesem Gedanken wurde ihr erneut schwer ums Herz, und ihr stiegen die Tränen in die Augen. Das Leben ist so ungerecht, dachte sie, vergrub ihren Kopf in den Händen und versuchte zu beten.

Sie bemerkte nicht, daß die andere Frau zögernd den Gang entlangkam, neben ihr stehenblieb und sich dann zu ihr in die Bank setzte.

»Hallo, Abigail.«

Abby blickte fassungslos auf. »Mrs. Holten ... Guten Tag .... Ich hätte Sie hier ...« Abby zögerte, und Mrs. Holten sprach ihren Satz zu Ende.

»... nicht erwartet?« Sie gab ihr keine Erklärung, aber es war offensichtlich, daß sie mit Abby sprechen wollte. »Da wir uns zufällig getroffen haben, möchte ich die Gelegenheit nutzen, um Ihnen zu sagen, daß Ihre Situation mir sehr nahegeht. Barney hat mir gesagt, wie sehr er Sie liebt.«

Abby war verblüfft. »Vielen Dank, Mrs. Holten. Von Ihnen oder Ihrem Mann hätte ich nun wirklich kein Mitgefühl erwartet.«

»Phillip ist ein sehr stolzer Mann, der auf bestimmte Dinge großen Wert legt. Er hat eine ganz konkrete Vorstellung davon, wie man sein Leben zu leben hat. Aber wissen Sie, Abby ... manchmal sind die Dinge nicht so, wie sie scheinen. Manchmal gibt es einen Ausweg ... durch Schwierigkeiten.« Enid sprach atemlos und schnell, als hätte sie nur ein paar Minuten Zeit, um eine geheime Botschaft zu übermitteln. »Man muß nur den Sprung wagen oder vielleicht einen Kompromiß eingehen. Aber wenn man die Weggabelung erreicht, hat man nur eine Chance, sich zu entscheiden, in welche Richtung man gehen will. Ich kann Ihnen und Barney keinen Rat geben. Ich möchte nicht, daß mein Mann leidet, aber genausowenig möchte ich, daß meinem Sohn die Chance genommen wird, sein Glück zu finden. Denken Sie bitte gut darüber nach, welche Entscheidung Sie treffen ...«

»Ich werde mein Kind nicht weggeben, Mrs. Holten«, erklärte Abby entschlossen.

»Davon habe ich nicht gesprochen. Ich sprach von Ihnen und Barney. Über Unterschiede kann man hinwegsehen, sie ignorieren ... es gibt Menschen, die das tun.«

»Welche Unterschiede meinen Sie? Sprechen Sie über Religion, Rang und Stellung? Da gibt es in unserer Gesellschaft tatsächlich große Unterschiede«, sagte Abby und klang ein klein wenig verbittert.

Enid Holten erhob sich und berührte Abby kurz an der Schulter. »Bitte sagen Sie Barney nichts von unserem Gespräch. In meiner Generation widersetzt man sich seinem Ehemann nicht, aber wenn ich mein Leben noch einmal vor mir hätte ... vielleicht wäre es dann ... anders. Barney war wie ein Geschenk für mich. Sein Glück liegt mir mehr am Herzen als alles andere.«

»Mir auch«, sagte Abby unter Tränen.

»Dann nehmen Sie ihm das Kind nicht weg. Denken Sie gut darüber nach«, sagte sie und ging leise davon.

Abby blieb sitzen und starrte auf die flackernde Kerze, die Enid vor dem Altar entzündet hatte. Wollte Mrs. Holten ihr damit indirekt zu verstehen geben, sie solle das Kind Barney überlassen? Das konnte nicht sein. Abby ging eilig nach draußen und mußte in der hellen Sonne blinzeln, als sie sich das Tuch vom Kopf zog. Erst als sie bereits die Hälfte des Rückwegs hinter sich gebracht hatte, begann sie sich allmählich zu beruhigen und sich Fragen zu stellen. Weshalb war Enid Holten überhaupt in der katholischen Kirche gewesen? Sie hatte ja nicht wissen können, daß Abby zufälligerweise ebenfalls dort sein würde. Und was hatte sie nur von ihr gewollt? Abby war ratlos. Sollte sie Barney davon erzählen? Sie entschied sich, es nicht zu tun.

Barney wartete bereits auf sie, als sie mit ihren Geschwistern aus dem Schulbus stieg.

Er hielt ihr die Tür auf, und sie stieg in den Wagen. Dann setzte er sich hinter das Steuer und fuhr einen Feldweg entlang. Neben einem Eukalyptusbaum hielt er an. Er drehte sich zu ihr um und gab ihr einen zärtlichen Kuß.

Sie schaute ihn traurig an. »Ich kann einfach nicht glauben, daß du in die Stadt gezogen bist. Was war denn los? Jetzt werden die Leute erst recht anfangen zu reden.«

»Es ging nicht anders. Der Bruch mit meinen Eltern ließ sich nicht vermeiden. Ich habe meine Wahl getroffen, Abby.«

»So weit hätte es nicht kommen müssen. Ich werde dich nicht heiraten ... Das ist doch genau das, was ich verhindern wollte«, sagte Abby verzweifelt.

»Abby, ich liebe dich – und ich weiß nicht, wie ich es dir sonst beweisen soll. Ich sage dir, was ich vorhabe: Ich gehe in den Norden und suche mir dort Arbeit. Sobald ich etwas gefunden habe, sollst du nachkommen. Wir können ganz von vorn anfangen und uns unser eigenes Leben aufbauen. Ich schwöre dir, Abby, gemeinsam schaffen wir es. Das ist mein sehnlichster Wunsch«, sagte er heftig und klang dabei sehr entschlossen.

Abby war überwältigt, ihr kamen fast die Tränen. »So sehr liebst du mich also?«

»Aber ja. Ach, Abby!« Er schloß sie in seine Arme. Abby fühlte, wie sie weich wurde, wie ihre Entschlossenheit in der Sicherheit und Wärme seiner Arme dahinschmolz. Barney spürte es auch und wurde von einer Welle der Erleichterung übermannt. »Ich lasse dich nachkommen, sobald ich kann. Du wirst schon sehen, Abby, alles wird gut. Wir gehören zusammen, ganz egal, was passiert.«

Er küßte sie, und sie erwiderte seinen Kuß hingebungsvoll. Aber einen Moment später zog sie sich schon wieder zurück, wischte sich über die Augen und holte tief Luft. »Das geht alles so schnell, Barney. Wir lassen uns da zu etwas hinreißen ... ich weiß nicht ...«

Er brachte sie zum Schweigen, indem er ihr den Zeigefinger auf die Lippen legte. »Und wenn schon. Vielleicht geht das alles wirklich schnell, und vielleicht lassen wir uns hinreißen, aber doch nur, weil es keine andere Möglichkeit gibt. Nur so können wir zusammensein, Abby. Und wir werden es niemals bereuen. Am Sonntag komme ich, um dir Lebewohl zu sagen.«

»Schon so bald?«

»Je schneller ich Arbeit und eine Unterkunft für uns finde, desto eher sind wir zusammen. Und jetzt fahre ich dich nach Hause.«

»Nein, ich gehe zu Fuß. Ich habe den ganzen Tag am Schreibtisch gesessen. Der Spaziergang wird mir guttun.«

Er gab ihr wieder einen Kuß. In seinen Augen leuchteten Liebe und Hoffnung.

In Gedanken versunken, machte Abby sich auf den Heimweg. Sie hörte Pferdegetrappel, drehte sich um und hob die Hand, als sie Shannon erkannte, die auf sie zuritt.

»Hi«, sagte sie, stieg vom Pferd und ging neben Abby her. »Gut, daß wir uns treffen. Ich wollte mich sowieso mit Ihnen unterhalten.« Sie gingen langsamer, und Shannon holte tief Luft: »Ich habe gehört, daß Barney in die Stadt gezogen ist. Sehr schade.«

»Meine Idee war es nicht.«

»Nein, aber es ist ein ziemlich drastischer Schritt. Seine Eltern müssen vollkommen verzweifelt sein. Was ist passiert, Abby? Ich hätte nie geglaubt, daß es so weit kommen würde.«

Abby blieb stehen und musterte Shannon scharf. »Daß was so weit kommen würde?« Shannons vorwurfsvoller Ton gefiel ihr nicht.

»Na ja, es ist ja kein Geheimnis, daß er sich mit Ihnen getroffen hat. Natürlich haben wir ihm alle zugestanden, daß er sich etwas austobt, bevor er eine eigene Familie gründet.« Shannon schüttelte ihre blonde Mähne. »Aber keiner hätte damit gerechnet, daß er sich derart in die Geschichte reinsteigert und solche Dummheiten macht.«

Abby erwiderte frostig: »Es ist seine Entscheidung. Sie können mir glauben, daß ich auch nicht glücklich darüber bin.«

»Aber aus welchem Grund ist er dann ausgezogen? Ich meine, er muß sich doch mit seinen Eltern gestritten haben. Alle glauben, daß Sie etwas damit zu tun haben.«

Abby ballte die Hände zu Fäusten und beschloß, nicht lange um den heißen Brei herumzureden. »Ich werde Ihnen den Grund verraten, Shannon. Barney hat mich gebeten, seine Frau zu werden. Ich habe nein gesagt, aber damit will er sich nicht abfinden. Er hat mit seinem Vater gesprochen, die beiden hatten einen großen Streit, und Barney ist aus dem Haus gestürmt. Er sagt, er will in den Norden ziehen, um dort Arbeit zu suchen, und mich dann nachkommen lassen.«

Shannon hatte zunächst mit wachsender Bestürzung zugehört, reimte sich dann jedoch rasch ihre eigene Erklärung zusammen und sagte: »Ach, du meine Güte, daran glauben Sie doch wohl nicht im Ernst, oder? Sie armes Ding, das ist doch bloß eine Ausrede. Was haben Sie denn angestellt, daß er es plötzlich so eilig hat, die Flucht zu ergreifen?« Sie lachte giftig. »Haben Sie ihm etwa erzählt, Sie bekämen ein Kind von ihm?« Das hatte sie nur so dahingesagt, um Abby zu kränken. Sie glaubte keine Sekunde daran, daß Barney mit Abby geschlafen hatte, ganz gleich wie verliebt er zu sein glaubte.

Abby war sichtlich verletzt. »Ich bin ihm sicher nicht nachgelaufen, Shannon. Ich liebe ihn zwar, aber ich möchte auf keinen Fall, daß er mit seinen Eltern bricht und Amba verliert, Baby hin oder her. Das ist der Grund, warum ich ihn nicht heiraten will.«

Da. Jetzt war es draußen. Shannon starrte sie entsetzt an und rang um Fassung. »Wie meinen Sie das, Baby hin oder her – sind Sie etwa ... Sie meinen ...« Ihr Blick fiel auf Abbys Bauch, vor dem sie schützend die Arme verschränkt hatte. Um Abbys Mundwinkel spielte ein glückliches Lächeln.

»Schlampe!« zischte Shannon. »Und uns allen die ganze Zeit das brave katholische Mädchen vorspielen. Aber mit diesen miesen Tricks kriegen Sie ihn nicht. Er heiratet Sie niemals. Keiner wird Sie mehr wollen. Warten Sie nur, Abby, von jetzt an sind Sie und Ihre Familie hier der letzte Dreck. Sobald Sie weg sind, wird Barney auf Knien angekrochen kommen, aber ich will ihn nicht mehr. Jetzt nicht mehr!« Sie schwang sich in den Sattel und starrte wütend auf Abby herunter. »Eigentlich sollte ich ja Mitleid mit Ihnen haben, aber das habe ich nicht.« Sie gab ihrem Pferd die Sporen und galoppierte davon. Tränen der Wut und der Verzweiflung stiegen in ihren Augen auf. Sie wußte, daß sie Barney für immer verloren hatte.

Es war Sonntag, und die McBrides bereiteten sich auf den Kirchgang vor. Abby bat ihre Eltern, zu Hause bleiben zu dürfen, da sie sich nicht wohl fühle. Bei dem Gedanken, Barney gleich Lebewohl sagen zu müssen, wurde ihr wirklich ganz schlecht. Sie hatte sich vorgenommen, daß sie noch ein letztes Mal versuchen wollte, ihn zu überreden, nicht weiter auf eine Heirat zu drängen und nach Amba zurückzukehren. Vor dem Spiegel knotete sie sich ein schlichtes Band ins Haar, und als sie ihren Rock hinten zumachte, bemerkte sie, daß sie um die Taille bereits zuzunehmen begann. Auch ihre Brüste waren voller geworden, so daß ihre hellblaue Bluse etwas spannte.

Sobald Betsy mit den winkenden Zwillingen auf dem Rücksitz aus Abbys Blickfeld verschwunden war, schloß sie das Gatter und setzte sich auf einen Zaunpfahl, um nach Barneys Wagen Ausschau zu halten. Zu ihrer Überraschung kam er hoch zu Roß. Er ließ sich vom Pferd gleiten und schloß sie fest und glücklich in die Arme. Abby erwiderte seine Umarmung leidenschaftlich und schob ihn dann wieder von sich. Sie beobachtete ihn, während er die Zügel um den Zaunpfahl schlang und prägte sich jede Einzelheit tief ein: die kleinen Ringellöckchen im Nacken, die Lachfältchen um die Augen und die feinen goldenen Härchen, die auf seinen Armen wuchsen.

»Ich bin reisefertig, Liebling. Es wird nicht für lange sein, das verspreche ich dir«, sagte er mit zuversichtlichem Lächeln.

»Barney, du machst einen Fehler. Du mußt zu deinen Eltern zurück.«

Sein Gesicht verdüsterte sich. »Ich dachte, wir

hätten die Sache gestern besprochen, Abby. Ohne dich kehre ich nicht nach Amba zurück. Bitte, Liebling, bitte glaub mir, daß ich nicht vor dir weglaufe. Ich lasse dich nachkommen, das schwöre ich dir, wohin auch immer.«

Abby begann zu weinen, drehte sich von ihm weg und ging mit raschen Schritten den Weg hinunter, die Arme fest um den Körper geschlungen.

Barney lief ihr nach. »Um Gottes willen, Abby, was ist denn auf einmal los? Was hast du?«

Sie wirbelte herum und stieß mit tränenüberströmtem Gesicht hervor: »Ich kann dich nicht heiraten, Barney. Wie sollen wir denn glücklich zusammenleben, wenn wir beide wissen, was du aufgegeben hast, was du verloren hast. Die Schuldgefühle und Vorwürfe würden uns nach und nach kaputtmachen.«

»Aber diese Dinge spielen doch keine Rolle! Ich liebe dich, und du liebst mich, ganz egal wie sehr du versuchst, dich dagegen zu wehren. Wir sorgen schon dafür, daß alles gut wird. Wir müssen, Abby. Es ist zu spät, wir können nicht mehr zurück.« Barney griff nach ihrem Arm und zog sie dicht an sich. »Ich gebe dich nicht auf. Du bist mein ein und alles! Sag doch, daß du mich nicht liebst, Abby. Sag's mir.« Er nahm ihr Gesicht in beide Hände und blickte ihr tief in die Augen. Sie wandte den Kopf ab, Tränen liefen ihr über die Wangen. »Du kannst es nicht. Du kannst es nicht sagen. Dann komm in Gottes Namen mit mir. Bitte, Abby.«

»Eben weil ich dich so sehr liebe, kann ich dich

nicht heiraten. Denk doch mal ein bißchen weiter, Barney – unser Geld wird gerade so zum Überleben reichen, und dann wirst du mir und dem Kind vorwerfen, daß du nicht das Leben führen konntest, das dir eigentlich bestimmt war. Versuch bitte zu verstehen, daß es für uns alle so am besten ist.«

»Nein!« rief Barney. Aber dann stand ihm auf einmal das Bild seiner Eltern vor Augen. Er erinnerte sich an die unerklärlichen Schuldgefühle, unter denen er als Kind gelitten hatte, weil er glaubte, für die Spannungen zwischen seinem Vater und seiner Mutter verantwortlich zu sein. War es das, was seine Mutter gemeint hatte, als sie ihm beim Abschied zuflüsterte: »Laß nicht zu, daß die Geschichte sich wiederholt«?

Barneys Gesicht nahm einen trotzigen Ausdruck an, aber seine Stimme klang dennoch zärtlich, als er sagte. »Ich werde nicht auf dich verzichten, Abby, und auch auf unser Kind nicht, ganz gleich, was du sagst. Ich melde mich bei dir und dann hoffe ich, daß du zu mir kommst und daß wir heiraten werden. Mehr will ich nicht.«

»Und dann leben wir glücklich und zufrieden bis in alle Ewigkeit?« fragte Abby mit traurigem Lächeln.

»Ja. Etwas anderes möchte ich mir auch gar nicht vorstellen. Wenn wir erst verheiratet sind und ein Haus und Kinder haben, werden meine Eltern sich schon wieder beruhigen. Falls du mich aber nicht heiratest, bleibt jeder von uns allein. Komm, Abby, mach es uns doch nicht schwerer als nötig.« Er zog sie wieder an sich, bedeckte ihr Gesicht, ihren Hals und ihr Haar mit Küssen und sagte leise in ihr Ohr: »Ich liebe dich, Abby. Und ich werde dich immer, immer lieben. Bitte vergiß das nicht, egal was geschieht.«

Dann brach ihm die Stimme, und er mußte den Blick von ihr abwenden. Er schwang sich aufs Pferd, drehte um und galoppierte eilig davon. Abby klammerte sich an den Torpfosten, legte einen Arm schützend um ihren Leib und brach in ein lautes Schluchzen aus, das ihren ganzen Körper erbeben ließ. Und als ihr klar wurde, daß sie das Wichtigste nicht gesagt hatte, brüllte sie ihm in den Wald nach: »Barney, ich liebe dich.« Aber er war weg.

Sie preßte die Stirn gegen das splittrige Holz und weinte wie nur jemand mit gebrochenem Herzen weinen kann.

Abby wußte nicht, wie lange sie dort todunglücklich am Boden vor dem Gatter gekauert hatte, aber als sie das Motorengeräusch eines sich nähernden Wagens hörte, rappelte sie sich auf und wischte sich die Augen mit einer Hand ab, die so staubig war, daß sie graue Schlieren auf ihrem Gesicht hinterließ.

In der Erwartung, Betsy zu sehen, spähte sie die Straße hinunter, statt dessen kämpfte sich ein sehr klapprig aussehender Truck den Weg herauf, der eine dicke Wolke aus Staub und Abgasen hinter sich herzog und vor der Abzweigung nach Anglesea anhielt. Der Fahrer stieg aus und nahm seinen speckigen Hut ab. Obwohl er nicht mehr der Jüngste war, hatte er einen sehr geraden Rükken und breite Schultern, einen dichten Vollbart und leuchtend blaue Augen, die Abby sofort auffielen. Er wirkte ausnehmend kräftig und schien vor Energie nur so zu sprühen. Sein Overall hatte schon bessere Zeiten gesehen, darunter trug er ein Arbeitshemd und an den Füßen zwar abgetragene, aber solide Stiefel.

Den Hut in den Händen, kam er auf sie zu, blieb vor ihr stehen und sah auf sie herab. »Hallo, Abby«, begrüßte er sie.

Sie starrte ihn erstaunt an. »Verzeihung ... aber, kenne ich Sie?« Abby wischte sich noch einmal übers Gesicht und bemühte sich, ihre Fassung wiederzugewinnen.

»Nein, wir sind uns noch nicht begegnet. Mein Name ist Richards. Hier ...« Er griff in seine Hosentasche und zog ein ordentlich gefaltetes, sauberes Taschentuch hervor.

Abby trocknete ihre Tränen und blickte in sein freundlich lächelndes Gesicht. Komischerweise fühlte sie sich gleich schon viel ruhiger und brachte sogar ein kleines Lächeln zustande, als sie ihm das Taschentuch zurückgab.

»Danke, Mr. Richards.«

»Es ist nie so schlimm, wie es manchmal aussieht«, tröstete er sie und lehnte sich in aller Gemütsruhe an den Zaun.

»Hoffentlich haben Sie recht. Sagen Sie, wo wollten Sie eigentlich hin, Mr. Richards?«

»Nach Anglesea. Ich wollte mich in der Gegend

nach Arbeit umsehen. Ich dachte, vielleicht kann der eine oder andere Farmer Hilfe brauchen.«

»Dabei kann ich Ihnen leider nicht weiterhelfen. Aber da kommt gerade mein Dad. Er weiß sicher mehr.«

»Da habe ich ja Glück.« Mr. Richards half Abby, das Tor für Betsy zu öffnen. Bob McBride beugte sich zum Fenster hinaus: »Danke, Kumpel. Alles in Ordnung, Abby?«

»Ja, danke Dad. Das ist übrigens Mr. Richards. Er sucht Arbeit.« Mr. Richards trat vor und gab Bob die Hand. Bob spürte an den Händen des Älteren die Schwielen, die von der jahrelangen Landarbeit und vom Fallenstellen herrührten. Er blickte in die klaren, freundlichen Augen des Mannes. »Sie sind wohl schon ein Stück herumgekommen, was?«

»Bin ich. Und jetzt steh' ich hier.«

»Na, dann folgen Sie unserem Wagen mal bis zum Haus und lassen sich von uns zum Sonntagsessen einladen. Das geht doch in Ordnung, Schatz?« wandte sich Bob an Gwen, die lächelnd nickte.

»Möchten Sie bei mir mitfahren, Abby?« fragte Mr. Richards.

Als er Abby auf den Beifahrersitz half, stieß Colleen Shirley in die Seite: »Sieht er nicht aus wie der Weihnachtsmann?«

Mr. Richards fuhr Betsys ausladendem Heck hinterher und fragte: »Wie weit ist es denn bis zum Haus?«

»Nur eine Meile.«

Mr. Richards nickte und murmelte: »Die letzte Meile bis nach Hause, die kommt einem manchmal am längsten vor, finden Sie nicht?«

Abby wandte sich ab und sah aus dem Fenster. Ihr stiegen plötzlich wieder Tränen in die Augen, und sie fragte sich, wo ihr eigener Weg sie und ihr Kind wohl hinführen würde.

# DREIZEHNTES KAPITEL

Der Tag neigte sich dem Ende zu, aber noch lag ein rötlich-violettes Abendlicht über den Hügeln, das der weichen Dunkelheit der Nacht zu widerstehen versuchte, die den Himmel allmählich in Besitz nahm.

Mr. Richards lehnte sich an einen Pfosten, zündete seine Pfeife an und paffte gemütlich vor sich hin. Die Rauchwolken verloren sich im Licht der Dämmerung.

Hinter ihm lag eine ganze Arbeitswoche, in der er die Zäune rund um Anglesea ausgebessert hatte

Keith Pemberton war über die zusätzliche Hilfe froh gewesen, und Mr. Richards hatte Bobs und Gwens Einladung gern angenommen, in der Laube bei ihrem Haus zu übernachten und mit ihnen zu essen.

Es war vom ersten Augenblick an gewesen, als gehöre er schon lange zur Familie.

Die Kinder liebten ihn bereits heiß und innig. Nach der Arbeit half er ihnen bei den Hausaufgaben oder spielte mit ihnen, und vor dem Schlafengehen erzählte er so spannend von seinen abenteuerlichen Reisen, daß die gesamte Familie gebannt an seinen Lippen hing. Als Geschichtenerzähler machte er sich ebenso gut wie als Arbeiter.

Abby fiel auf, daß er sie häufig ansah, und wenn sie es bemerkte, lächelte er kurz oder zwinkerte ihr zu, was ihr das Gefühl gab, einen heimlichen Verbündeten in ihm zu haben.

Als die Arbeit an den Zäunen beendet war, fuhr Mr. Richards nach Amba hinüber, um zu fragen, ob es dort etwas zu tun gab.

Er sah Enids Strohhut zwischen den Rosensträuchern wippen und ging darauf zu. In diesem Augenblick stürzten sich ihm zwei flauschige weiße Pelzbälle entgegen.

Enid richtete sich auf und wollte ihre Hunde zurückrufen, als sie aber den unbekannten Besucher erblickte, zögerte sie. Doch dann stellte sie zu ihrer großen Verblüffung fest, daß die Tiere sich nicht wie gewöhnlich feindselig kläffend vor dem Fremden aufbauten, sondern ihn winselnd mit wedelnden Schwänzchen begrüßten, ihm mit rosa Zünglein über die Stiefel leckten und an ihm hochsprangen, um gestreichelt zu werden. Mr. Richards beugte sich lächelnd herunter und kraulte die Hunde, die sich begeistert an ihn drängten, zwischen den Ohren.

Enid trat näher. »Also, ich muß schon sagen. Meine Hunde haben bisher noch niemanden so herzlich begrüßt, und erst recht keinen Fremden.«

»Aber sie kennen mich doch. Sie jetzt nicht auch?« Er richtete sich zu voller Größe auf und zog den Hut vom Kopf, unter dem seine dichte graumelierte Lockenpracht zum Vorschein kam, die zu seinem Vollbart paßte.

»Mein Name ist Richards. Man hat mir gesagt, daß ich hier womöglich für einige Zeit Arbeit finde.« Er lächelte, und Enid, die Unbekannten gegenüber normalerweise sehr zurückhaltend war, lächelte freundlich zurück.

»Nun, da müssen Sie sich natürlich mit meinem Mann besprechen. Ich bin Enid Holten. Mein Mann müßte im Scherschuppen sein«, erklärte sie und wollte sich wieder ihrer Gartenarbeit zuwenden.

»Kann ich Ihnen dabei vielleicht behilflich sein?« bot Mr. Richards an. »Einige der Stengel sind ziemlich dick und nicht leicht zu schneiden.«

»Das ist aber nett von Ihnen. Ich hatte mit diesem Rosenstrauch hier tatsächlich gerade meine Schwierigkeiten«, sagte sie und reichte ihm die Gartenschere. Mit einem geschulten Handgriff kappte er den Zweig genau an der richtigen Stelle und im richtigen Winkel.

»Bevor etwas Neues wachsen und gedeihen kann, muß immer erst das abgestorbene Holz entfernt werden.« Er tippte sich höflich an den Hut, schritt in Richtung Scherschuppen davon und ließ eine verwirrte Enid zurück, die sich fragte, ob er die Rosen gemeint hatte oder das Leben im allgemeinen.

Phillip Holtens übliche Skepsis gegenüber Wanderarbeitern hielt sich bei Mr. Richards in Grenzen.

Er wußte, er brauchte lediglich die Pembertons anzurufen, um Erkundigungen über ihn einzuziehen, und da Barney nicht mehr da war, konnte er zwei zusätzliche Hände gut gebrauchen. Der Mann sah außerdem aus, als könne er zupacken. Sie wurden sich schnell einig, und Mr. Richards bot ihm an, sofort zu beginnen.

Nach getaner Arbeit ging er noch einmal am Haus vorbei, um sich bei Mrs. Holten für das Mittagessen zu bedanken, das sie ihm im Schuppen hatte vorbeibringen lassen. Sie saß mit geschlossenen Augen in ihrem geliebten Schaukelstuhl auf der Veranda. Als sie aufblickte, stand er lächelnd vor ihr auf der Treppe, den Hut in der Hand. Sie wußte nicht, wie lange er dort gestanden hatte.

»Genau die richtige Tageszeit, um in Ruhe etwas nachzudenken, nicht wahr?« sagte er leise.

»Da haben Sie recht«, erwiderte Enid, die durch sein unerwartetes Auftauchen etwas verunsichert war, sich aber gleichzeitig freute, daß er mit ihr sprach. »Haben Sie Familie, Mr. Richards?« fragte sie.

»Ja, doch. Ich habe so etwas wie eine Familie. Eines der schönsten Geschenke auf Erden, finden Sie nicht ... eine Familie zu haben, meine ich.«

Enid wurde plötzlich etwas nervös, hatte sich aber schnell wieder im Griff.

»Ganz recht. Aber manche Menschen gehen auch leer aus. Es ist ...«, Enid zögerte und suchte nach Worten, »... als würde man das Geschenk auspacken und dann feststellen, daß in der Schachtel nichts drin ist. Verstehen Sie, was ich meine?«

»Aber ja«, versicherte er ihr lächelnd. »So als sei es unterwegs verlorengegangen.«

»Genau«, sagte Enid glücklich. »Genau das habe ich gemeint, Mr. Richards.«

»Tja, ich muß mich auf den Weg machen, Mrs. Holten. Vielen Dank für das Mittagessen. Vielleicht sehen wir uns morgen.«

Er wandte sich ab und wollte gerade auf seinen Truck zugehen, als Enid fragte: »Was glauben Sie, was ... da unterwegs verlorengegangen ist?«

Der hochgewachsene Mann drehte sich langsam um, seine Silhouette stand schwarz gegen die Strahlen der untergehenden Sonne. Nach einer Weile sagte er: »Die Liebe, Mrs. Holten. Die Liebe ist das einzig Wahre.«

Enid dachte immer noch über seine Antwort nach, als die Staubwolke, die sein Wagen hinter sich herzog, bereits hinter der Hügelkuppe verschwunden war. Sie verließ die Veranda und schlenderte von ihren zwei kleinen Hunden flankiert als einsame Gestalt durch den allmählich dunkel werdenden Garten.

Mr. Richards Worte klangen noch in ihrem Kopf nach, sie fühlte sich von einer selten gespürten stillen Zuversicht erfüllt und beschloß, ihren Mann zu suchen, um mit ihm zu sprechen.

»Phillip«, sprach sie ihn an, als sie ihn gefunden hatte. »Ich bin zu dem Schluß gekommen, daß wir noch einmal über Barneys Wunsch nachdenken sollten.«

Phillip blickte überrascht von seinem Briefmarkenalbum auf und nahm die Brille ab. »Wie war das, Enid?«

»Ich glaube, wir müssen das Mädchen und das Kind akzeptieren. Nur dann wird Barney wieder zu uns zurückkommen.«

»Sei nicht albern.«

»Ich will meinen Sohn nicht verlieren.«

»Gib ihm Zeit. Der kommt schon wieder zur Vernunft. Er kann dieses Mädchen auf keinen Fall heiraten, ob mit oder ohne Baby, und das ist mein letztes Wort.«

»Er liebt sie, Phillip.«

»Dann wird er eben lernen müssen, eine Frau zu lieben, die aus den richtigen Kreisen stammt. Dieses Mädchen ist eine völlig unpassende Partie – ein Arbeiterkind und noch dazu katholisch.«

»Ich war selbst Katholikin, bevor wir heirateten, Phillip. Auch wenn ich meinen Glauben nicht praktiziert habe.«

Enid hatte sehr leise gesprochen, trotzdem richtete Phillip sich empört auf. »Enid!« keuchte er, »Wie kannst du diese Geschichte nur wieder aufbringen? Wir hatten uns doch vor unserer Hochzeit darauf geeinigt, daß das Thema der Vergangenheit angehört. Schluß, aus und vorbei.«

Enid standen plötzlich wieder Bilder von damals vor Augen, und sie erinnerte sich an die langen, aufreibenden Diskussionen, die sie mit Phillip vor ihrer Ehe geführt hatte. In der schmerzvollen Zeit, als sie über den Verlust ihrer ersten großen Liebe trauerte, hatte sie mit ihrem Glauben gehadert und die Unfehlbarkeit der katholischen Kirche in Frage gestellt. Sie hätte sich beinahe von Gott abgewandt und hatte der katholischen Kirche auf Phillips Drängen hin schließlich sogar ganz abgeschworen, weil sie darin eine Möglichkeit sah, ihm zu zeigen wie sehr sie ihm ergeben war. Damals hatte sie zugestimmt, ihre Kinder, falls sie und ihr Mann welche bekommen sollten, im presbyterianischen Glauben aufzuziehen. Phillip hatte ihr außerdem das Versprechen abgenommen, die Angelegenheit niemals wieder zu erwähnen, und sie hatte sich daran gehalten – bis zu diesem Tag.

»Wir haben damals nur geglaubt, damit sei alles vorbei.«

»Nur geglaubt ... wovon redest du überhaupt?« fuhr Phillip sie an.

Enid lehnte sich in ihrem Sessel zurück und schloß die Augen. So hatte sie sich die Konfrontation mit Phillip nicht vorgestellt. Sie war allerdings erleichtert darüber, daß er sie nicht zur Antwort drängte, sondern still abwartete, bis sie sich wieder gefaßt hatte.

»Entschuldige bitte. Ich möchte dich nicht aufregen, Phillip, aber in den letzten Jahren habe ich sehr häufig daran gedacht, daß ich gern wieder zum Katholizismus übertreten würde. Ich kann meinen Wunsch nicht besonders gut erklären, du mußt Geduld mit mir haben«, bat sie, und ihrem Gesicht war anzusehen, in welchem Dilemma sie sich befand.

»Aber warum denn? Wozu? Weshalb solltest du dein Leben unnötig verkomplizieren wollen?«

Enid holte tief Luft. »Spielen die Unterschiede denn wirklich eine so große Rolle, Phillip? Die Grundlage einer Ehe sollten doch Liebe, Verständnis und Kompromißfähigkeit sein und nicht Aufopferung. Wahre Liebe setzt sich über alle Unterschiede hinweg, begreifst du das nicht?«

»Was willst du mir damit eigentlich wirklich sagen, Enid?« Phillip fühlte sich unwohl und verletzlich, so als könnte ihn der Panzer, den er sich über Jahre hinweg aufgebaut hatte, nicht länger schützen.

»Warum sollen Barney und Abby nicht heiraten, wenn sie sich so sehr lieben? Du verstößt deinen Sohn, Phillip. Das bißchen Familie, das wir hatten, schrumpft zu einem Nichts zusammen. Du wirst es noch bereuen. Aber ich habe es zumindest versucht. Es tröstet mich, daß wenigstens ich bereit war, Abigail zu akzeptieren.«

Enid sah erschöpft aus, sank wieder in ihren Sessel zurück und preßte eine Hand auf ihr Herz.

»Du siehst das viel zu melodramatisch, Enid«, sagte Phillip sanft, weil ihm der Zustand seiner Frau plötzlich Sorgen bereitete. »Du weißt genau, daß ich Barneys Verhalten nicht billigen kann. Er wird schon noch zur Vernunft kommen. Amba bedeutet ihm zuviel. Komm, laß mich dich jetzt zu Bett bringen.«

Als Bob McBride am Abend mit Mr. Richards in

die Küche trat, in der es normalerweise laut und fröhlich zuging, herrschte dort bedrückte Stille.

»Was ist denn hier los? Ist das die Ruhe vor dem Sturm?« fragte Bob und drückte Gwen einen Kuß auf die Wange.

Sie legte das Schälmesser beiseite und wickelte die Gemüseabfälle in das Zeitungspapier, das sie untergelegt hatte. »So könnte man es auch nennen.« Mit gesenkter Stimme fügte sie hinzu: »Kevin hat erfahren, was mir Abby los ist. Jetzt müssen wir es den anderen wohl auch sagen.«

»Wie hat er es aufgenommen?«

»Sauer. Er füttert gerade die Hühner. Die Mädchen sind mit Brian auf ihrem Zimmer.«

»Und Abby?«

»Sitzt auf der Hintertreppe. Sie hat heute ihren ersten Brief von Barney bekommen. Die Arme vermißt ihn so sehr.«

»Tja, da werden wir nach dem Essen wohl besser eine Familiensitzung einberufen, was?«

Mr. Richards ging über die Veranda in die Laube, in der er schlief, und zog sich ein frisches Hemd an. Auf dem Rückweg sah er Abby auf den Stufen hocken. »Etwas dagegen, wenn ich mich zu dir setze? Ein schöner Platz, um in den Sternenhimmel zu gucken, hm. Wahrscheinlich auch gut zum Nachdenken.« Er blickte auf den Brief, den Abby in der Hand hielt.

»Stimmt. Aber Nachdenken ist eine Sache, Antworten zu finden ist wieder etwas ganz anderes.«

»Vielleicht. Man muß eben wissen, wo man danach suchen soll. Die Leute reisen hierhin und dorthin, und alle suchen sie nach etwas, obwohl es manchmal direkt vor ihrer Nase liegt.«

»Wie meinen Sie das?«

»Du mußt vermutlich irgendeine Entscheidung treffen?«

»Die habe ich schon getroffen.«

»Ist es denn auch die richtige, Abby? Bevor du darauf antwortest, solltest du da nachsehen, wo sich alle Antworten finden lassen.«

»Und wo soll das sein?«

Er lächelte, als er ihre skeptische Miene sah. »Das Leben ist eine Reise, und auf der Suche nach sinnvollen Antworten legt man leicht ein langes Stück Weg zurück ... möglicherweise liegt die Antwort am Ende einer Reise, die so lange dauert, wie das Licht der Sterne braucht, bis es bei uns angekommen ist.« Er schwieg, und beide blickten in den frühen Abendhimmel hinauf. »Aber sie könnte auch am Ende der kurzen Meile zu finden sein, die zwischen dem Gatter und diesem Haus liegt. Vielleicht ruht sie aber auch hier drin«, sagte er und deutete auf ihr Herz. »Du solltest dich auf die Reise in dein Inneres machen, Abby, und in dein Herz sehen. Da drin steckt nämlich dein ganzes Wesen, und dort findest du auch die Antwort, Abby. In deinem Herzen. Und nirgendwo sonst.« Er drückte ihr kurz die Hand, die Barneys Brief umklammert hielt, stand auf und ging ins Haus.

Nach dem Abendessen unterhielten Gwen und Bob sich ruhig und ohne Aufregung mit ihren Kindern, und Abby erzählte ihnen von dem Baby. Während die Mädchen vor Begeisterung in die Hände klatschten und Brian es ihnen gleich nachmachte, blieb Kevin mit versteinertem Gesicht an seinem Platz sitzen.

Abby legte ihm eine Hand auf die Schulter. »Sieh mich nicht so sauer an, Kev. Ich möchte, daß du mich verstehst. Bitte, denk nicht, daß ich euch hängenlasse. Ich liebe Barney, und er liebt mich, das ist im Augenblick die Hauptsache.«

»Manchmal kommt es eben nicht so, wie wir es gern hätten. Aber selbst wenn man es nicht immer gleich sieht, das alles gehört zu Gottes großem Plan«, erklärte Gwen sanft.

»Aber die Leute sagen schreckliche Sachen über uns. Über Abby«, brach es aus ihm heraus. »Die anderen Kinder in der Schule und die Frauen in den Geschäften.«

»So ist das eben, mein Junge. Die Leute reden einfach, und dabei geht es immer um das Schlechte, nie um das Gute«, sagte Bob. »Fast alle haben ihre eigenen Schwächen, doch sie haben Vorurteile gegen andere und deren Art zu leben.«

»Wir kennen Abby, wir kennen unsere Familie, und wir wissen, was wahr ist. Wir haben einander, und das gibt uns Kraft«, fügte Gwen hinzu.

»Es ist wichtig für mich, daß du zu mir hältst, Kev«, erklärte Abby ihrem Bruder. »Und das wird nicht leicht sein. Einige Kinder in der Schule werden bestimmt schlimme Sachen sagen.«

»Wenn jemand etwas über dich sagt, haue ich ihn

um«, versprach Kevin trotzig. »Mach dir keine Sorgen, Abby. Wir sind für dich da.«

»Danke, Kev.« Sie lächelte. Er sah seine schöne ältere Schwester voller Liebe an und war bereit, alles für sie zu tun.

»Das ist die richtige Einstellung«, lobte Bob.

»Fang bloß nicht an dich zu prügeln, Kevin. Beachte die anderen einfach nicht«, warnte Gwen. »Laß dich nicht auf ihr niedriges Niveau herab. So, und wie wäre es jetzt vor dem Zubettgehen noch mit etwas Süßem?« fragte sie und holte die große viereckige Dose mit gemischten Keksen herein, die sie auf dem obersten Bord in der Vorratskammer aufbewahrte.

Bevor Abby sich ins Bett legte, ging sie noch einmal nach draußen und sah zu ihrem Stern hinauf. »Ach, Barney, schaust du jetzt in denselben Sternenhimmel und denkst an mich?« Sein Brief hatte so optimistisch geklungen und so voller Liebe. Er reiste schon wieder aus Charleville ab, weil man ihm anderswo eine vielversprechende Stelle angeboten hatte, die er sich ansehen wollte. *Damit wir bald zusammen sind. Ich vermisse dich so schrecklich, Abby. Das alles tue ich für uns, für unsere Zukunft. Und ich weiß, daß alles gut wird. Vertrau mir, Abby, und komm zu mir. Ich habe bestimmt schon bald gute Neuigkeiten für dich. Ich liebe dich.*

Sie strich über den gefalteten Brief in der Tasche ihres Rocks. Zu Weihnachten würde sie ihr Kind in den Armen halten und einer ungewissen Zukunft entgegensehen. Abby wußte nicht, was das kommende Jahr ihr bringen würde – sie hatte sich entschlossen, einen Weg zu gehen, der nicht leicht werden würde –, aber zum ersten Mal seit vielen Wochen fühlte sie sich ihrer eigenen Kraft und Stärke gewiß.

Sie streichelte über ihren Bauch und flüsterte dem Kind darin zu: »Alles wird gut. Ich weiß es.«

# VIERZEHNTES KAPITEL

Abby stieg als letzte aus dem Schulbus, winkte dem Fahrer zu und ging langsam hinter ihren drei hüpfenden und singenden Geschwistern her. Kevin und die Zwillinge waren begeistert, weil Freitag war und ein ganzes Wochenende vor ihnen lag. Abby hatte heute zum letzten Mal in Dr. Malones Praxis gearbeitet. Obwohl bis zur Geburt des Babys noch mehrere Monate vor ihr lagen, hatte sie sich dazu entschlossen, schon jetzt aufzuhören, weil sie das Gerede hinter ihrem Rücken, die Blicke oder das plötzliche Schweigen, wenn sie ein Geschäft oder ein Café betrat, nicht mehr ertragen konnte.

Am Gatter angekommen, rief Shirley, die als erste auf die andere Seite hinübergeklettert war – sie machten es alle so, anstatt das Tor mühsam aufzuziehen – über die Schulter: »Wir haben Besuch.«

Kevin musterte den kleinen schwarzen Austin vor dem Haus. »Der gehört Pfarrer O'Leary. Was der wohl hier will?«

»Spenden und Kleider für die Armen sammeln«, vermutete Colleen. Abbys Laune sank noch tiefer. Obwohl sie ganz und gar keine Lust hatte, dem

Priester gegenüberzutreten, wußte sie, daß es nicht zu vermeiden war. Sie hatte schon seit geraumer Zeit mit seinem Besuch gerechnet.

Gwen servierte Pfarrer O'Leary im Wohnzimmer Tee und Gebäck, wo die Kinder ihm pflichtbewußt einen Guten Tag wünschten. Er fragte jedes, was es Neues gab und wie sie sich in der Schule machten, und sagte, er freue sich schon darauf, sie am folgenden Sonntag zur Messe zu begrüßen. Die Kleinen nickten und machten sich auf Gwens Wink hin schnell aus dem Staub, um sich die Hände zu waschen, ihre Aufgaben im Haushalt zu erledigen und sich an die Schularbeiten zu setzen. Pfarrer O'Leary wandte seine Aufmerksamkeit Abby zu.

»Dich habe ich ja schon seit einigen Wochen nicht mehr in meiner Kirche gesehen, Abigail.«

»Ja, Herr Pfarrer«, erwiderte sie kleinlaut, ohne den Grund für ihre Abwesenheit anzugeben.

Der Priester stellte seine Tasse ab. »Ich bin über deine Situation im Bilde, Mädchen. Sehr unglückliche Umstände. Wirklich höchst bedauerlich.«

»Ich finde meine Situation nicht bedauerlich, Herr Pfarrer. Manche halten ein Kind vielleicht für ein Unglück, aber ich empfinde es als ein Geschenk.«

»Ganz richtig. Aber es ist nur ein Geschenk, wenn es im heiligen Stand der Ehe empfangen wurde. In deinem Fall ist es wohl doch eher eine Bürde. Ich bin allerdings gewillt, dir meine Hilfe anzubieten. Es gibt ja so viele Familien, denen Kindersegen versagt geblieben ist und die sich von ganzem Herzen wünschen würden, deinem Kind ein gutes und anständiges christliches Zuhause zu bieten.«

»Mein Kind hat ein Zuhause. Und zwar hier«, entgegnete Abby knapp. Sie saß da und hörte mit trotziger Miene zu, wie der gute Mann sich alle Mühe gab, sein verirrtes Schäfchen auf einen besseren Weg zu führen. Er drängte sie, den Säugling zur Adoption freizugeben, und sprach von der Last, die sie ihrer Familie aufbürdete, und den Schwierigkeiten, die ein Kind für ihr eigenes Leben bedeutete.

»Herr Pfarrer, Sie predigen doch selbst immer, wie wichtig ein harmonisches Familienleben ist. Ich habe meine Familie hier, sie akzeptiert mich und steht zu mir und dem Kind. Ich glaube, daß meine Eltern wahre Christen sind, und mehr ist dazu wohl nicht zu sagen.«

Aber so schnell gab der Priester nicht auf. »Was ist mit dem Vater? Steht er denn zu dir? Ist es gerecht, daß dieses Kind mit dem Stigma der Unehelichkeit in die Welt tritt?«

»Ich begreife nicht, was das alles mit dem Vater zu tun haben soll, schließlich werde ich das Kind selbst aufziehen.«

»Aber selbstverständlich spielt das eine Rolle, mein Kind. Wenn er nicht bereit ist, seinen Pflichten nachzukommen, ist das nur ein weiterer Grund, darüber nachzudenken, ob es nicht besser wäre, das Kind in eine sichere und intakte Familie zu geben.«

Abby sprang auf. »Mama, ich glaube, ich sollte jetzt nach Brian sehen. Danke für Ihren Besuch,

Herr Pfarrer.« Sie gab dem verdatterten Priester die Hand und stürzte aus dem Zimmer.

»Sie ist eine sehr entschlossene junge Frau«, erklärte Gwen, die insgeheim stolz auf ihre Tochter war. »Das Kind wird in einem sicheren, intakten und liebevollen Zuhause aufwachsen. Es ist sehr nett, daß Sie sich die Mühe gemacht haben herzukommen, Herr Pfarrer, aber Abby wird sich von niemandem umstimmen lassen.«

Als Mr. Richards von Amba nach Anglesea zurückfuhr, begegnete ihm unterwegs der Wagen des Priesters. Am Tor angekommen, erblickte er Abby auf dem Feldweg. Sie ging schnell zum Gatter und öffnete es für ihn. Er fuhr hindurch, stieg aus dem Wagen, lehnte sich gegen den Zaun und betrachtete die im Licht der Abendsonne vor ihm liegende Landschaft.

»Eine schöne Stimmung ist das um diese Zeit … wie war dein Tag? Deiner Miene nach zu urteilen, würde ich sagen, nicht allzu gut«, vermutete er lächelnd.

»Man sieht es mir wirklich an, was? Ja, ich hatte heute meinen letzten Arbeitstag.«

»Ach so. In deinem Leben gerät also einiges in Bewegung. Hoffentlich geht's vorwärts.«

»Auf jeden Fall in eine neue Richtung. Ich bekomme nämlich ein Baby«, sagte Abby etwas verschämt.

»Aha.« Mr. Richards schien nicht überrascht. »Und du hast dich dazu entschlossen, jetzt schon aufzuhören zu arbeiten, obwohl es im Grunde noch nicht nötig ist.«

»Stimmt. Mir wurde es einfach zuviel. Vielleicht bin ich ja ein Feigling, aber ich habe die ständigen Blicke und das Geflüster hinter meinem Rücken einfach nicht mehr ausgehalten. Ich habe das Gefühl, am Pranger zu stehen.«

Mr. Richards lachte. »Fühlst du dich denn wie eine Sünderin?«

Abby schüttelte den Kopf. »Ehrlich gesagt, nein. Ich finde nicht, daß ich einen Fehler gemacht habe, nur die anderen geben mir das Gefühl, etwas Schmutziges getan zu haben und mich schämen zu müssen. Dabei glaube ich sogar, daß ich Glück habe. Großes Glück.«

»Und der Vater, hält der sich auch für glücklich?«

»Ich glaube schon. Er möchte, daß wir heiraten, aber ich habe nein gesagt.«

»Liebt ihr euch?«

»Ja.«

»Will er dich wegen des Kindes heiraten?«

»Nein, das ist es nicht«, sagte Abby eilig. »Aber er ist bereit, dafür auf alles zu verzichten – auf seine Familie, sein Erbe, seine Zukunft –, und das kann ich nicht zulassen.«

»Dann muß er dich wirklich lieben. So wie du ganz offensichtlich auch ihn liebst. Liebe und Schmerz gehören zusammen. Du glaubst wohl wie früher die Ritter, daß Liebe erst auf die Probe gestellt werden muß. Und ganz egal, ob ihr euch gegenseitig eure Liebe beweisen könnt oder nicht, du wirst das Kind behalten, es allein aufziehen und dem Vater verweigern, was er sich am sehnlichsten wünscht?«

Abby sah ihn verzweifelt an. »Ich dachte, es sei das beste so. Aber je länger ich darüber nachdenke, desto weniger weiß ich, was richtig ist.«

Mr. Richards blickte in die Ferne. »Als wir uns vor kurzem abends unterhalten haben, habe ich dir gesagt, du solltest vielleicht deinem Herzen folgen und nicht deinem Verstand. Auf den sollte man gelegentlich schon hören, aber in Liebesangelegenheiten regiert immer das Herz. Du glaubst, daß deine Liebe im Konflikt zu deinem Leben und deinem Glauben steht, dabei solltest du sie vielmehr als ein inneres Erblühen empfinden, durch das dein Leben bereichert wird.«

»Was ich empfinde, spielt doch keine Rolle, wenn fast alle anderer Meinung sind und sich auch dementsprechend verhalten.«

»Aber natürlich spielt es eine Rolle, was du empfindest.«

Abby wartete darauf, daß er weitersprach, aber dann sah sie, daß er ganz in das Anzünden seiner Pfeife vertieft war. Sie schwieg und dachte über seine Worte nach: »Ein inneres Erblühen, durch das dein Leben bereichert wird.« Als er ein Streichholz entzündete und an die Pfeife hielt, sah sie zu ihm auf. Wie schön er das gesagt hatte. Sie sind ein merkwürdiger Mann, Mr. Richards, dachte sie still für sich.

»Du findest es bestimmt merkwürdig, von einem

alten Kauz wie mir solche Worte zu hören, was?«

Abby war zu verblüfft, um zu antworten. Es war, als hätte er ihre Gedanken gelesen. Statt etwas zu sagen, lächelte sie nur sanft.

»Tja, man bekommt nicht jeden Tag Gelegenheit, die Dinge loszuwerden, über die man sich an unzähligen Lagerfeuern so seine Gedanken gemacht hat. Also, ich stelle mir das ungefähr so vor: Die Menschheit setzt sich aus lauter einzelnen Wesen zusammen, und jedes von ihnen muß seinen eigenen Weg gehen und dabei immer auf sein Herz hören und sich vom Kopf leiten lassen.« Er zog an seiner Pfeife. »Es ist der Kopf, der uns die Fesseln des Verstandes anlegt, während wir durchs Leben gehen. Wenn wir Glück haben, begegnen wir eines Tages unserer anderen Hälfte ... unserem Lebenspartner. Beide Hälften ergänzen sich, bilden zusammen ein neues Ganzes, und das Leben bekommt einen neuen Sinn. Puh, das war jetzt eine richtige kleine Abendpredigt, die du von mir zu hören bekommen hast, was?«

Beide lachten, lehnten sich einen Moment lang gegen den Zaun und nahmen die wundervolle Stimmung des Sonnenuntergangs in sich auf. Schließlich brach Mr. Richards das Schweigen wieder. »Manchmal lösen sich Probleme ganz unerwartet von selbst. Wenn man die Zügel locker läßt, findet das Pferd ja auch in den Stall zurück, nicht wahr?«

Auf der Fahrt zum Haus erzählte Mr. Richards, daß er vorhabe, schon am folgenden Tag weiterzuziehen. Die Überraschung und die Enttäuschung über diese Ankündigung waren Abby deutlich vom Gesicht abzulesen. Die Gespräche mit ihm bedeuteten ihr viel, und sie fand, daß er mit seiner warmherzigen Art gut zur Familie paßte.

»Sie werden mir fehlen, Mr. Richards. Uns allen werden Sie fehlen.«

»Nett, daß du das sagst, Abby. Aber ich tauche bestimmt mal wieder auf.«

An diesem Abend servierte Gwen als Abschiedsessen einen Braten, und die Kleinen durften länger aufbleiben, um mit Mr. Richards und den anderen zu singen und Rätselspiele zu machen. Bevor sie ins Bett gingen, setzten sich Gwen, Bob und Mr. Richards noch mit einem Bier auf die dunkle Veranda, lauschten den Geräuschen der Nacht und blickten in den Sternenhimmel.

»Ich werde mich noch vor Sonnenaufgang auf den Weg machen«, kündigte Mr. Richards an. »Vielen Dank für Ihre Hilfe und Gastfreundschaft. Es war sehr schön, eine Zeitlang zur Familie zu gehören. Ich werde mich eines Tages revanchieren.«

»Dazu besteht gar keine Veranlassung. Wir haben uns gefreut, Sie bei uns zu haben«, lächelte Gwen.

»Sie waren ein guter Kumpel«, sagte Bob.

Mr. Richards hielt Wort und war bereits abgereist, als Bob im Morgengrauen aufstand. Schon ein merkwürdiger Bursche, dachte er, schürte die Asche und legte Brennholz nach. Obwohl wir praktisch nichts über ihn wissen, haben wir ihn aufgenommen, als würden wir ihn schon ein Leben lang kennen. Bob öffnete die Tür zum Hof und erblickte auf der Treppe eine kleine Schachtel. Er hob sie auf, stellte sie auf den Küchentisch und öffnete sie. Eine wunderschön geschnitzte Spielzeuglokomotive lag darin. Auf den Deckel der Schachtel hatte Mr. Richards geschrieben: *Für Abbys Baby*.

Mr. Richards hatte es nicht weit. Er fuhr nach Amba und wartete dort lesend und pfeiferauchend im Busch, bis die Sonne hoch genug stand und er davon ausgehen konnte, daß das Frühstück im Haupthaus beendet war.

Phillip war überrascht, ihn auf der Hintertreppe stehen zu sehen, als er mit seiner Tasse Kaffee in der Hand nach draußen trat. Durch die Tür drang Musik vom Plattenspieler nach draußen.

»Musik von Edward Elgar«, bemerkte Mr. Richards. »Guten Morgen.«

»Stimmt«, sagte Phillip. »Kennen Sie sich mit Musik aus?«

»Ich habe das eine oder andere Konzert besucht.«

»Trinken Sie doch eine Tasse Kaffee mit«, schlug Phillip vor, der die Regeln der Gastfreundschaft stets strikt beachtete.

In der Bibliothek nahm Mr. Richards ein Buch in die Hand, das dort auf einem Stuhl lag, und blätterte etwas darin herum, während Phillip den Kaffee eingoß. »Proust. *Auf der Suche nach der verlorenen Zeit.* Keine einfache Lektüre, Mr. Holten.«

»Da haben Sie wirklich recht.«

»Es ist interessant zu sehen, wie die Vergangenheit die Gegenwart beeinflußt. Ah, vielen Dank«, sagte Mr. Richards und nahm die Tasse entgegen. »Als Jugendliche wollen wir die Welt verändern, und mit zunehmendem Alter werden wir sentimental. Aber einige von uns können sich nicht von der Vergangenheit trennen, besonders wenn ihnen die Gegenwart nicht so recht zusagt. Dabei vergessen wir, daß das Leben nicht immer in einer geraden Linie verläuft. Wir werden in alle Richtungen gestoßen und geschoben, verirren uns gelegentlich und wandern ziellos herum. Natürlich muß man nicht alles als gegeben hinnehmen, wir können auch über den Weg entscheiden, den unser Leben nimmt, den Verlauf ändern. Das Problem dabei ist nur, daß wir das manchmal vergessen.«

Phillip war verblüfft und verbarg seine Verwirrung, indem er an seinem Kaffee nippte. Sein Gast fuhr fort, er war ganz von seinen Gedanken in Anspruch genommen.

»Man kann nicht immer in der Vergangenheit leben. Scheuklappen taugen nur etwas für Pferde ... aber Ihnen als Farmer sage ich damit bestimmt nichts Neues, Mr. Holten.«

Phillip lächelte etwas gequält. »Recht schwere Kost für diese frühe Stunde, aber ich verstehe schon, was Sie sagen wollen.«

»Was würden Sie denn an Ihrem Leben ändern, Mr. Holten?«

Die Frage überrumpelte Phillip, und seine Kaffetasse klirrte auf die Untertasse, als er sie abstellte. Eigentlich hätte er am liebsten gesagt, daß er es nicht für angebracht hielt, diese Unterhaltung fortzusetzen, und seinem Besucher die Tür gewiesen, aber eine seltsame Regung, die er nicht sofort einordnen konnte, veranlaßte ihn zu antworten.

»Tja, ich fürchte, bei mir liegt der Fall nicht ganz so einfach.« Phillip schwieg, aber sein Gegenüber nahm seine Tasse auf und sah ihn über ihren Rand erwartungsvoll an.

»Nun, ich lebe mit einer Frau, die mehr Zeit in der Vergangenheit verbringt als in der Gegenwart. Es ist schwer, nach vorn zu blicken, wenn der Lebensgefährte zurückschaut. Selbstverständlich muß man auch bedenken, daß meine Frau ein Problem mit dem Herzen hat, was ihr den Blick in die Zukunft etwas trübt. Das alles macht das Leben sehr schwierig. Irgendwo hat es wohl eine Kreuzung gegeben, und ich habe den Wegweiser übersehen. Jetzt habe ich das Gefühl, irgendwie festzustecken. Von meinem Sohn habe ich mich entfremdet, und keiner von uns hat etwas, worüber er sich wirklich noch freuen kann ...« Phillip war selbst erstaunt über diese Beichte, empfand jedoch gleichzeitig große Erleichterung darüber, das alles einmal laut ausgesprochen zu haben.

»Ich muß da an eine Weide denken, die eine sehr lange Dürreperiode hinter sich hat«, sagte Mr. Richards und zog seine Pfeife aus der Westentasche. »Was dagegen?«

»Überhaupt nicht«, erwiderte Phillip ruhig. Er betrachtete das sonnenverbrannte, wettergegerbte Gesicht seines Gegenübers, den leicht nikotinverfärbten, ergrauten Vollbart, die breite hohe Stirn und die warmen, freundlichen Augen. Phillip fiel auf, daß sich der Fremde in seinem Wohnzimmer vollkommen zu Hause zu fühlen schien, ganz so, als gehöre er hierher.

Mr. Richards Pfeife brannte nun, und er nahm den Gesprächsfaden wieder auf. »So eine Weide geht während der Dürre nicht ein, es ist eher so, als würde sie schlafen. Sobald es regnet, erwacht sie wieder. Bei den Menschen ist das ähnlich. Vielleicht stellen sie sich vor, daß die Dürre in ihrem Leben niemals enden wird, aber irgendwann geht sie immer vorüber. Allerdings müssen Menschen ja nicht unbedingt untätig herumsitzen und auf Regen warten. Manchmal können sie selbst etwas dazu tun. Erst gestern hatte ich ein ähnliches Gespräch. Es ging dabei um den Kopf und das Herz.«

»Kopf und Herz?« wiederholte Phillip fragend.

»Ja, darum, wann man auf den Kopf hören sollte und wann auf das Herz.« Er dachte einen Augenblick nach und griff dann resolut nach seinem Hut. »Aber wenn wir den ganzen Tag so herumsitzen und philosophieren, kommen wir auf keinen grünen Zweig«, verkündete er grinsend. »Ich muß mich auf den Weg machen. Danke für das Gespräch und den Kaffee.«

Phillip ging zum Schreibtisch, suchte den Umschlag mit Mr. Richards Lohn heraus und überreichte ihn ihm. »Ich fand unsere Unterhaltung sehr anregend. Und vielen Dank für Ihre Hilfe. Sie kamen genau im richtigen Moment.«

Mr. Richards lächelte: »Grüßen Sie bitte Ihre Frau von mir.«

Bei den McBrides wurde unterdessen gefrühstückt. Wie immer sorgte Gwen für einen reibungslosen Ablauf. Sie stellte den Porridge auf den Tisch, während sie für danach schon den Toast, die Spiegeleier mit Speck und die aufgebratenen Gemüsereste vom Vortag vorbereitete.

»Wo steckt eigentlich Colleen?« wunderte sich Abby, nahm Brians leere Schüssel weg und drückte ihm eine mit Marmelade bestrichene Scheibe Toast in die Hand.

»Sie holt sich gerade draußen ein frisches Ei«, erklärte Gwen. »Die Eier von gestern sind ihr nicht gut genug.«

»Dann soll sie es sich gefälligst auch selbst kochen. Setz dich doch, Schatz, dein Porridge wird kalt«, sagte Bob und gab Ketchup über sein Ei und das Gemüse.

Die Tür schlug mit einem Knall zu, und Colleen stürzte aufgeregt in die Küche. In der Hand hielt sie ein sehr großes Ei. »Schaut auch das an!« rief sie. »Tom Turkey hat ein Ei gelegt!«

Alle prusteten vor Lachen.

»Ich habe dir doch gesagt, daß er eine Pute ist, weil ihm diese Dinger nicht im Gesicht hängen«, sagte Kevin in lehrerhaftem Ton.

»Dann taufst du ihn wohl besser in Tomasina um«, riet Gwen. »Und jetzt leg das Ei in den Topf, Colleen.«

»Ich will auch so ein großes Ei«, jammerte Brian.

»Ich auch«, verlangte Shirley.

»Morgen«, sagte Gwen und sorgte damit wieder für Ruhe. »Wer weiß, was morgen alles passiert.«

»Und das soll unser Motto für heute sein: Mach jeden Tag zu einem Abenteuer«, verkündete Bob.

»Ich weiß nicht, ob ich soviel Aufregung ertragen würde«, sagte Gwen lächelnd zu Abby.

Abby schmunzelte und machte sich mit Heißhunger über ihr Frühstück her. Jetzt verstand sie, warum es ›für zwei essen‹ hieß. Sie dachte aber auch über das nach, was ihr Mr. Richards im Laufe der Wochen, die er bei ihnen gewohnt hatte, gesagt hatte. Womöglich verpaßte sie in Zukunft die kleinen Abenteuer des Lebens, wenn das Kind und ihre Mutterpflichten sie zu sehr in Anspruch nahmen. Einen Moment lang wünschte sie sich, frei wie ein Vogel zu sein, in den Himmel aufzusteigen und zu fliegen, wohin der Wind sie trug – in ein verzaubertes Land, in dem Träume wahr wurden und das Leben so verlief, wie man es sich vorstellte. Gab es einen solchen Ort?

»Woran denkst du, Abby?« wollte ihr Vater wissen, als er den abwesenden Blick in ihren Augen sah.

»Ach, ich habe mir gerade gewünscht, ich könnte in ein Märchenland fliegen, wo es keine Probleme gibt. Leider gibt es so einen Ort vermutlich nicht«, erwiderte sie mit einem bedauernden Lächeln.

Gwen, die gerade die Teller zum Spülbecken trug, drückte Abby einen Kuß aufs Haar. »Gibt es doch, Liebling«, sagte sie. »Dieser Ort ist genau hier, in deinem Zuhause.«

Bob hob die Arme und schwenkte Messer und Gabel: »*Somewhere over the Rainbow, way up high, there's a land that I heard of* … « Weiter kam er nicht, weil ihm Gwen mit einem Stück Toast den Mund stopfte und die Kinder das Lied weitersangen und ihn übertönten.

Abby und Kevin waren mit Spülen dran. »Jedenfalls kann niemand behaupten, daß es bei uns langweilig zugeht«, bemerkte er trocken.

»Familienleben bei den McBrides. Darauf möchte ich um nichts in der Welt verzichten«, lachte Abby. »Ich frage mich, ob in anderen Familien auch soviel Blödsinn gemacht wird wie bei uns.«

# FÜNFZEHNTES KAPITEL

Die Geschwister waren gemeinsam zum Fluß gegangen. Abby ließ sich im kühlen, stillen Wasser treiben und sah Kevin und den Mädchen zu, die den alten LKW-Reifen als Sprungbrett benutzten. Brian kauerte am Ufer und backte Sandkuchen, sein ganzer Körper samt Gesicht und Haaren war bereits mit dem gelblichen Lehm verklebt.

Das Baden im Fluß bot eine willkommene Erfrischung bei der Hitze, fand Abby. Sie genoß das Gefühl der Schwerelosigkeit im Wasser, denn die Geburt stand in wenigen Wochen bevor, und mit ihrem unförmigen Körper fühlte sie sich schwer und unbeweglich. Da war es sehr bequem, sich so an der Oberfläche treiben zu lassen, mit nichts auf dem Leib als einem ausrangierten Hemd ihres Vaters.

Das entzückte Kreischen und Lachen der Kinder wirkte ansteckend. Abby schloß die Augen, als sie spürte, wie sich das Kind in ihrem Bauch bewegte und sie mit den Füßen trat. Sie konnte sich überhaupt nicht vorstellen, daß sie bald einen winzigen neuen Menschen im Arm halten würde. Ein lebendiges Zeichen für die Liebe zwischen ihr und Barney. Sie hatte solche Sehnsucht nach ihm. Wie gern würde sie ihren Kopf an seine Brust schmiegen, seine Arme um sich spüren, seine Kraft und Wärme fühlen und seinen zärtlichen verliebten Worten lauschen.

Gleichzeitig versuchte sie, die Angst und die Sorge um ihn aus ihren Gedanken zu vertreiben. Es waren bereits drei Wochen vergangen, seit sie das letzte Mal von Barney gehört hatte. Sehr ungewöhnlich, weil er ihr vorher, sooft es ihm möglich gewesen war, kleine Nachrichten, Postkarten, und leidenschaftliche Briefe geschickt hatte. Sie hatten ein paarmal miteinander telefoniert, aber die Verbindungen waren schlecht und nie waren sie ungestört gewesen, weshalb die Gespräche häufig ein enttäuschtes Gefühl hinterlassen hatten. Seine Briefe bewahrte sie dafür auf wie kleine Schätze. Sie waren so liebevoll geschrieben und so voller Hoffnung, daß er eine gute Arbeit finden würde und sie bald zusammensein könnten.

Die plötzliche Funkstille beunruhigte sie. Allmählich krochen auch Zweifel in ihr hoch. Hatte er das Interesse an ihr verloren, gefiel ihm das Leben in Freiheit am Ende doch besser? Womöglich hatte er eine andere Frau kennengelernt oder inzwischen vielleicht doch eingesehen, daß das alles unmöglich war. Sie wußte, daß sie so weitermachen mußte wie in den letzten Monaten, immer nur an den nächsten Tag denken und nicht darüber hinaus. Abby seufzte und öffnete die Augen, bald würde sich alles entscheiden.

Sie schleppte sich ans Ufer und bat Kevin, mit Brian ins Wasser zu gehen, um wenigstens den gröbsten Dreck von ihm abzuwaschen.

»Ich setzte mich jedenfalls heute abend nicht mit ihm in die Wanne«, verkündete Colleen.

Die nasse Truppe trottete heimwärts.

»Wenn ich bloß ein Fahrrad hätte«, seufzte Kevin. »Damit wäre ich schon längst zu Hause.«

»Frag den Weihnachtsmann«, sagte Shirley.

»Gute Idee«, murmelte Kevin. »Aber ich glaube, der bringt dieses Jahr nur Babysachen«, sagte er und zwinkerte Abby zu.

»Der Weihnachtsmann bringt keine Babys, das macht der Storch«, erklärte Colleen.

»Was wünscht du dir denn zu Weihnachten, Abby?« fragte Kevin.

»Ein gesundes kleines Baby.«

Das lieferte den Mädchen das Stichwort für ihr derzeitiges Lieblingsthema – was würde es werden, ein Mädchen oder ein Junge, und wie sollte ›es‹ dann heißen?

Als der langersehnte Brief endlich eintraf, drehte Abby den Umschlag in den Händen, glättete ihn und betrachtete Barneys Handschrift und den Poststempel: Der Brief kam aus Katherine. Einen Moment lang spürte sie ihr Herz laut schlagen, dann durchströmte sie ein Gefühl der Wärme. Diesen Brief hatte Barney in der Hand gehalten, und jetzt hielt sie ihn. Sie nahm sich sehr viel Zeit beim Lesen.

*Abby, mein Liebling,*

*das ist er, der* große *Brief. In den vergangenen Wochen ist so viel passiert, daß ich gedacht habe, ich werde noch verrückt. Und zwar aus verschiedenen Gründen. Ich habe jemanden kennengelernt, der für einen großen Zuchtbetrieb arbeitet, und dieser Zuchtbetrieb besitzt hier oben eine ansehnliche Schaffarm. Es handelt sich um ein 1500 km² großes Areal mit etwa 6000 Tieren – sie sind schon seit einiger Zeit nicht mehr gezählt worden –, und jetzt halt dich fest, Abby. Sie haben mich als Verwalter eingestellt! Ich bin auch schon dort gewesen. Das Haus sieht ganz ordentlich aus, es gibt ein paar Aborigines, die mitarbeiten, und ich glaube, es läßt sich was daraus machen. Sie wollen eine Menge Geld in die Zucht stecken und vertrauen wohl darauf, daß ich der richtige Mann bin, um die Farm zum Laufen zu bringen und Profit zu erwirtschaften.*

*Das ist unsere Chance, Abby. Ich tue das für dich und für unser Baby. Ich möchte, daß du herkommst und meine Frau wirst und dieses neue Leben mit mir beginnst. Eines Tages wird mein Vater hoffentlich einlenken, aber im Moment ist es mir am wichtigsten, daß wir zusammen sind und eine Familie werden. Eine Familie wie deine. Du hast mir deinen Standpunkt erklärt, aber inzwischen hat sich die Lage verändert und wir haben eine echte Chance. Bitte heirate mich, Abby. Wenn ich diesen Job annehme, haben wir beide die besten Voraussetzungen für einen Neuanfang und können uns gegenseitig glücklich machen. Sag ja, mein Liebling, und ich komme zur Geburt unseres Babys*

*und zu unserer Hochzeit - du mußt mir nur sagen, wann. Ich liebe dich und werde dich immer lieben.*
*Barney*

Nach dem Abendessen zeigte Abby den Brief ihren Eltern. Gwen las ihn zuerst, ein paarmal sah sie kurz auf und lächelte ihre Tochter an. Als sie fertig war, reichte sie den Brief an Bob weiter, der ihn las, ohne die Augen vom Blatt zu heben, und ihn Abby dann zurückgab.

»Also, ich werde das Gefühl nicht los, daß der Bursche dich liebt, Abby«, sagte Bob grinsend, lehnte sich im Sessel zurück und brach damit das gespannte Schweigen. Alle drei lachten, doch Abbys Lachen überspielte nur den tiefen Konflikt in ihrem Inneren, den der Brief neuerlich angeheizt hatte.

»Katherine. Das ist ziemlich weit weg«, stellte Gwen fest, die sich vorstellen konnte, was in Abby vorging, und sie zum Reden bringen wollte. »Ganz oben in Nimmerland ... wie man so schön sagt.«

»Ich hätte allerdings nie geglaubt, daß Nimmerland in meinem Leben einmal eine Rolle spielen würde.«

»Ist es denn so?« fragte Bob. »Spielt es in deinem Leben die Rolle, die Barney sich vorstellt?«

Abby drehte den Brief nachdenklich in den Händen und sah zwischen ihren Eltern hin und her, dabei füllten sich ihre Augen langsam mit Tränen. »Ich weiß nicht ... ich weiß es einfach nicht.« Sie sah unschlüssig aus und steckte den Brief dann in ihre Tasche. »Ich liebe ihn ... so sehr ... aber ich weiß einfach nicht, was ich tun soll. Ich glaube, ich muß für eine Weile nach draußen gehen und nachdenken.«

Gwen und Bob sahen ihr nach. »Armes Ding«, sagte Gwen und nahm Bobs Hand. »Sie quält sich schrecklich.«

Es war eine klare Sommernacht. Im Garten wehte ein zartes Lüftchen, was Abby überraschte, weil es für die Jahreszeit ganz ungewöhnlich war. Keine Wolke stand am Himmel. Ach, Barney, wärst du doch hier, dachte sie, als der kühle Wind mit einer Strähne ihres Haars spielte.

Sie wanderte den Weg hinunter zu dem kleinen Felsen, auf dem die Kinder immer saßen, um sich Geschichten zu erzählen und Streiche auszuhecken. Mit angezogenen Beinen setzte sie sich darauf, legte die Arme um die Knie und versuchte, Ordnung in das Chaos in ihrem Kopf zu bringen.

Sie wußte nicht, wie lange sie so gesessen hatte, als sie plötzlich wieder den kühlen Hauch spürte, ein winziges Lüftchen, das sich fast sofort wieder legte, aber ausreichte, um sie aus den Gedanken zu reißen. Sie streckte die Beine aus, lehnte sich nach hinten und sah zum Himmel auf.

Ihr Blick wanderte zum Kreuz des Südens. Sie lächelte, als sie das Sternbild erkannte, und suchte nach dem besonderen Stern, den sie und Barney in dieser wunderschönen Nacht vor beinahe neun Monaten in Besitz genommen hatten.

»Hallo, Stern«, begrüßte sie ihn leise. »Hast du die Antwort für mich?«

Eine Stunde später, Gwen und Bob hatten sich gerade hingesetzt, um Radio zu hören, kehrte Abby zurück und blieb in der Wohnzimmertür stehen. Sie sahen sich an. Keiner sagte ein Wort. Bob drehte den Ton leiser.

»Ich werde Barney heiraten«, verkündete Abby leise.

Gwen sprang sofort auf und schloß ihre Tochter in die Arme. »O Abby, Liebling. O Abby.«

Bob stellte sich dazu. »So ein Anlaß muß mit einer Familienumarmung gefeiert werden«, sagte er und gab beiden einen Kuß.

»Was hat den Ausschlag zu deiner Entscheidung gegeben?« fragte Gwen.

Abby lächelte ihre Mutter an. »Man könnte vielleicht sagen, daß die Sterne mir den Weg gewiesen haben. Ich habe in den Himmel geschaut und mich plötzlich an eine Unterhaltung mit Mr. Richards erinnert. Es ging darum, daß man auf sein Herz hören sollte, daß nur die Liebe glücklich macht und solche Dinge. Ich erinnerte mich an jedes einzelne Wort des Gesprächs und wurde plötzlich ganz ruhig. Auf einmal war alles klar.«

»Barney hat gesagt, daß du ihm das Wichtigste bist und daß er einen Job suchen wird, damit ihr zusammensein könnt, ohne von jemandem abhängig zu sein. Der Brief beweist, daß es ihm ernst ist. Er wird ein guter Ehemann, Abby. Du kannst dich glücklich schätzen.«

»Und er kann sich mit ihr auch glücklich schätzen«, setzte Gwen hinzu.

Bob ging zum Kühlschrank hinüber und nahm eine Flasche Bier heraus. »Und jetzt sollten wir darauf anstoßen.« Er hob sein Glas: »Auf Barney.«

»Auf Barney und Abby«, sagte Gwen. »Ich wünsche euch beiden alles Glück der Erde.«

In Gwens und Bobs Schlafzimmer war das Licht schon lange ausgegangen, da saß Abby noch am Küchentisch und schrieb an Barney. Sie berichtete ihm in allen Einzelheiten, was an diesem Tag passiert war, von der Ankunft des Briefs bis zu dem Moment, als sie ihren Stern gesucht und sich an Mr. Richards ›Abendpredigt‹ erinnert hatte.

*Und das Allerkomischste daran war*, schrieb sie, *daß ich das Gefühl hatte, er säße direkt neben mir.*

Das Knistern und Rauschen einer schlechten Telefonverbindung brachte Barney und Abby schließlich zusammen. Beide weinten und versprachen sich ewige Liebe.

Abby hielt den schweren, schwarzen Telefonhörer mit beiden Händen fest und preßte ihn sich gegen die Lippen, während sie Barneys Stimme lauschte, der ihr gestand, wie schwer ihm das Warten gefallen war, weil er nicht wusste, ob sie ihre Meinung ändern und ihn heiraten würde.

»Vielleicht hatte das alles seinen Grund, Liebling.«

»Kann sein, daß es so am besten war«, gab er ihr recht. »Wir haben unsere Liebe wirklich auf eine harte Probe stellen müssen und waren beide bereit, Opfer zu bringen. Aber es ist mir schwergefallen. Ich habe dich so vermißt, Abby ...«

»Ich dich auch, Barney. Du kannst dir gar nicht vorstellen, wie sehr.« Sie begann wieder zu weinen.

»Abby, das ist jetzt alles Vergangenheit. Laß uns an die Zukunft denken. Wir sollten anfangen, Hochzeitspläne zu machen. Ich werde kurz vor Weihnachten bei euch sein, und, Abby, bitte laß mich nicht warten. Ich möchte dich auf der Stelle heiraten. Diesmal kommst du mir nicht mehr davon.«

Es knisterte in der Leitung, und Abby sprach schnell, weil sie Angst hatte, die Verbindung könne jeden Augenblick abreißen. »Barney, laß uns eine ganz schlichte Hochzeit feiern ... ich weiß nur noch nicht, wo. In der Kirche wird es nicht möglich sein ... aber mach dir keine Sorgen, wir kriegen das schon hin.«

»Hauptsache, die Hochzeit findet statt. Es ist mir ganz gleich, wie und wo, meinetwegen heirate ich sogar in Gummistiefeln auf einem Baum!« Eine Sekunde lang war die Verbindung unterbrochen, und Barney brüllte, so laut er konnte: »Ich liebe dich, Abby«, als könnte sie über die vielen Meilen hinweg seine Stimme hören.

»Ich liebe dich auch, Barney ... für immer.« Es summte und brummte, und jetzt war wirklich nichts mehr zu verstehen, aber trotzdem zögerten beide, jeder an seinem Ende der Leitung, den Hörer aus der Hand zu legen, der sie – für ein paar kurze

Minuten wenigstens – miteinander verbunden hatte. Abby schloß die Augen und sah ihren Geliebten vor sich. Wie sehr wünschte sie sich, in seinen starken Armen zu liegen.

Inmitten des Tumults der Planungen und Vorbereitungen entschied Abby, die sich ziemlich erschöpft fühlte, daß sie etwas Zeit für sich allein brauchte. Sie packte einen Korb, warf die Wolldecke und die Thermoskanne auf Betsys Rücksitz, gab ihrer Mutter einen Kuß und fuhr los.

»Vielleicht bleibe ich den ganzen Tag weg, Mama. Mach dir also keine Sorgen. Ich will zu einer Stelle fahren, an der Barney und ich einmal gepicknickt haben. Ich brauche ein bißchen Ruhe, um nachzudenken und Pläne zu machen.«

Gwen wußte nicht recht, was sie von der Idee halten sollte, aber es war offensichtlich, daß Abby Zeit für sich brauchte, und schließlich war sie ein vernünftiges Mädchen.

Es dauerte über eine Stunde, bis sie an dem abgelegenen Fleckchen angelangt war, das sie und Barney auf einem ihrer Sonntagsausflüge entdeckt hatten. Es lag auf einer kühlen Lichtung im Schatten von Flußeichen. Abby suchte sich einen netten Platz und machte es sich mit einem Schreibblock bequem, auf dem sie sich ein paar Dinge notieren wollte. Nach einer Weile wurde sie schläfrig und streckte sich aus, um ein Nickerchen zu machen und von Barney zu träumen.

Abby hatte keine Ahnung, wie lange sie geschlafen hatte, als sie von einem plötzlichen Spannungsgefühl im Unterleib geweckt wurde und den Eindruck hatte, im nächsten Augenblick zu platzen. Sie lag mit weit aufgerissenen Augen da, umklammerte ihren aufgeblähten Bauch und starrte, ohne wirklich etwas zu sehen, in die Baumwipfel.

»O Gott«, wimmerte sie.

Die Krämpfe gingen vorüber. Sie richtete sich erschöpft auf, griff nach der Wasserflasche im Korb, nahm einen Schluck und legte sich dann wieder zurück. Es ist doch erst in zwei Wochen soweit, dachte sie. Ich muß sofort nach Hause. Jetzt bloß nicht in Panik geraten. Das ist das Schlimmste, was passieren kann – Panik. Ganz ruhig. Sie begann, die Sachen zusammenzupacken und krümmte sich, als sie fühlte, wie sich ihr Bauch erneut zusammenzog. O nein, da war es wieder. Keine Panik, Mädchen. Tief einatmen.

Irgendwie gelang es ihr, alles ins Auto zu packen und sich auf den Weg zu machen. Der Schweiß lief in Strömen an ihr herunter.

»Wo ist das nächste Haus?« dachte sie laut nach. »Ich erinnere mich nicht mehr. War da nicht eine alte Farm in der Gegend?«

Die Krämpfe wurden heftiger. Das Auto kroch im Schneckentempo voran. Abby wagte nicht, schneller zu fahren, weil sie Angst hatte, daß das Schaukeln des Wagens auf dem holprigen Weg alles noch verschlimmern würde. Sie nahm die Umgebung nur noch verschwommen wahr, wie durch verschmiertes Glas. Eine plötzliche Wehe nahm ihr wieder die Luft, und der Wagen kam von der Spur ab. Obwohl sie mit aller Kraft auf die Bremse trat, schlitterte sie in einen tiefen Graben. Der Motor ging aus. Schwer atmend und ihren jetzt stark schmerzenden Bauch mit beiden Händen umklammernd, kletterte sie aus dem Wagen und kämpfte sich einen kleinen Hügel hinauf, von dem aus sie eine gute Aussicht hatte. Sie sah eine kleine Hütte, eigentlich eher eine Baracke, aus deren Wellblechkamin dünner Rauch aufstieg.

»Danke, lieber Gott. Danke«, keuchte sie.

Noch bevor sie den Motor anließ, wußte sie, daß er nicht anspringen würde. Als sie den Zündschlüssel drehte und nichts passierte, wurde sie von der nächsten Wehe getroffen, als sei sie durch das Drehen des Schlüssels ausgelöst worden. Sie brach über dem Steuer zusammen und blieb so liegen, bis alles vorüber war. Dann steckte sie den Schlüssel in die Tasche und machte sich auf den Weg zu der Baracke, die etwa eine Meile entfernt zu sein schien.

Wie in Trance schleppte Abby sich vorwärts und versuchte, sich von den Schmerzen abzulenken. »Komisch, daß mir die Hütte beim letzten Mal nicht aufgefallen ist. Was soll's. Hauptsache, irgend jemand dort kann mich ins Krankenhaus bringen. Die Sonne steht ziemlich hoch. Geh weiter, Abby. Beachte die Hitze gar nicht. Denk an Schnee. Schnee ... das ist total verrückt.«

Als sie etwa die Hälfte der Wegstrecke hinter sich gebracht hatte, platzte die Fruchtblase. Sie stolperte in den Schatten des einzigen Baumes, den es weit und breit gab, und saß an seinen Stamm gelehnt, bis sie die Kraft fand weiterzulaufen. Voller Angst und schwer atmend machte sie sich wieder auf den Weg.

Durch den Schleier vor ihren Augen sah Abby, daß die Hütte lediglich aus einfachen Brettern gebaut war. Vorne und hinten befand sich eine Veranda. Trotz des Rauchs, der aus dem Schornstein kam, sah die Hütte nicht so aus, als sei sie normalerweise bewohnt. Aber als sie die Veranda betrat, hörte sie Axtschläge. Durch die offene Tür blickte sie in den Innenraum mit dem offenen Kamin, wo ein einfacher Tisch, mehrere Stühle, ein aus alten Kisten zusammengebautes Regal und ein Bett standen. Sie lehnte sich gegen den Türrahmen und kämpfte gegen eine Ohnmacht, als ein Mann mit Feuerholz im Arm durch die Hintertür in die Hütte trat. Weil er aber vor der strahlend hellen Sommersonne stand, nahm sie nichts als eine dunkle Silhouette wahr.

»Abby!« Die Stimme war unverkennbar.

»Mr. Richards! Was machen Sie … ich bin … « Sie glitt bewußtlos zu Boden.

Als sie wieder zu sich kam, lag sie im Bett, und Mr. Richards saß neben ihr. Sie lächelte ihn schwach an, während sie dalag, ihren Bauch hielt und die aufwallenden, schwindelerregenden Wellen spürte, die sie zu überwältigen drohten.

»Bitte bringen Sie mich ins Krankenhaus, Mr. Richards. Oder holen Sie einen Arzt.« Sie verzog das Gesicht, brüllte dann »Bitte!« und zog die Knie an den Körper, um den Schmerz zu lindern.

Er hielt ihre Hand, während sie sich wieder etwas entspannte. »Wir können im Augenblick nirgendwohin, selbst wenn ich den alten Truck noch hätte. Es würde zu lange dauern. Und ich kann dich auch nicht allein lassen, Abby. Wir müssen wohl abwarten. Aber abgesehen davon, freue ich mich sehr, dich wiederzusehen. Wie ist es dir ergangen? Was gibt's Neues?«

Abby fühlte sich etwas besser und versuchte, auf seine Fragen zu antworten, weil sie wußte, daß er sie beruhigen wollte.

»Wir werden heiraten, Barney und ich. Gestern erst haben wir es beschlossen. Er ist oben in Katherine, als Verwalter einer großen Schaffarm.«

»Na, das sind doch tolle Neuigkeiten! Ich gratuliere.« Er beugte sich über sie und gab ihr einen Kuß auf die Stirn.

»Danke«, flüsterte sie und sah ihm dann fest in die Augen. »Mr. Richards, was sollen wir jetzt machen?«

»Wir bekommen ein Baby. So einfach ist das. Jetzt mach dir mal keine Sorgen. Ob du es nun glaubst oder nicht, ich habe mit so etwas schon Erfahrung.« Er lächelte und streichelte ihr über die Hand. »Ich stelle schon mal einen Kessel Wasser aufs Feuer.«

Als er mit dem Wasser zurückkehrte, das er draußen aus der Zisterne geholt hatte, kämpfte Abby gerade wieder mit einer heftigen Wehe. Rasch wurden die dazwischen liegenden Zeitabstände kürzer, und der Schmerz nahm zu. Sie lag da und wimmerte leise, als Mr. Richards ihr eine zusammengerollte Decke unter den Rücken schob und ihr zeigte, in welchem Rhythmus sie atmen mußte.

Abby konzentrierte sich ganz auf Mr. Richards freundliche blaue Augen und seinen Mund, der gemeinsam mit ihr ein- und ausatmete. Sie verlor jegliches Zeitgefühl. Mr. Richards blieb neben ihr sitzen und sprach leise auf sie ein, bis die Preßwehen einsetzten. Mit sicherem Griff brachte er Abby in eine geeignete Position, legte ein Laken über sie und gab ihr dann mit fester Stimme Anweisungen. Sie preßte, keuchte, drückte und schrie auf, als ihr Körper das Kind endlich freigab. Mr. Richards zog das Baby mit geschicktem Griff heraus, wickelte es in ein sauberes Handtuch und legte es Abby auf die Brust. Anschließend nahm er ein Messer, das er sterilisiert hatte, und durchtrennte die Nabelschnur.

»Du hast einen wunderhübschen Sohn, Abby.« Er half ihr auf, und sie starrte auf das Wunder hinab, das sie in den Armen hielt. »Schau nur nach, ob auch alles dran ist«, riet ihr Mr. Richards lächelnd.

Sie schob das Handtuch beiseite, betrachtete den Kleinen andächtig und strich zögernd über seine winzigen Zehen und Finger. »Er ist einfach vollkommen«, flüsterte sie. In diesem Moment begann das Kind kräftig zu schreien, und sie drückte es an sich. Tränen rollten über ihre Wangen. »Oh, danke ... danke, Mr. Richards. Sie haben ja gesagt, Sie wären immer da, wenn Sie gebraucht würden.«

Er warf den Kopf in den Nacken und lachte herzhaft. »Das war doch nur ein glücklicher Zufall, Ich wollte in den nächsten Tagen ohnehin bei euch vorbeischauen«, beteuerte er und wechselte dann rasch das Thema. »Das Wichtigste ist jetzt, daß wir dich so schnell wie möglich nach Hause bringen. Deine Familie läßt dich bestimmt schon suchen. Ich gehe mal zu deinem Wagen und sehe nach, ob ich ihn zum Laufen bringen kann.« Er zündete eine Petroleumlampe an und stellte sie neben das Bett auf eine Kiste. Dann nahm er eine Taschenlampe vom Sims über dem Kamin, setzte seinen Hut auf, lächelte, nickte ihr zu und ging nach draußen.

Bis spät in den Abend hinein gab es in den Telefongesprächen, die von den Gemeinschaftsanschlüssen im Landkreis aus geführt wurden, nur noch ein Thema – die Geburt von Abbys Baby. Mr. Richards hatte die McBrides von der ersten Farm aus angerufen, an der sie auf dem Nachhauseweg vorbeigekommen waren. Von diesem Moment an liefen die Leitungen heiß, und bald kursierten die abenteuerlichsten Gerüchte. Die McBrides, Sarah und Keith Pemberton sowie einer der Beamten der Ortspolizei warteten bereits auf der Veranda, als Betsy sich den Weg heraufquälte und mit einem trockenen Huster vor dem Tor stehenblieb.

Gwen lief zum Wagen und riß die Tür auf. »Abby«, rief sie. »Wir haben uns solche Sorgen gemacht. Wir haben schon den halben Landkreis nach dir suchen lassen.« Sie beugte sich ins Wageninnere, küßte ihre Tochter und nahm ihr dann behutsam das Baby aus dem Arm. »Bob, hilf Abby ins Haus. Allmächtiger, nun sieh dir mal diesen kleinen Schatz an«, flüsterte sie begeistert.

Bob half Abby aus dem Wagen und nickte Mr. Richards zu, der immer noch hinter dem Steuer saß. »Danke, Kumpel«, sagte er leise.

Zwei Tage später ruhte sich Abby in einem Liegestuhl auf der Veranda aus, als sie ganz unvermittelt von einem starken Glücksgefühl und einer Welle der Lebenskraft erfaßt wurde. Außer sich vor Freude, bat sie ihre Mutter, auf das Baby aufzupassen, weil sie sich die Beine etwas vertreten wolle.

Während sie den Weg hinunterging, spürte sie mit jeder Faser ihres Körpers, daß sie schon bald wieder mit ihrem Liebsten vereint sein würde. Langsam, weil sie sich nach der Geburt immer noch schwach fühlte, aber entschlossen marschierte sie auf die Straße zu. Sie hatte noch etwa eine halbe Meile zu gehen, als sie das Motorengeräusch hörte. Sie lehnte sich gegen den Stamm eines Eukalyptusbaums und winkte dem sich nähernden Wagen.

Barney stoppte, stürzte auf sie zu und riß sie in seine Arme. Er drückte sie fest an sich und wiegte sie sanft, strich ihr übers Haar und brachte kein Wort heraus, so überwältigt war er von seinen Gefühlen und der Freude darüber, Abby endlich wiederzusehen.

Nach einiger Zeit lösten sie sich voneinander, blickten sich ins Gesicht und küßten sich inbrünstig. »Abby, mein Liebling. Ich habe dich so vermißt ... Was mußt du durchgemacht haben. Gott, ich wünschte, ich hätte bei dir sein können ... Geht es dir denn jetzt gut? Und dem Baby ...? Ich habe mir solche Sorgen gemacht, als ich davon gehört habe.«

»Psst, es ist ja alles gut, mein Schatz. Uns geht es sehr gut. Dank Mr. Richards. Ach, Barney, das Baby ist so süß ...«

»Was machst du denn so weit vom Haus weg? Komm, steig ein. Ich kann es kaum erwarten, es endlich zu sehen.« Er half ihr behutsam in den Wagen, setzte sich selbst hinter das Steuer und sah sie dann scharf an: »Du wußtest, daß ich komme, nicht wahr?« Und als sie nur nickte, schüttelte er den Kopf. »Ich weiß nicht, warum, aber ich habe aufgehört, mich über bestimmte Dinge zu wundern. Ich füge mich ganz in mein Schicksal ... bis jetzt hat es mir ja nur Gutes gebracht.«

Nachdem sich die Aufregung über Barneys Ankunft gelegt hatte, nahm Abby das Kind aus der Wiege und legte es in seine Arme. Barney hielt seinen winzigen Sohn ängstlich fest, so als könnte er ihm zerbrechen, und blickte staunend auf ihn hinunter.

»Er ist etwas klein, aber Dr. Malone meint, er sei eigentlich keine richtige Frühgeburt, sondern hätte es nur ein bißchen eilig gehabt. Er war fertig, und da ist er eben zur Welt gekommen«, erklärte Abby lächelnd und hängte sich zärtlich bei Barney ein.

»Wie soll er eigentlich heißen?« fragte Barney mit einem liebevollen Seitenblick zu Abby.

»Ich dachte, wir nennen ihn Richie, nach Mr. Richards.«

Barney sah in die blauen Augen seines Sohns. »Klingt gut.«

## SECHZEHNTES KAPITEL

Das kleine Haus der McBrides summte wie ein Bienenkorb, es wurde viel gelacht, und es wurden Pläne geschmiedet für Weihnachten und die Hochzeit. Abby, Barney und der kleine Richie hatten sich in der Laube eingerichtet, wo die Mädchen ihnen nicht mehr von der Seite wichen.

Barney, der vor lauter Liebe zu Abby über das ganze Gesicht strahlte, sah zu, wie sie im Schaukelstuhl das Baby stillte. Doch dann verschwand das Lächeln, und er sah traurig und nachdenklich aus.

»Ich weiß, woran du denkst, Barney«, sagte Abby. »An deine Eltern, nicht wahr?«

Er nickte.

»Meinst du, wir sollten sie besuchen? Wir könnten ihnen Richie zeigen. Vielleicht würde das deinen Vater umstimmen«, meinte Abby.

»Nein! Ich kenne meinen Vater. Ich werde ihn erst dann besuchen, wenn er dich und meine Entscheidung akzeptiert.«

»Es macht mich so traurig, daß du deine Familie aufgibst.«

Barney beugte sich über sie und umfaßte ihre

Hände, die das Baby hielten. »Ihr seid jetzt meine Familie, Abby. Du und Richie. Wir haben jetzt unser eigenes Leben.« Er seufzte. »Gib der Sache noch etwas Zeit.«

Drüben auf Amba fragte Enid zaghaft ihren Mann: »Phillip, können wir uns das Kind nicht ansehen? Barneys Kind?«

»Aber auf gar keinen Fall! Ich will ihn hier erst wieder sehen, wenn er zur Vernunft gekommen ist.«

»Aber es ist sein Zuhause, Phillip. Dann erlaube mir wenigstens, sie zu besuchen.«

»Schlag dir das aus dem Kopf, Enid. Das kommt gar nicht in Frage. Er hat beschlossen, sich unseren Wünschen zu widersetzen, jetzt soll er die Konsequenzen tragen.«

Enid wandte sich ab. Keiner der beiden Männer wich von seiner Position ab, und alle mußten darunter leiden. Sie ging entmutigt in ihr Schlafzimmer und legte sich aufs Bett. Sie hatte den Eindruck, als hätten sich ihre ganze Kraft und das bißchen Hoffnung, an das sie sich geklammert hatte, in nichts aufgelöst. Die Hunde sprangen zu ihr aufs Bett und kuschelten sich zu ihren Füßen, aber sie schenkte ihnen keine Beachtung, sondern schloß statt dessen die Augen und fragte sich, was wohl aus ihrem Sohn und ihrem Enkel werden würde.

Mr. Richards hatte seinen alten Truck reparieren lassen und kam wieder regelmäßig zu Besuch. Barney dankte ihm überschwenglich dafür, daß er zur rechten Zeit am rechten Ort gewesen war, als Abby seine Hilfe gebraucht hatte.

»Sie sind so etwas wie Richies gute Fee«, sagte Abby. Und deshalb wandten sie sich auch an Mr. Richards, als es um die Frage ging, wer sie trauen sollte.

»Verstehen Sie, unser Problem ist, daß wir nicht derselben Kirche angehören«, erklärte Abby. »Deshalb hatten wir die Idee, unter freiem Himmel zu heiraten – was meine Eltern natürlich ziemlich gewöhnungsbedürftig finden!«

»Kennen Sie die Wiese unten am Fluß?« erkundigte sich Barney. »Es gibt dort eine Art Gemeindesaal, der für alle möglichen Anlässe genutzt wird. Abby möchte an Heiligabend heiraten. Sie findet, wir könnten uns kein besseres Geschenk machen.«

Mr. Richards lächelte die beiden an. Sie waren so verliebt, so glücklich mit ihrem Baby und voller Vorfreude auf ihr neues Leben. »Überlaßt die Angelegenheit ruhig mir, ich weiß schon den richtigen Mann für diesen Job«, versicherte er ihnen.

Die Kleinen waren schon ganz aufgeregt, und nicht einmal Brian zeigte Anzeichen von Eifersucht auf den Neuankömmling.

Alle waren damit beschäftigt, heimlich ihre Geschenke zu verpacken, Weihnachtsschmuck zu basteln und bei den Vorbereitungen zu helfen. Gwen backte Früchtekuchen und Kekse, bereitete Plumpudding zu und versprach Brian, daß es auch einen besonderen Kuchen für ihn geben würde. Sie strickte sogar einen Weihnachtsstrumpf für Richie. Abby und sie saßen abwechselnd an der alten fußbetriebenen Singer-Nähmaschine und nähten das Hochzeitskleid und neue Kleider für Shirley und Colleen. Alle sprachen von nichts anderem mehr und waren sich darüber einig, daß es ein unvergeßliches Weihnachten werden würde.

»Wir müssen völlig übergeschnappt sein – eine Hochzeit, eine Taufe und dazu noch Weihnachten mit der ganzen Familie«, seufzte Gwen, als sie erschöpft neben Bob ins Bett sank.

»Tu doch nicht so, du genießt doch jede Minute davon«, neckte er sie gutmütig. »Aber übertreiben solltest du es auch nicht, Liebling.«

»Ich werde die beiden vermissen, wenn sie in den Norden gezogen sind«, sagte Gwen leise. »Die Arbeit macht mir wirklich nichts aus. Ich will einfach, daß alles schön für sie wird.«

Zwei Tage vor dem großen Ereignis, als Barney sich gerade nervös zu fragen begann, wer die Trauung denn nun durchführen würde, stürzte Kevin ins Haus und verkündete, daß jemand die Auffahrt heraufkäme.

Der Besucher saß auf einem alten Norton-Motorrad mit Beiwagen. Als er in den Hof einbog und den Motor abstellte, sah die Gruppe, die sich im Hof versammelt hatte, daß der korpulente Mann um die Dreißig der *Bush Brotherhood* angehörte. An seiner schlichten braunen Kutte war er als Mitglied des Ordens zu erkennen, der es sich zur Aufgabe gemacht hatte, Gottes Wort im australischen Outback zu verbreiten. Er hatte ein rundes Gesicht mit roten Pausbacken und kurzes hellbraunes Haar.

»Ich finde, er sieht aus wie der fröhliche Mönch in den Anzeigen für diesen Brandy«, flüsterte Bob.

»Ich bin Bruder John. Mr. Richards schickt mich her«, erklärte der Mann und schüttelte Bob die Hand. »Ich bin auf dem Weg nach Norden, um nach meinen Schäfchen zu sehen.«

Als sie bei Sandwiches und Tee im Haus saßen, brachte Bruder John alle zum Lachen mit seinen Geschichten über seine Missionsarbeit in den abgelegensten Gebieten, wo Männer und Frauen lebten, die manchmal monatelang keine Menschenseele zu Gesicht bekamen.

»Woher kennen Sie Mr. Richards eigentlich?« erkundigte sich Gwen.

»Tja, ein merkwürdiger Bursche, dieser Mr. Richards. Taucht immer wieder ganz überraschend auf, und zwar meistens dann, wenn man ihn braucht«, sagte Bruder John. Lachend fügte er dann hinzu: »Er will mir immer weismachen, daß er sich unsichtbar machen kann und dann auf dem Sozius meiner Norton mitfährt.« Alle lachten, und Bruder John, der sich vor Vergnügen auf die Schenkel klopfte, lachte am lautesten von allen.

Eine Zeitlang wurde es dann etwas stiller, und alle wurden ernst, um die Hochzeit zu besprechen und Bruder John über die Hintergründe zu informieren. Sie erzählten ihm die ganze Geschichte, ohne etwas zu verschweigen, und er hörte interessiert und voller Mitgefühl zu. Als alles bezüglich der Hochzeit und der Taufe geklärt war, meinte der Mönch lächelnd: »Das wird ja eine reichlich ökumenische Feier – katholisch, presbyterianisch und anglikanisch.« Sein Lächeln wurde breiter. »Da werden die Methodisten aber beleidigt sein, daß sie nicht mitmachen dürfen, was?« Und wieder warf er den Kopf in den Nacken und lachte aus voller Kehle.

Als am Weihnachtsabend die Sonne unterging, versammelte sich die kleine Hochzeitsgesellschaft auf der saftig grünen, von Trauerweiden und Keulenbäumen gesäumten Wiese am Ufer des Flusses. Auf einer Anhöhe befand sich der weiße, ziegelgedeckte Holzbau, in dem der Gemeindesaal untergebracht war.

Gwen hielt Richie im Arm, der in die Häkelstola gewickelt war, in der alle McBride-Kinder getauft worden waren. Hinter ihr stand Jim Anderson mit seiner Frau, die sich sich verzückt über Gwens Schulter beugte und zärtlich auf den schlummernden Säugling einredete. Sarah und Keith Pemberton gesellten sich ebenfalls zu der Gruppe. Shannon war zum Glück verreist, so daß keine Gefahr bestand, daß sie den anderen diesen schönen Tag verderben könnte.

Ein noch schwaches Hupen kündigte aus der Ferne die Ankunft der Braut in der guten alten Betsy an, die Kevin zur Feier des Tages auf Hochglanz poliert und mit Weihnachtssternblüten dekoriert hatte. Als der Wagen hielt, nahm Bruder John seinen Platz ein und winkte Barney zu sich. Bob

McBride öffnete Colleen und Shirley die Tür, worauf die beiden Mädchen in ihren weißen Musselinkleidchen mit gelben Schärpen und Gänseblümchensträußen in der Hand stolz aus dem Buick kletterten.

Zuletzt stieg auch Abby aus und hängte sich am Arm ihres Vaters ein.

»Jetzt wird's ernst«, flüsterte Bob. »Schultern zurück, rechten Fuß vor, und los geht's.«

Barneys Augen wurden feucht, als er Abby ansah, die ein weites cremefarbenes Kleid trug, das ihr bis zu den Knöcheln reichte. Auf ihrem Kopf saß ein kleiner Hut mit einem kurzen Schleier, der ihr Gesicht verhüllte, und in der Hand hielt sie einen Brautstrauß aus weißen und gelben Rosen.

Die kleine Gruppe stand unter einem Baldachin aus rotgoldenem Licht, den die Abendsonne zum Anlaß dieser Feier ausgebreitet zu haben schien. Bruder John begrüßte zunächst alle Anwesenden und bezog sich dann auf die spektakuläre landschaftliche Kulisse: »Wie einige von Ihnen wahrscheinlich wissen, verbringen wir Mönche von der *Bush Brotherhood* sehr viel Zeit im Busch, weshalb es für uns gar nichts Ungewöhnliches ist, Gottesdienste unter freiem Himmel abzuhalten. Ich kann Ihnen sagen, daß man Gott den Herrn und seine Gaben in einer prachtvollen Umgebung wie dieser genauso gut, wenn nicht sogar noch besser, ehren und lobpreisen kann wie in einer Kirche oder einer Kathedrale. Nicht nur Gott ist allgegenwärtig, sondern auch die Liebe, die er uns geschenkt hat, und deshalb haben wir uns heute hier versammelt, um die Liebe zwischen Abigail und Barnard zu feiern. Aus der Liebe erwächst die Familie, und die Liebe ist das, was eine Familie zusammenhält und ihr Kraft verleiht. Die Liebe ist der Urgrund des Lebens, und ohne sie, ohne die Fähigkeit zu lieben, sind wir nichts.« Er schwieg, lächelte und klatschte dann einmal in die Hände. »Aber genug gepredigt. Lassen Sie uns zum wichtigsten Teil des Abends kommen.«

Die schlichten Worte der Zeremonie wurden von den Rufen der Vögel begleitet, die sich in den Zweigen der Weiden und im Fluß ihr Abendessen suchten. Aber weder Abby noch Barney nahmen ihren Gesang wahr – der feierliche und doch freudige Tonfall des Mönchs ließ sie nichts anderes hören als seine Worte.

Als er sie zu Mann und Frau erklärt hatte, sahen sie sich verliebt an und gaben sich einen innigen Kuß.

»Jetzt werde ich das Kind taufen«, verkündete Bruder John. Sobald er geendet hatte, rief Bob: »Das Brautpaar lebe hoch. Dreimal hoch!« Und als das Echo der Hochrufe verklungen war, traten alle auf Braut und Bräutigam zu, um sie zu umarmen und ihnen Glück zu wünschen.

Mrs. Anderson nahm Barney beiseite und überreichte ihm ein kleines Päckchen. »Deine Mutter schickt dir ihre besten Glückwünsche und das hier ... es ist dein silberner Taufbecher. Er ist für Richie. Und sie dachte, daß du dies hier vielleicht Abby geben möchtest.« Mit diesen Worten drückte sie ihm eine kleine blaue Schachtel in die Hand.

Barney schob das Schächtelchen in die Jackentasche und biß sich auf die Unterlippe. Er wußte, daß es das Geschenk war, das Enid schon seit langem für seine zukünftige Braut vorgesehen hatte.

»Deine Mutter wäre so gern gekommen. Aber sie wollte sich deinem Vater nicht widersetzen. Er wird sich mit der Zeit schon noch beruhigen«, tröstete ihn Mrs. Anderson. »Geh du nur deinen Weg und genieße dein Leben. Es wird sicher nicht leicht für euch, im Norden ganz von vorn zu beginnen. Aber so fangen die meisten Menschen an, Barney.«

»Davor habe ich keine Angst, solange ich nur Abby und das Kind bei mir habe.«

Es wurde ein sehr fröhlicher Weihnachtsabend bei den McBrides, mit einem prächtigen Mahl aus kalten Braten, Salaten und Plumpudding, das in dem von Laternen hell erleuchteten Garten serviert wurde. Die Pembertons und die Andersons verabschiedeten sich früh, und auch Mr. Richards warf sein Bündel in den Truck.

Bevor er abfuhr, unterhielt er sich noch einmal leise mit Abby und Barney. »Tja, sieht so aus, als müßten wir uns mal wieder Lebewohl sagen. Ich wünsche euch alles Gute. Wer weiß, vielleicht schaue ich ja eines Tages bei euch vorbei.«

»Oh, bitte tun Sie das«, freute sich Abby. »Sie bedeuten uns sehr viel, Mr. Richards, und wir sind Ihnen so viel schuldig.«

»Ihr seid mir gar nichts schuldig, Mädchen«, sagte er. »Für einen alten Kerl wie mich ist es schon Belohnung genug, die große Liebe zwischen euch zu sehen. Sie ist ein sehr wertvolles Geschenk. Manche Leute suchen ein Leben lang nach ihr, ohne jemals fündig zu werden. Ich kannte mal einen klugen Burschen, der gesagt hat, die Liebe sei das einzig Wirkliche. Damit wollte er wohl ausdrücken, daß die Liebe letztendlich das einzige ist, was im Leben wirklich zählt. Ich würde sagen, damit habt ihr die allerbesten Aussichten.«

Er gab Barney die Hand. Abby küßte ihn auf die Wangen und umarmte ihn.

»Gott segne Sie, Mr. Richards«, sagte sie leise.

Er verabschiedete sich von den kleinen McBrides, küßte seine Fingerspitzen und berührte damit sanft die Stirn des schlummernden Richie, ehe er schließlich von der übrigen Familie zu seinem klapprigen Truck geleitet wurde. Alle schüttelten ihm die Hand, Gwen gab ihm einen Abschiedskuß, man wünschte sich noch einmal fröhliche Weihnachten, und dann war er auch schon davongefahren.

Als der Tisch abgedeckt, das Geschirr gespült und die Kinderschar im Bett war, machten Barney und Abby noch einen Spaziergang.

»Da ist unser Stern«, sagte Abby und zeigte zum Kreuz des Südens hinauf. »Im Norden werden wir ihn auch sehen können. Er wird immer über uns wachen.«

»Ein schönes Gefühl«, sagte Barney. »Und, bist du glücklich?«

»Ich bin so glücklich, daß es mir richtig Angst macht. Ach, Barney, ich liebe dich so. Der Tag war so schön, so wunderschön.«

Barney zog seine Frau an sich, legte die Arme um sie und gab ihr einen langen Kuß.

Der Morgen des ersten Weihnachtstages verwandelte das Heim der McBrides in ein glückliches Tollhaus. Die Kinder saßen bereits im Morgengrauen im Wohnzimmer, leerten ihre Weihnachtsstrümpfe aus, stürmten aufgeregt zwischen den Schlafzimmern hin und her, sprangen auf die Betten und verteilten Küsse und Umarmungen.

Bob, der sich einen gestrickten Weihnachtsstrumpf als Mütze über den Kopf gezogen hatte und noch seinen Schlafanzug trug, servierte allen den Tee ans Bett. Anschließend wurde zur Bescherung gerufen.

In einem mit Erde gefüllten Blecheimer steckte ein riesiger, aromatisch duftender Eukalyptuszweig, den Bob besorgt hatte und der von den Kindern mit selbstgebastelten Girlanden, Papiersternen und Lametta verziert worden war. Rund um diesen Weihnachtsbaum herum lagen die in buntes Papier gewickelten Gaben.

Bob lehnte sich zurück und blickte lächelnd auf seine glückliche Familie. Unter den Geschenken fanden sich keine teuren Luxusartikel, sondern Dinge wie Kleidungsstücke, nützliche Kleinigkeiten oder Bücher. Außerdem hatte jeder noch etwas für eines der anderen Familienmitglieder gebastelt.

»Kevin, du bist ja ein echtes Häkelwunder, und auch die Farben sind wunderschön!« staunte Gwen und hielt einen bunten Topflappen in die Höhe.

»Sieh doch mal, was die Mädchen für Richie gestrickt haben«, sagte sie dann und zeigte Bob die winzigen blauen Schühchen mit Schleifen.

»Fußball wird er in denen wohl kaum spielen können«, erwiderte dieser trocken. »Und jetzt alle her zu mir. Zeit für die Weihnachtslieder.«

Barney und Abby sahen sich grinsend an, und Abby flüsterte: »Fliehen ist zwecklos, das ist eiserne Familientradition.«

Alle setzen sich im Kreis zusammen und intonierten unter Bobs Leitung ihre liebsten Weihnachtslieder. Colleen und Shirley kamen auf die Idee, Richies Wiege in die Mitte zu schieben. Anschließend setzen sich die beiden frischgebackenen Tanten zur Rechten und zur Linken ihres friedlich daliegenden Neffen und sangen rührend vom ›Kindlein in der Krippe‹.

Sobald alle ihre Ausbeute an Geschenken beiseite geräumt hatten und das Geschenkpapier aufgesammelt und ein Teil davon zur Wiederverwendung wieder sorgfältig geglättet worden war, trafen sie sich zum großen Frühstück in der Küche.

Gwen und Abby sorgten für einen reibungslosen Nachschub an Steaks, Eiern mit gebratenem Speck, Porridge und Toasts mit selbstgemachter Maulbeermarmelade, bis alle ihren Hunger gestillt hatten.

Als Abby nach dem Frühstück auf der Veranda saß und Richie wiegte, kam Barney mit dem kleinen blauen Schächtelchen zu ihr, das ihm Mrs. Anderson bei der Hochzeit gegeben hatte.

»Hier habe ich noch etwas ganz Besonderes für dich. Eigentlich ist es mehr als ein Weihnachtsgeschenk, und es ist auch nicht von mir«, sagte er geheimnisvoll.

Abby nahm die Schachtel in die Hand und löste behutsam die kleine, kunstvoll geknotete Schleife. Dann hob sie den Deckel ab und holte das winzige in Seidenpapier gewickelte Geschenk heraus. Sie faltete das Papier ganz langsam auseinander und packte einen prächtigen mit Brillanten und Rubinen besetzten Ring aus.

Ihr stockte der Atem. »Ist der herrlich, Barney!« Aber dann sah sie seinen traurigen Blick.

»Meine Mutter hat ihn geschickt.« Seine Stimme klang erstickt, als er das sagte.

Abby griff rasch nach seiner Hand. »Barney, Liebling.«

»Er hat meiner Großmutter gehört. So eine Art Familienerbstück, könnte man sagen.« Er zögerte kurz und setzte dann hinzu: »Du weißt, was sie uns damit sagen will, Abby. Sie möchte, daß wir als Familie zusammengehören. Wir alle.«

Abby schob den Ring neben den schlichten goldenen Ehering auf ihren Mittelfinger und hielt Barney die Hand hin, damit er sie bewundern konnte. »Wenn doch nur dein Vater ...«, sagte sie leise, führte den Satz dann aber nicht zu Ende, weil sie wußte, daß Barney ohnehin dasselbe dachte.

Auf Amba packte Enid an diesem Abend ihr Nähzeug zusammen, nahm die Hunde in den Arm und ging ohne Eile durch den Korridor zur Bibliothek.

»Gute Nacht, Phillip, und frohe Weihnachten.«

Phillip war gerade dabei, mit dem winzigen Schlüssel den verglasten Bücherschrank zu öffnen, als er seine Frau im Türrahmen stehen sah.

»Gute Nacht, meine Liebe. Auch dir eine schöne Weihnacht. Ich werde wohl noch etwas lesen.«

Enid nickte und ging auf ihr Zimmer. In der Dunkelheit stellte sie sich ans Fenster, blickte nach Anglesea hinüber und wünschte ihrem Sohn alles Glück der Erde.

Phillip saß in seinem ledernen Lehnstuhl in der Bibliothek, neben ihm brannte die Stehlampe. Er sah jedoch nicht auf die goldenen Lettern auf dem Ledereinband des ungeöffneten Buchs in seinem Schoß, sondern hatte die Augen geschlossen und fühlte sich sehr allein und sehr traurig.

Sie brachten die Spielzeuglokomotive, die Richie von Mr. Richards bekommen hatte, noch zwischen den Kisten und Bündeln auf dem Rücksitz des Wagens unter. Schließlich war der Augenblick gekommen, da alles erfolgreich verstaut war, Öl und Reifendruck waren überprüft, und sie hatten im Haus nachgesehen, ob sie auch nichts vergessen hatten. Jetzt blieb ihnen nichts mehr zu tun, als sich Lebewohl zu sagen.

Gwen drückte Richie an sich, und Bob beugte sich vor, um ihn auf den Kopf zu küssen.

Die Zwillinge klammerten sich schluchzend an Abby fest.

»Hört doch auf zu heulen«, sagte Kevin, der selbst mit den Tränen kämpfte. Er reichte Barney die Hand, umarmte Abby und wandte sich dann ab, um Brian an der Hand zu nehmen.

Barney streckte Bob die Hand hin, der sie erst nahm und ihn dann an sich drückte. »Paß gut auf mein Mädchen auf«, brummte er. Barney nickte, küßte Gwens tränenfeuchte Wange und nahm ihr dann Richie ab, damit sie ihre Tochter umarmen konnte.

Mutter und Tochter umarmten sich fest. »Ich liebe dich, Mama. Ich hoffe, daß ich eine so gute Mutter werde wie du.«

»Ich werde dich so vermissen, Abby ... Aber ich wünsche dir, daß du glücklich wirst.«

Barney schob Abby und das Baby sanft in den Wagen, während Bob Brian auf den einen Arm nahm und den anderen seiner Frau um die Schulter legte.

Die Rufe und Glückwünsche wurden allmählich leiser, als der Wagen langsam den Weg hinunterfuhr, und dann standen alle schweigend da, nur der kleine Brian winkte und sagte beinahe zu sich selbst: »Auf Wiedersehen ... Auf Wiedersehen.«

Zwei Tage später war Gwen gerade dabei, den Tisch für Bob zu decken, der kurz ins Haus gekommen war, um eine kleine Pause einzulegen. Er wusch sich die Hände in der Küchenspüle, während sie ihm heißen Tee einschenkte. Als sie im Hof einen Wagen hörte, stellte Gwen rasch die Teekanne ab und ging zur Tür.

»Bob, kommst du bitte ganz schnell.« Ihre Stimme klang beängstigt. Bob eilte zu ihr und sah einen Polizisten, der langsam aus seinem Wagen stieg und den Hut abnahm.

Während sie zu begreifen versuchten, was er ihnen sagte, schien um sie herum die Welt zusammenzubrechen.

Es gab keine Worte, die irgend etwas hätten ändern können, und so entschied der Beamte sich dafür, ihnen die nüchternen Tatsachen zu schildern. Vorige Nacht habe sich ein Unfall ereignet. An einem Eisenbahnübergang. Der Zug raste in den wartenden Wagen. Barney und Abby waren sofort tot. Der Säugling war aus dem Auto geschleudert worden und lag noch im Krankenhaus, wo er beobachtet wurde. Offenbar hatte er keinerlei Verletzungen erlitten.

Der Polizist räusperte sich: »Der Wagen war völlig zerquetscht, aber das Baby scheint ohne einen Kratzer davongekommen zu sein – ein wahres Wunder.«

## SIEBZEHNTES KAPITEL

Abby und Barney, die sich im Leben so sehr geliebt hatten, wurden im Tod voneinander getrennt.

Ihre Familien wollten ihre Kinder für sich haben und betrauerten jedes von ihnen auf ihre eigene Weise. In der katholischen Kirche drängte sich eine große Trauergemeinde, die von Abby Abschied nehmen wollte. Barney wurde einen Tag später nach einem Gottesdienst in der presbyterianischen Kirche begraben, die zu klein war, um die riesige Menge der Trauernden zu fassen. Enid mußte während der Trauerfeier von Phillip gestützt werden. Sie war trotz ihrer schwachen Gesundheit gekommen, und obwohl sie physisch anwesend war, schienen ihr Geist und ihr Herz nicht zugegen zu sein.

Die Pembertons und die Andersons nahmen an beiden Trauerfeiern teil. Mrs. Anderson hatte die traurige Aufgabe, den McBrides mitzuteilen, daß Phillip keinen der McBrides auf der Beerdigung seines Sohnes zu sehen wünsche. Er machte Abby und ihre Familie für den Verlust seines Sohnes verantwortlich.

Die Tragödie erschütterte die Stadt und den gesamten Landkreis. Der Verlust der zwei jungen Menschen allein wog schon schwer genug, aber die Entzweiung der beiden betroffenen Familien verlieh der allgemeinen Trauer noch zusätzlichen Zündstoff. In den verschiedenen Grüppchen wurde heftig über das Unglück und seine Tragweite diskutiert, wobei die unterschiedlichen Weltanschauungen deutlicher als sonst zutage traten. Von den Alten konnte sich niemand erinnern, daß jemals ein Ereignis die Gemeinde auf ähnlich tragische Weise erschüttert und polarisiert hätte. Viele stimmten allerdings insgeheim überein, daß es eben zu nichts Gutem führen konnte, wenn man sich der Kirche, der Familie und den ungeschriebenen gesellschaftlichen Regeln widersetzte. Den polizeilichen Ermittlungen zufolge war ein Signalfehler für das Unglück verantwortlich gewesen.

Als Richie nach der gründlichen medizinischen Untersuchung endlich wieder zu Hause war, gab Gwen ihn kaum noch aus ihren Armen. Die übrigen Kinder unterstützten sie, wo sie nur konnten, sahen entzückt zu, wenn sie dem Kleinen die Flasche gab und halfen beim Baden. Ihre Begeisterung und ihre Freude ermöglichte es der Familie, mit dem Schmerz fertig zu werden und sich an den durch die Bedürfnisse des Säuglings veränderten Tagesablauf zu gewöhnen. Durch den Verlust ihrer Tochter wuchs Gwen deren Kind mit doppelter Liebe ans Herz.

Bob und sie verbrachten unzählige schmerzvolle

Stunden damit, immer wieder darüber nachzugrübeln, ob sie einen Fehler gemacht hatten. Hätten sie Abby von der Heirat mit Barney abbringen sollen? Vielleicht hätte es ihr das Herz gebrochen, aber immerhin wäre sie dann noch am Leben und bei ihnen. Gwen dachte den ganzen Tag an Abby und träumte nachts von ihr. Sie gelobte sich, in jeder Minute jedes einzelnen Tages an sie zu denken, als könnte sie ihr auf diese Weise immer nahe sein. Abends weinte sie sich in Bobs Armen in den Schlaf.

Ganz allmählich fügten sich die Scherben ihres Lebens jedoch wieder zusammen, und eine Art von Normalität kehrte ein. Die Kinder gingen zur Schule zurück, wo sie mit den Blicken und dem Geflüster der anderen fertig werden mußten. Bob arbeitete bis zum Umfallen, und Gwen kamen immer wieder die Tränen, weil so viele Dinge im Haus sie an Abby erinnerten. Das Lachen war aus ihrem Leben verschwunden. Die Lieder waren verstummt.

Auf Amba gab es nichts, was den Schmerz hätte lindern können. Enid versank in einer Schattenwelt und blieb immer öfter im Bett, die Hunde eng an sie gekuschelt. Ihre Gedanken fanden keine Ruhe, ihr Herz war gebrochen, und die zarten Bande, die sie wieder mit ihrem Glauben verbunden hatten, waren ein für alle Mal gerissen. Es gab keinen Gott, es gab auch keine Hoffnung.

Mrs. Anderson bemühte sich, sie zum Essen zu bewegen, mußte das Tablett mit den Mahlzeiten jedoch an den meisten Tagen unberührt in die Küche zurücktragen. Sie wandte sich besorgt an Phillip Holten, aber der war tief in Schuldgefühle und in die eigene Trauer verstrickt und konnte nur wenig ausrichten. Als Mrs. Anderson ihn fragte, was aus dem kleinen Richie werden sollte, raunzte er wütend: »Ich möchte in diesem Haus nichts mehr von dem Kind hören!«

Sechs Monate später hatte sich nur wenig verändert, aber Richie war zu einem gesunden kleinen Jungen herangewachsen, und sein fröhliches Lachen brachte etwas Licht in das Leben der McBrides. Sonntags kam meist Mrs. Anderson zu Besuch, gelegentlich wurde sie dabei auch von Jim begleitet. Einmal arbeitete sie auf Amba gerade im Gemüsegarten und erzählte Jim von Richies neuesten Fortschritten, als sie aufsah und Enid erblickte, die in der Tür stand und ihr zuhörte. Ertappt wandte Enid sich ab und ging nachdenklich in ihren Salon. Der kleine Zwischenfall bestärkte sie in ihrem Entschluß, Phillip auf eine Idee anzusprechen, die ihr schon seit geraumer Zeit im Kopf herumging.

»Störe ich?«

Phillip blickte überrascht von seinem Briefmarkenalbum auf, als er die Stimme seiner Frau hörte, die ihr Zimmer nur noch selten verließ – seit Barneys Tod hatte sie die meiste Zeit im Bett verbracht. »Aber nein, überhaupt nicht. Setz dich doch. Was gibt es denn?« Er bemerkte, daß seine Frau nervös ihre Hände knetete und einen eher verkrampften Eindruck machte. Sie wirkte sehr entschlossen, als sie vor ihm Platz nahm.

»Ich möchte etwas mit dir besprechen, Phillip. Ich habe nun schon seit einiger Zeit über etwas nachgedacht und habe eine Entscheidung getroffen.« Sie holte tief Luft, weil die Nervosität ihr die Brust zuschnürte. »Ich möchte, daß wir Barnards Sohn adoptieren. Ich glaube, hier gehört er hin. Zu uns.«

Phillip starrte sie zunächst entgeistert an, dann verfärbte sein Gesicht sich langsam dunkelrot: »Aber was redest du denn für einen Unsinn, Enid. An so etwas ist doch überhaupt nicht zu denken. Ich war damals dagegen und habe meine Meinung dazu nicht geändert. Wir müssen vergessen, daß dieses Mädchen jemals existiert hat«, stieß er verbittert hervor. Als er das enttäuschte Gesicht seiner Frau sah, fügte er etwas freundlicher hinzu. »Du kannst ihn nicht ersetzen, Enid. Er ist nun einmal nicht mehr da.«

»Es würde mich glücklich machen, Phillip.«

»Liebling, du hast überhaupt nicht die Kraft, dich um einen Säugling zu kümmern. In deinem Alter ...«

»Wir haben die Andersons ...«, sagte Enid, aber als sie sah, wie sich Phillips Miene verhärtete, geriet ihre Entschlossenheit ins Wanken.

»Und jetzt Schluß mit diesem Unsinn«, sagte er und hob abwehrend die Hand. »Setz dich zu mir und trink einen Sherry.«

Enid nahm gehorsam neben ihm Platz, und Phillip goß ihr einen Schluck der bernsteinfarbenen Flüssigkeit in ein kleines geschliffenes Glas.

Es war das letzte Mal, daß Enid versuchte, sich gegen ihren Mann durchsetzen. Von diesem Tag an begannen ihre heimliche Sympathie für Abby und ihre Schwachheit Phillip gegenüber, sich zu einem alles überwältigenden Gefühl der Schuld zu verdichten. Immer wieder redete sie sich ein, daß alles anders hätte kommen können, wenn sie nur die Willenskraft gehabt hätte, sich gegen Phillip durchzusetzen, als Barney seine Eltern darum gebeten hatte, ihm die Heirat mit Abby zu erlauben. Sie marterte sich mit Selbstvorwürfen, und ihr Gesundheitszustand wurde immer schlechter.

Auch die Andersons hatten unter der bedrückten Atmosphäre im Haus zu leiden, und eines Abends vertraute Mrs. Anderson ihrem Mann nach dem Essen an, daß sie zunehmend das Gefühl habe, in einem Leichenhaus zu arbeiten. »Ich weiß nicht, wie lange ich das noch ertragen kann, Jim. Es ist so deprimierend. Ich komme mir mittlerweile vor, als sei ich eine Krankenschwester und keine Haushälterin.«

»Wir können Mrs. Holten nicht im Stich lassen. Und ihn auch nicht. Überleg doch mal, Schatz, was würde Barney wohl sagen, wenn wir seine Eltern verlassen würden? Außerdem - wo sollen wir denn hin? Wir sind schon zu lange hier.«

»Wahrscheinlich hast du recht«, seufzte Mrs. Anderson. »Und ich würde es auch gar nicht ertragen, von meinem süßen kleinen Richie, meinem Sonnenschein, wegzuziehen. Ich muß immer an Barney denken, wie er als Baby war ...« Ihre Augen füllten sich mit Tränen, und als sie zu schluchzen begann, nahm Jim sie tröstend in die Arme.

Innerhalb von zwei Monaten hatte Enids Gesundheitszustand sich dramatisch verschlechtert. Ihre Herzrhythmusstörungen hatten so zugenommen, daß sie ins Krankenhaus eingewiesen werden mußte. Phillip saß den größten Teil des Tages an ihrem Bett, während sie nach Atem rang. Die Ärzte machten ihm wenig Hoffnung. In klaren Momenten kannte sie nur ein Thema – das Kind. Phillip konnte es beinahe nicht mehr ertragen, aber das Mitgefühl für seine Frau zwang ihn, ihr zuzuhören und auf sie einzugehen.

Eines Tages saß er am späten Nachmittag bei ihr, als sie plötzlich die Augen öffnete, die unnatürlich glänzten, und ihn durchdringend ansah. Sie nahm seine Hand und drückte sie mit überraschender Kraft. »Phillip«, flüsterte sie heiser. »Ich hätte das Kind so gern bei mir gehabt ... wollte es liebhaben. Es ist ein Teil von mir, Phillip, und auch von dir ... verstehst du? Es braucht unsere Liebe.«

Die Anstrengung erschöpfte sie, ihre Hand fiel zur Seite, und einen Moment lang sah es so aus, als würde sie einschlafen. Dann schlug sie die Augen wieder auf und suchte nach Phillips Blick. »Wir alle brauchen Liebe. Liebe ist das einzig Wichtige in dieser Welt ... verstehst du das, Phillip?«

Er griff nach ihrer Hand »Ja, Liebling«, sagte er eilig. Er wollte sie beruhigen, obwohl er nicht wirklich begriff, was sie ihm sagen wollte. »Enid, Liebling, du solltest dich nicht aufregen. Ruh dich doch etwas aus.«

Sie schloß die Lider, und Phillip blieb noch etwas bei ihr sitzen, um dann aufzustehen und nach der Schwester zu suchen. Als er zurückkam, war Enid friedlich entschlummert.

Die Schwester fühlte nach ihrem Puls und warf Phillip dann einen Blick zu: »Es tut mir leid, Mr. Holten.«

»Sie hatte keine Schmerzen«, erwiderte Phillip, der nicht wußte, was er sonst hätte sagen sollen. Er küßte seine Frau auf die Stirn und ging dann mit gebeugtem Kopf langsam aus dem Zimmer.

Verbittert und allein in seinem Kummer, vergrub Phillip sich in seine Arbeit auf der Farm und lehnte alle Einladungen der Pembertons oder anderer Bekannter ab, sie doch zu besuchen oder zum Essen zu bleiben. Mit den Andersons sprach er nur das Allernotwendigste. Er konnte einfach nicht fassen, was aus seinem Leben geworden war. Bald galt er als Einzelgänger, als einsamer und verbitterter alter Mann.

In der Stadt wurde über seinen Haß auf die McBrides geredet – er gebe der Familie die Schuld dafür, daß er erst seinen Sohn und nun auch seine Frau verloren hatte. Aber die Klatschmäuler konnten nicht ahnen, was Phillip Holten wirklich quälte. An den langen einsamen Abenden, die er allein in der dämmerigen Bibliothek verbrachte, starrte er in die Dunkelheit hinaus und grübelte darüber nach, wie er aus den Trümmern seines Lebens noch etwas Sinnvolles erschaffen könnte. Immer wieder hörte er Enids Stimme:

»Ich hätte das Kind so gern bei mir gehabt ... wollte es liebhaben. Es ist ein Teil von mir, Phillip, und auch von dir ... es braucht unsere Liebe.«

Immer wieder klangen diese Worte in seinen Ohren, wie eine Schallplatte, die hängengeblieben ist – und dann beschloß er zu handeln.

Die Schersaison war gerade beendet, da erhielten die McBrides ein Schreiben von einem Rechtsanwalt aus Sydney. Als Bob den Brief las, verhärteten sich seine Gesichtszüge, und seine Hände begannen vor Wut zu zittern.

»Das kann er nicht tun«, stieß er hervor. »Ich kann es nicht fassen. Er kann uns Richie nicht wegnehmen.«

Gwen riß ihm den Brief aus den Händen und las ihn selbst. Während sie versuchte, das Unfaßbare zu begreifen, ließ sie sich in den Rohrstuhl auf der Veranda sinken – Phillip Holten leitete rechtliche Schritte ein, um das Sorgerecht für seinen Enkel zu erhalten.

Sie sah Bob an. Einen Augenblick lang war sie sprachlos. Dann schloß sie die Augen und sagte ein stilles Gebet.

»Mit welchem Recht, frage ich dich? Wie kommt er dazu?« schnaubte Bob.

»Vielleicht hat er ja dasselbe Recht wie wir, Schatz«, entgegnete Gwen leise. »Es gibt kein Testament. Wir haben uns doch nie um die rechtliche Seite gekümmert, weil wir einfach davon ausgegangen sind, daß ...«

»Das hört sich ja an, als wolltest du es zulassen«, sagte Bob verwirrt. »Sollen wir uns denn nicht wehren ...?«

»Es wird am besten sein, wir wenden uns an Pfarrer O'Leary.«

Pfarrer O'Leary, der sich in Sydney mit dem Anwalt getroffen hatte, erschien anschließend mit düsterer Miene bei den McBrides. »So wie es aussieht, könnte das ein sehr kostspieliger Rechtsstreit werden, und Ihre Chancen stehen gar nicht gut. Holten behauptet, er könne dem Jungen eine bessere und sicherere Zukunft bieten.«

»Aber was ist mit Liebe. Wer soll seine Mutter sein?« fragte Gwen unter Tränen.

Pfarrer O'Leary nahm tröstend ihre Hand. »Er hat Mrs. Anderson, die schon Richies Vater aufgezogen hat. Außerdem spricht er davon, daß er ein Kindermädchen und eine Hauslehrerin einstellen will, die auf der Farm leben sollen.«

»Aber warum? Warum tut er uns das nur an?« schluchzte Gwen.

»Er ist einsam, er fühlt sich schuldig, und er haßt uns«, antwortete Bob bitter.

»Na, na, Bob«, beschwichtigte Pfarrer O'Leary. »Schuldzuweisungen helfen jetzt niemandem weiter. Aber ein gemeinsames Gebet könnte helfen. Wollen Sie mit einstimmen?« Die drei senkten die Köpfe und beteten für Richie, daß Gott ihn beschützen möge, für die Seelen seiner Eltern und auch für Phillip Holten.

Gwen ging zu Sarah Pemberton, weil sie hoffte, sie könnte vielleicht helfen. Vor allem aber hatte sie das Bedürfnis, ihren Kummer mit einer anderen Frau zu teilen.

Sarah hatte großes Mitgefühl, aber sie machte Gwen ebenfalls darauf aufmerksam, daß Phillip am längeren Hebel saß. »Er besitzt nicht nur mehr Geld, sondern trotz seines merkwürdigen Verhaltens auch immer noch großen Einfluß und könnte Ihnen das Leben sehr schwer machen, falls Sie versuchen sollten, mit dem Baby wegzuziehen. Wenn Sie bleiben, wohnen Sie wenigstens in Richies Nähe, und das ist sehr wichtig ... uns sind Sie hier auf Anglesea jedenfalls auch weiterhin herzlich willkommen, da kann ich auch für Keith sprechen.«

»Danke, Sarah.« Gwens Lippen zitterten, dann legte sie den Kopf auf ihre Arme, die auf dem Tisch lagen, und brach in lautes Schluchzen aus. Sarah gab ihr Zeit, sich auszuweinen, und strich ihr immer wieder über den Rücken, bis sie sich gefaßt hatte.

»Bitte entschuldigen Sie, Sarah. Mir wird das alles einfach zuviel. Es ist so schwer zu ertragen ... auch weil wir wissen, daß es das letzte ist, was Abby gewollt hätte.«

Obwohl die McBrides wochenlang alle möglichen verzweifelten Versuche unternahmen, um Phillip Holten von seinem Plan abzubringen, mußten sie schließlich einsehen, daß sie keine Möglichkeit hatten, Richie bei sich zu behalten. Gwen hatte sogar Mrs. Anderson gebeten, mit ihrem Arbeitgeber zu sprechen, um ihm eindringlich klarzumachen, wie grausam es wäre, den mittlerweile fast Einjährigen aus seiner vertrauten Umgebung zu reißen.

»Da könnte ich genausogut gegen eine Wand reden. Er hat schon ein Kindermädchen engagiert und mir verboten, mit Ihnen über Richie zu sprechen. Ich fürchte, wenn der Junge erst einmal hier ist, wird Mr. Holten Ihnen auch nicht gestatten, ihn noch zu sehen.«

Als Gwen das hörte, brach sie in Tränen aus.

»Ich kann Ihnen nur versichern, daß Jim und ich ihm unsere ganze Liebe geben und immer wieder von Ihnen allen erzählen werden. Vielleicht besinnt sich Mr. Holten im Laufe der Zeit. Er ist ein starrköpfiger Mann, geben Sie ihm Zeit, das ist alles, was ich Ihnen raten kann.«

Das war kein großer Trost für Gwen. Sie drückte den kleinen Richie, den Ihre Tränen und die Aufregung verwirrten und erschreckten, fest an sich. Schließlich riefen sie und Bob ihre Kinder zusammen, um ihnen die Situation zu schildern. Sie gaben sich Mühe, sachlich zu bleiben.

»Wir haben uns, aber Mr. Holten hat niemanden, und schließlich ist er auch Richies Großvater«, sagte Bob. »Auf Amba kann er ihm eine bessere Zukunft bieten, ihn auf eine gute Schule schicken und so weiter.«

»Was ist denn an unserem Leben oder unserer Schule so schlecht?« verlangte Kevin zu wissen.

Die Mädchen begannen zu weinen, und auch Gwen liefen wieder die Tränen herunter. Brian, der nicht ganz begriff, warum seine Mutter so unglücklich war, kletterte auf ihren Schoß und schlang seine kleinen Ärmchen um sie.

Schließlich kam der Tag, an dem das nüchterne Schreiben des Gerichts eintraf, mit der Ankündigung, das Kind werde am folgenden Dienstag abgeholt. Gwen versuchte, den Kindern den Abschied zu erleichtern, indem sie versprach, sie würden Richie schon an Weihnachten wiedersehen. Jedes der Geschwister küßte und umarmte den Kleinen noch einmal, und der winkte ihnen fröhlich nach, als sie sich schluchzend auf den Schulweg machten. Brian wurde zu den Pembertons geschickt, wo er unter Sarahs Aufsicht spielen konnte und nicht mitbekam, wie Richie weggebracht wurde. Dann setzten Gwen und Bob sich still hin und warteten.

Der Wagen hielt vor dem Haus und die Kinderfrau – eine reizlose Frau um die Dreißig – sowie ein Mann im dunklen Anzug stiegen aus. Gwen stand mit Richie im Arm am Tor. Bob trat vor und übergab dem Mann den kleinen Pappkoffer mit Richies Kleidung und ein paar Spielsachen. Nachdem er die Einverständniserklärung unterschrieben hatte, winkte er Gwen heran. Mit einem Lächeln streckte die Kinderfrau die Arme nach Richie aus, der sich jedoch abwendete und das Köpfchen an Gwens Schulter verbarg. Gwen liefen die Tränen über das Gesicht, sie konnte Abbys Baby nicht weggeben.

Bob nahm ihr den Jungen aus den Armen. »Mach es dir nicht noch schwerer, Liebling.« Er gab Richie einen Kuß und reichte ihn dann an die Kinderfrau weiter. »Sei ein braver Junge, Kumpelchen«, flüsterte er mit tränenerstickter Stimme.

Die Frau mußte schlucken. »Ich werde mich gut um ihn kümmern. Bitte glauben Sie mir das.«

Als sie in den Wagen stieg, begann Richie zu brüllen. Er strampelte und streckte seine molligen Ärmchen nach Gwen aus, als er begriff, daß sie nicht mitkommen würde.

Bob drückte Gwens Hand, als der Wagen losfuhr. »Richie ...«, schrie Gwen auf, als sie sein weinendes Gesichtchen an der Fensterscheibe sah.

Bob legte die Arme um sie und drückte sie fest an sich, als sie sich zu befreien versuchte, um dem Wagen nachzulaufen. Als ihre Gegenwehr nachließ und sie schließlich nur noch still vor sich hin schluchzte, führte er sie ins Haus, setzte sie in der Küche auf einen Stuhl und begann Tee zu kochen.

Am selben Tag noch, aber erst sehr viel später, entdeckte Gwen, daß sie vergessen hatten, Richie die Spielzeuglokomotive mitzugeben, die Mr. Richards ihm geschnitzt hatte.

Bob stellte sie auf den Kaminsims. »Wir schicken sie ihm rüber. Abby hat sich so darüber gefreut ...«

Das war zuviel für ihn. Er preßte die Stirn gegen

den kalten Stein, und seine Schultern hoben und senkten sich, als er seinem Kummer und seiner Verzweiflung endlich freien Lauf ließ.

# ACHTZEHNTES KAPITEL

Drei Weihnachten vergingen. Jedes Jahr, wenn der Weihnachtsstern seine leuchtend roten Blüten trug, legten die McBrides einige davon zusammen mit anderen Wildblumen auf die Gräber von Abby und Barney. Mit der Zeit war der Schmerz erträglicher geworden, aber jedesmal, wenn sie an den kleinen Richie dachten, der allein auf Amba lebte – und sie dachten oft an ihn –, drängte die Traurigkeit wieder an die Oberfläche.

Seit dem Tag, als er Gwen aus den Armen genommen worden war, hatten sie keinen Kontakt mehr mit ihm gehabt. Gwen und Bob gaben sich Mühe, ihre Kinder und sich selbst davon zu überzeugen, daß er auf Amba viel bessere Zukunftsaussichten habe. Sie hätten ja wenigstens einander, während Phillip Holten ganz allein war. Aber alle Vernunft war machtlos gegen Gwens Sehnsucht, das Kind ihrer Tochter wieder in die Arme nehmen zu können.

Die Jahre waren unendlich langsam vergangen, und Gwen fühlte sich viel älter, als sie eigentlich war. Ihr fiel auf, daß die Trauer auch in Bobs Gesicht tiefe Spuren hinterlassen hatte. Die beiden hatten im Laufe der Jahre immer wieder versucht, Richie wiederzusehen, und waren jedesmal von Phillip Holten abgewiesen worden. Richie verbrachte die meiste Zeit auf Amba, und sie hätten wohl gar nichts mehr von ihm erfahren, wenn Mrs. Anderson sie nicht von Zeit zu Zeit besucht und ihnen von seiner Entwicklung berichtet hätte.

Einmal, es war mittlerweile etwa ein Jahr her, überquerte Gwen die Haupstraße in der Stadt, und Phillip Holtens Wagen fuhr an ihr vorüber, am Steuer ein Mann, den sie nicht erkannte. Sie erhaschte einen flüchtigen Blick auf das traurige Gesicht des kleinen Jungen auf dem Rücksitz und blieb mitten auf der Straße stehen, als ihr klar wurde, daß es Richie gewesen war. Sie mußte sich mit aller Kraft zusammenreißen, um dem Auto nicht hinterherzulaufen. Alles in ihr drängte danach, den Wagen einzuholen, ihre Einkaufstasche gegen das Fenster zu schlagen, die Tür aufzureißen und ihren kleinen Enkelsohn zu befreien.

Erst ein höfliches Hupen hinter ihr riß sie aus ihrer Versunkenheit und machte ihr bewußt, daß sie immer noch wie gelähmt auf der Fahrbahn stand. Gwen ging langsam auf die andere Seite hinüber und sank im Café auf einen Stuhl. Es brachte sie schier um den Verstand, zu wissen, daß er so nah war und seine Familie doch nicht sehen durfte. Gwen hatte sich mehrmals mit Mrs. Anderson getroffen, die ihr berichtete, was für ein aufgeweckter und fröhlicher Junge Richie war, wie er die Farmarbeiter mit seinen Streichen begeisterte und daß er bereits im Internat angemeldet war, das er mit acht Jahren besuchen würde. Falls Phillip Holten etwas von diesen Treffen wußte, schenkte er ihnen jedenfalls keine Beachtung. Mr. und Mrs. Anderson liebten Richie über alles. Phillip Holten weigerte sich dagegen, auf seinen Enkel einzugehen und sich über die Gesellschaft des Kindes zu freuen. Statt dessen vergrub er sich auch weiterhin in die Trauer um seine Frau und seinen Sohn.

Phillip litt allein. Mit den Andersons, dem Kindermädchen oder den Arbeitern auf der Farm sprach er nicht mehr als nötig. Abends saß er stundenlang einsam in der Bibliothek. Seit der Junge größer geworden war, nahm er das Abendessen mit ihm ein, um seine großväterlichen Pflichten zu erfüllen, aber abgesehen davon, daß beide sich an diese Regelung gewöhnt hatten, konnte man nicht behaupten, daß sie besondere Freude dabei empfanden. Phillip fühlte sich unwohl, weil er mit der kleinen Gestalt am anderen Ende der Tafel nichts anfangen konnte. Seine Versuche, ein Gespräch in Gang zu bringen, wirkten angestrengt und ähnelten eher einer höflichen Befragung denn einer Unterhaltung.

Richie fühlte sich in Gegenwart dieses autoritären Mannes, der so kalt und humorlos wirkte, ebenso unwohl. Meistens nutzte Phillip die Gelegenheit, um erzieherisch auf seinen Enkel einzuwirken und ihm Manieren beizubringen. Richie hingegen beschäftigte sich während der Mahlzeiten heimlich mit einem Spiel, das er von Jim Anderson gelernt hatte. Er versuchte, sich alle Gegenstände im Raum genau einzuprägen, und fügte seiner Liste jeden Abend ein weiteres Objekt bei. Wenn er dann am nächsten Tag in seinem Lieblingsversteck in der Scheune saß, versuchte er sie alle wieder aufzuzählen. Gelegentlich suchte er sich dabei einen Gegenstand aus, für den er noch kein Wort wußte, und dann erkundigte er sich leise bei seinem Großvater danach. »Welches Glasding meinst du, Richard?« fragte Phillip überrascht und drehte sich suchend zum Beistelltisch um. »Ach, das. Das ist eine Karaffe. Man füllt Portwein hinein. Wenn du erwachsen bist, darfst du auch einmal Portwein trinken.« Der Junge fragte sich, was Portwein war, hob sich diese Frage jedoch für einen anderen Abend auf. Für Phillip waren diese kurzen Gespräche der Höhepunkt der Mahlzeit und hoben seine Laune beträchtlich.

Aber an den meisten Abenden saß er nach dem Essen allein in seinem Arbeitszimmer und empfand es als zunehmend schwieriger, die düsteren Gedanken abzuwehren, die ihn zu ersticken drohten. Er wußte, daß er sich dem Jungen gegenüber offener verhalten sollte, konnte sich jedoch nicht dazu durchringen, weil er fürchtete, damit wieder die alten Wunden aufzureißen. Der Schmerz war leichter zu ertragen, wenn er den McBrides die Schuld am Tod von Barney und Enid gab. Aber in letzter Zeit durchzuckte ihn immer öfter der schreckliche Gedanke, daß er für den Tod der beiden verantwortlich sein könnte ... er hatte seinem Sohn den Rücken zugekehrt und ihn in den Tod geschickt ... sich geweigert, den innigsten Wunsch seiner Frau zu erfüllen, weshalb sie allen Lebenswillen verlor und starb. Seine Schuld war nicht wie erhofft gesühnt worden, indem er Richie nach Amba geholt hatte. Es gab keine Hoffnung auf Erlösung, keinen Seelenfrieden. Nichts, was den Schmerz lindern könnte.

Er dachte an seinen strengen und unerbittlichen Vater zurück, den er kaum gekannt hatte, und machte sich bewußt, wie wenig er von seinem eigenen Sohn gewußt hatte und nun von seinem Enkel. Die Geschichte wiederholte sich, aber er fühlte sich außerstande, den Kreislauf zu durchbrechen.

Am vierten Advent sah Sarah Pemberton nach der Kirche noch bei den McBrides vorbei. Wie sehr die Familie mittlerweile doch zu Anglesea gehörte. Sie konnte sich überhaupt nicht mehr vorstellen, wie sie die Arbeit ohne sie geschafft hatten. Hoffentlich haben sie nicht vor, jemals wegzuziehen, überlegte sie sich.

»Was machen die Weihnachtsvorbereitungen, Gwen? Bestimmt hat wieder der halbe Landkreis bei Ihnen Kuchen bestellt.«

Bevor Gwen antworten konnte, verkündete Bob mit breitem Grinsen: »Ganz genau. Heute Nachmittag erwarten wir die zweite Lastwagenladung Rosinen.« Sie lachten, und Bob fuhr mit gespieltem Ernst fort: »Wir haben beschlossen, in die Stadt zu ziehen ... um eine Kuchenbäckerei zu eröffnen. Zur Abwechslung kann sich ja auch mal Gwen um den Broterwerb kümmern.«

»Unterstehen Sie sich«, warnte ihn Sarah und fuchtelte streng mit dem Zeigefinger. »Außerdem war das kein besonders gelungener Scherz, Bob. Haben Sie schon gehört, was dieses Jahr an Weihnachten los sein wird? Die Landfrauenvereinigung organisiert unten auf der Gemeindewiese einen weihnachtlichen Liederabend bei Kerzenschein. Ist das nicht ein toller Einfall?«

»Wenn sich das Wetter hält, schon«, erwiderte Gwen. »Aber wenn es regnet, passen unmöglich alle in den Gemeindesaal.«

Bob beschäftigte sich mit der Zigarette, die er gerade drehte, und Sarah ahnte sofort, an was die beiden gerade dachten.

»Sie kommen doch, oder?« fragte sie leise. »Das wird ein wundervoller Familienabend. Die Kinder haben immer einen Riesenspaß, wenn sie Kerzen anzünden und Weihnachtslieder singen dürfen.«

Bob und Gwen sahen sich kurz an. »Natürlich kommen wir«, verkündete Bob mit fester Stimme. »Die ganze McBride-Familie wird dasein und aus voller Lunge mitsingen.«

Gwen lächelte, erleichtert darüber, daß sie die Entscheidung nicht treffen mußte.

Der für Australien typische Dezembermorgen brachte die versprochene Wärme, tiefblauen Himmel, zwitschernde Vögel und Sonnenstrahlen, die durch das Laub der Eukalyptusbäume den Boden mit Licht sprenkelten – ein Morgen, der nur Gutes versprach.

Mr. Richards summte vor sich hin, während er in Richtung Anglesea fuhr. Es ist nur ein staubiger Feldweg, dachte er, aber er führt zu einem Heim, das von Liebe erfüllt ist. Dieser Gedanke stimmte ihn fröhlich, obwohl es sein erster Besuch war, seit Abby und Barney verunglückt waren, und er wußte, daß es ohne sie nicht dasselbe sein würde.

Er parkte und trat auf die Veranda, wo ihn Brian und die Zwillinge überfielen, die hinter den Rohrstühlen versteckt auf ihn gelauert hatten. Sie nahmen ihn an der Hand und führten ihn ins Haus. »Jemand da?« rief er.

Überglücklich, ihn wiederzusehen, stürzte Gwen aus der Küche und rieb sich die mehligen Hände an der Küchenschürze ab.

»Warum haben Sie Ihren Besuch nicht angekündigt? Brian, geh doch mal Kevin und Dad suchen und sag ihnen, daß Mr. Richards hier ist. Ach, ich freue mich so, Sie wiederzusehen.«

Brian stürzte los, die Zwillinge im Schlepptau. Mr. Richards sah Gwen an. Die Freude über das Wiedersehen hatte auch andere Gefühle in ihr wach werden lassen. Ihre Augen sagten alles, und als sie sich mit Tränen füllten, legte er sanft die Arme um sie. Er ließ sie weinen und führte sie dann in die Küche, wo sie sich an den Tisch setzten, auf dem die verschiedenen Zutaten für die Hackfleischpastete ausgebreitet lagen.

Gwen trocknete sich mit dem Schürzenzipfel die Augen. »Vielen Dank für Ihren Brief«, sagte sie schniefend. Mr. Richards hatte ihnen, gleich nachdem er von Abbys Tod erfahren hatte, geschrieben. »Er hat uns sehr getröstet. Ich lese ihn auch jetzt immer wieder.«

»Es tut mir sehr leid, daß ich seitdem nicht mehr vorbeikommen konnte, aber ich habe im Outback gearbeitet, alte Freunde besucht und hatte viel zu erledigen.« Er holte seine Pfeife aus der Westentasche, stopfte sie und zündete sie an. »Bruder John bin ich übrigens ein paarmal begegnet. Witziger Bursche. Braust immer noch auf seinem Motorrad durch die Gegend und wirbelt dabei viel Staub auf. Ich soll Sie herzlich grüßen.« Er schwieg, zog an seiner Pfeife und fragte dann leise: »Wie geht es dem Jungen?«

Gwen mußte sich zusammennehmen, um nicht erneut von ihren Gefühlen überwältigt zu werden, während sie ihm die Geschichte erzählte und versuchte, ihm in rosigen Farben auszumalen, wie gut man sich auf Amba um Richie kümmerte und welche Chancen ihm dadurch offenstünden. Mr. Richards hörte zu, sagte jedoch nichts, sondern nickte nur gelegentlich bestätigend. Als sie ihren Bericht beendet hatte, nahm er die Pfeife in die Hand und beugte sich vor. »Aber es tut immer noch weh, nicht wahr? Besonders jetzt um diese Jahreszeit.«

Gwen nickte, sagen konnte sie nichts, weil sie Angst hatte, wieder in Tränen auszubrechen. Dann riß sie sich zusammen. »Richie spielt übrigens begeistert mit Ihrer Lokomotive. Mrs. Anderson hat ihm von Ihnen erzählt.«

Mr. Richards freute sich sichtlich. »Sieh mal einer an. Ich sollte vielleicht vorbeisehen und dem Jungen hallo sagen, bevor ich weiterziehe.«

»Bleiben Sie denn nicht über Weihnachten?«

»Tja, ich muß noch ein paar Leute besuchen, im Auftrag von Bruder John. Aber ich könnte bis Weihnachten zurück sein, wenn sie noch einen Platz am Tisch frei haben.«

»Für Sie immer«, antwortete Gwen, und ihr Gesicht erhellte sich bei dem Gedanken, daß er mit ihnen feiern würde. »An Heiligabend findet übrigens ein großes Weihnachtssingen auf der Gemeindewiese statt. Es sind nur die Leute aus der Umgebung, aber es wird bestimmt sehr schön.«

»Weihnachtslieder auf der Gemeindewiese. Das klingt gut. Ich bin auf jeden Fall dabei.«

Am späten Nachmittag teilte Mrs. Anderson Phillip mit, daß Mr. Richards auf ihn warte. Phillip hatte mitgeholfen, eine Herde Schafe von einer Weide auf die nächste zu treiben, und war gerade erst auf die Veranda getreten, um sich die Stiefel auszuziehen.

Er war selbst überrascht, wie sehr er sich über den Besuch freute. »Vielen Dank, Mrs. Anderson«, sagte er. »Danke.« Zu ihrem großen Erstaunen ging er dann auf Strümpfen davon, um den Gast zu begrüßen. »Servieren Sie uns doch bitte Tee in der Bibliothek«, rief er noch über die Schulter.

Er schüttelte Mr. Richards erfreut die Hand und führte ihn ins Haus, wobei er sich wegen der Socken plötzlich doch unbehaglich fühlte. »Habe draußen bei den Schafen zu tun gehabt«, erklärte er, und Mr. Richards lächelte.

»Das ist handfeste Arbeit, Mr. Holten. Erzählen Sie, wie ist es Ihnen ergangen?«

»Setzen Sie sich doch bitte und holen Sie ruhig Ihre Pfeife heraus, wenn Sie wollen. Tja, was soll ich sagen? Mir geht es ganz gut, soweit. Gesund bin ich jedenfalls«, gab Phillip ausweichend zur Antwort. »Und selbst?«

»Och, für einen alten Kerl, der nicht stillsitzen kann, halte ich mich ganz gut.« Mit erhobenen Augenbrauen fügte er hinzu: »Muß da oben wohl jemanden geben, der auf mich aufpaßt.«

Die beiden tauschten sich kurz über den Preis für Wolle und Vieh aus, redeten darüber, daß die Weiden einen regenreichen Sommer nötig hätten, um sich zu erholen, und freuten sich über die allgemein gute wirtschaftliche Lage des Landes. Phillip fühlte sich so entspannt wie schon seit langem nicht mehr, als Mrs. Anderson mit Tee und Weihnachtskuchen ins Zimmer kam.

»Ich habe mir erlaubt, den Kuchen etwas früher als gewöhnlich anzuschneiden, Mr. Holten, weil Mr. Richards doch so ein besonderer Gast ist«, erklärte sie. »Und dann habe ich Richie Bescheid gesagt, er soll runterkommen, um sich sein Stückchen Kuchen zu holen und Mr. Richards guten Tag zu sagen. Ach, Mr. Richards, er ist inzwischen so ein süßer kleiner Junge geworden. Er hat gerade erst wieder Geburtstag gehabt.«

Bevor Phillip sich mit dem leichten Gefühl der Panik beschäftigen konnte, das in ihm aufzusteigen begann, klingelte in der Diele das Telefon. Er sprang auf die Füße. »Ich gehe schon, Mrs. Anderson.«

In dem Augenblick, in dem er aus dem Zimmer eilte, erschien Richie an der gläsernen Verandatür, sah in die Bibliothek und drückte seine Holzlokomotive an sich.

»Komm doch rein, Spätzchen. Hast du wieder mit der Lokomotive im Sand gespielt? Jetzt komm schnell, ich bürste dir den Schmutz ab und wische deine Hände an meiner Schürze sauber.«

Während Mrs. Anderson sich an ihm zu schaffen machte, beobachtete der Kleine Mr. Richards aus dem Augenwinkel. Mr. Richards zwinkerte ihm zu und lächelte.

»So, fertig«, verkündete Mrs. Anderson. »Jetzt bist du sauber genug, um Mr. Richards zu begrüßen und ein Stückchen Kuchen zu essen.«

Richie drehte sich um und sah den alten Mann an, musterte dessen wettergegerbtes Gesicht, das dichte graue Haar, den Vollbart und die klaren blauen Augen. Er verzog den Mund zu einem scheuen Lächeln.

»Hallo, junger Mann. Als ich dich das letzte Mal gesehen habe, warst du nichts als ein kleines Bündel in einer Decke und jetzt bist du schon fast ein richtiger kleiner Schafzüchter«, sagte Mr. Richards freundlich und betrachtete den Jungen von oben bis unten. »Ah ... von Abby hat er Augen und Mund geerbt, dafür hat er aber Barneys Stirn und sein entschlossenes Kinn.«

»Vielen Dank«, bedankte Richie sich höflich bei Mrs. Anderson, die ihm ein Stück Kuchen reichte. Dann ging er los, setzte sich neben Mr. Richards auf die Couch und ließ die Beinchen baumeln. Zwischen zwei Bissen sah er auf und sagte: »Sie haben meine Lokomotive gemacht, nicht wahr?«

»Das stimmt. Und es freut mich zu sehen, daß sie immer noch tuckert.«

»Damit spiele ich am liebsten.«

»Na, ich tuckere jetzt auch am besten mal los und bringe Jim seinen Tee und ein Stück Kuchen«, kicherte Mrs. Anderson. »Dann könnt ihr beiden euch in Ruhe unterhalten.«

»Wann haben Sie sie gemacht?« fragte Richie und strich mit der Hand über das Holz.

»Vor deiner Geburt. Ich habe sie deiner Mama gegeben.«

»Sie hat einen Unfall gehabt und ist tot, wissen Sie. Und mein Daddy auch.«

Mr. Richards nahm seine Hand. »Ja, das weiß ich«, sagte er leise. Dann fragte er lächelnd: »Womit spielst du denn sonst noch gern?«

Der Junge zögerte und sah dem alten Mann dann in die Augen. Etwas in seinem Blick machte ihm Mut. Obwohl er schon geschimpft worden war, weil er verbotenerweise an die Regale der Bibliothek gegangen war, ließ er die tröstliche Hand los, marschierte zum Schrank, schloß ihn auf und wählte sorgfältig eines der Bücher aus. Er blieb einen Moment lang stehen, hielt das Buch in der Hand und strich behutsam über das Bild auf dem Titel, bevor er sich umdrehte und wieder zum Sofa zurückging. »Damit.«

*»Sieben kleine Australier«*, las Mr. Richards den Titel. »Und warum gerade damit?«

Richie blätterte langsam die Seiten um, und in diesem Augenblick erschien Phillip wieder in der Tür. Mit einem Blick sah er, daß die Türen des Bücherschranks offenstanden und daß die beiden, die mit dem Rücken zu ihm auf dem Sofa saßen, offensichtlich in ein Buch schauten. Er blieb wie erstarrt in der Tür stehen.

»Ich schaue mir die Bilder an«, erklärte Richie gerade mit ernster Stimme. »Das hier ist das schönste. Ich schaue es mir immer an.« Seine Unterlippe zitterte leicht, als er auf die Schwarzweißzeichnung einer großen Familie blickte, die fröhlich in einem Wohnzimmer beisammensaß.

»Aha. Weißt du, ich habe das Buch schon einmal gelesen. Es handelt von einer großen Familie mit sieben Brüdern und Schwestern, die sich alle sehr liebhaben.«

»Ich hätte auch gern Geschwister.«

»Aber du hast doch andere Menschen, die du liebhaben kannst, oder etwa nicht?«

»Doch, Mrs. Anderson und Jim, die hab ich lieb.« Er schwieg einen Moment. »Und Diet und Tucker.« Er schwieg wieder und überlegte. »Und kleine Lämmer mag ich auch.« Aber so sehr er auch nachdachte, es war klar, daß das alles nicht mit der Familie zu vergleichen war, die er auf dem Bild vor sich sah.

»Und deinen Großvater, den hast du doch sicher auch lieb?«

Richie zögerte und sagte dann sehr langsam und gedehnt: »J...a.«

»Er braucht nämlich ganz viel Liebe von dir, weißt du, Richie. Als dein Dad den Unfall hatte und deine Großmutter gestorben ist, hat auch er seine Familie verloren.«

Richie hatte keine Zeit, diesen Gedanken zu verarbeiten, weil Phillip sich in diesem Augenblick räusperte und das Zimmer betrat. Der Junge schlug die Seite rasch zu und wollte das Buch gerade hinter seinem Rücken verstecken, als Phillip freundlich sagte: »Wenn du möchtest, kannst du es behalten, Richard.«

»Wirklich, Großvater? Ich kann es behalten?«

»Aber natürlich. Du mußt nur gut darauf aufpassen.«

Richie sprang sofort auf, lief zu seinem Großvater und verblüffte ihn mit einer Umarmung, dann stürmte er aus dem Zimmer und rief nach Mrs. Anderson, um ihr zu erzählen, was passiert war.

Die beiden Männer widmeten sich wieder ihrem Tee und dem Kuchen.

»Ein prächtiger kleiner Bursche, den Sie da haben, Mr. Holten. Er macht sich wirklich sehr gut.«

Phillip war tief gerührt, bemühte sich jedoch, gelassen zu wirken. »Vielen Dank. Natürlich ist es nicht einfach ohne eine Familie, die mithelfen kann.«

Sie unterhielten sich noch etwa eine Stunde lang, und als sein Gast verkündete, er müsse sich jetzt wieder auf den Weg machen, da er noch eine lange Fahrt vor sich habe, reagierte Phillip sehr betrübt.

»Ich hoffe, Sie sehen mal wieder bei uns vorbei. Es ist immer ein Vergnügen, sich mit Ihnen zu unterhalten Mr. Richards.«

»Ich habe sowieso versprochen, in ein paar Tagen wiederzukommen, um am Weihnachtssingen auf der Gemeindewiese teilzunehmen«, erwiderte er, als Richie und Mrs. Anderson ins Zimmer kamen. »Ach, da kommt ja auch schon der junge Schafzüchter, um sich zu verabschieden.«

Richie drückte seine Spielzeuglokomotive mit einer Hand fest an sich und streckte die andere aus, um Mr. Richards auf Wiedersehen zu sagen. »Danke für die Lokomotive. Meine Lokomotive habe ich nämlich auch sehr lieb.«

»Da freue ich mich aber, so etwas zum Abschied zu hören«, sagte Mr. Richards. Dann kniete er sich vor den Jungen, sah ihm in die Augen und sagte mit leiser Stimme, als verrate er ihm ein Geheimnis: »Weißt du, was man tut, wenn man etwas sehr liebt? Man teilt es.«

»Sie meinen, daß man jemand anderes damit spielen läßt?« fragte der Junge unsicher.

»Genau. So ungefähr.« Mr. Richards beugte sich vor, flüsterte kurz etwas in Richies Ohr und zog sich dann mit einem Zwinkern wieder zurück. Richie lächelte und versuchte zurückzuzwinkern.

Beim Abendessen war Phillip sehr entspannt. Er freute sich, als Richie bei Tisch erschien und lächelte über die Vorsicht, mit der der Junge das Buch neben seinen Teller legte. Zum ersten Mal fiel es ihm leicht, ein Gespräch mit seinem Enkel zu führen. Sie machten ein paar Scherze über Mr. Richards Bart und darüber, daß er ein bißchen so aussah wie der Weihnachtsmann, stellten Vermutungen an, was Richie wohl zu Weihnachten bekommen würde, lobten Mrs. Andersons Weihnachtskuchen und einigten sich darauf, daß sie vor dem Schlafengehen noch ein weiteres Stück davon essen sollten.

Als er sich anschließend in sein Arbeitszimmer setzte, goß sich Phillip statt des Portweins, den er sonst immer trank, einen Scotch ein. Mit dem Glas in der Hand stand er an der offenen Terrassentür und blickte in den Nachthimmel hinauf, als Mrs. Anderson ins Zimmer trat, um ihm eine gute Nacht zu wünschen.

»Ach so, was ich Sie noch fragen wollte, Mrs. Anderson – was ist das eigentlich für ein Weihnachtssingen auf der Gemeindewiese, von dem Mr. Richards heute nachmittag sprach?«

»Ja, das hat die Landfrauenvereinigung sich ausgedacht, um den Heiligen Abend dieses Jahr einmal auf ganz besondere Weise zu feiern. Bei Kerzenschein werden Weihnachtslieder gesungen. Die ganze Gemeinde ist eingeladen.«

»Aha. Gute Nacht, Mrs. Anderson.«

Er machte es sich in seinem Ledersessel bequem und war so tief in Gedanken versunken, daß er den kleinen Richie, der ins Zimmer geschlüpft war, erst bemerkte, als er neben ihm stand.

Sein Haar war feucht nach dem abendlichen Bad, sein Morgenrock war fest mit einer Seidenkordel zugebunden, an deren Enden dicke Troddeln hingen. In der Hand hielt er seine geliebte Lokomotive.

Phillip sah ihn überrascht an. »Bist du gekommen, um mir gute Nacht zu sagen?«

»Mr. Richards hat gesagt, daß du traurig bist, weil du keine Familie mehr hast«, sagte Richie und holte dann tief Luft. »Aber ich bin ja da.« Er drückte Phillip die Lokomotive in die Hand. »Du darfst auch mal damit spielen, Großvater.«

Phillip nahm die zerkratzte und schmutzige Lokomotive, betrachtete sie eingehend und drehte sie nachdenklich in den Händen. Auf einmal schienen die strengen Falten in seinem Gesicht und der harte Zug um den Mund weicher zu werden, und er sah seinen Enkel unsicher an. Er war so bewegt, daß er kaum sprechen konnte. »Danke«, flüsterte er heiser. »Das ist sehr nett von dir.«

Als Phillip dem Jungen in die Augen blickte, wurde ihm plötzlich klar, daß die Bedürfnisse des Kindes dieselben waren wie seine und daß er sein ganzes Leben lang diese Bedürfnisse geleugnet hatte. »Ich glaube, ich werde damit heute abend viel Spaß haben. Wenn ich sie so lange behalten darf, gebe ich sie dir beim Frühstück zurück.«

Richie lächelte erleichtert. Es war ihm nicht leichtgefallen, seine Lokomotive herzugeben, aber er spürte, daß er den Mann mit dieser Geste glücklich gemacht hatte. Und dabei hatte er schon geglaubt, daß man ihn mit gar nichts glücklich machen konnte.

Bei den McBrides lagen alle bereits in ihren Betten. Nur Gwen war noch auf. Sie hatte noch einige Weihnachtsgeschenke zu verpacken, die sie anschließend auf dem obersten Brett des Vorratsschranks versteckte. Danach ging sie zum Kamin hinüber, holte hinter einer alten Teebüchse einen Umschlag hervor, zog das gefaltete Blatt Papier heraus und setzte sich damit an den Küchentisch. Es war der Brief, den Mr. Richards ihnen vor beinahe vier Jahren geschrieben hatte.

*Lieber Bob und liebe Gwen,*

*ich habe erst jetzt durch meinen Freund von der* Bush Brotherhood *von der entsetzlichen Tragödie erfahren. Mir fehlen die Worte, um Ihnen auch nur annähernd sagen zu können, wie unendlich traurig ich bin und wie sehr ich mit Ihnen allen mitfühle. Aber ich bin in Gedanken und im Gebet bei Ihnen und hoffe, daß das ein bißchen hilft. Sie werden lange Zeit traurig sein und sich sicher oft fragen: »Warum?«*

*Bruder John würde sagen: »Der Herr gibt und der Herr nimmt.« Er hat Ihnen Richie gegeben und Abby genommen.*

*Aber Sie werden nicht nur nach dem Warum fragen,*

*sondern sich vielleicht selbst die Schuld an dem geben, was passiert ist, oder einen anderen Schuldigen suchen. Aber das wird wahrscheinlich nicht viel nützen.*

*Was Ihnen durch diese schmerzvolle Zeit helfen wird, ist die Liebe. Denken Sie an die große Liebe zwischen Abby und Barney. Erinnern Sie sich daran und teilen Sie diese Erinnerung. Dadurch, daß Sie die Liebe dieser beiden wunderbaren Menschen an andere weitergeben, halten Sie sie am Leben.*

*Bitte entschuldigen Sie meine krakelige Schrift, aber ich schreibe diesen Brief im Licht eines Lagerfeuers am Ufer des Cooper. Über mir steht ein großer Stern, und wenn ich hochblicke sehe ich das Kreuz des Südens. Abby hat mir einmal erzählt, daß es ein ganz besonderes Sternbild für sie sei.*

*Herzlichst*
*Mr. Richards*

Gwen faltete den Brief behutsam zusammen und steckte den Umschlag wieder hinter die Teebüchse. Anschließend trat sie auf die Veranda, sah zu den Sternen auf und suchte das Kreuz des Südens.

»Gute Nacht, Abby«, flüsterte sie.

# NEUNZEHNTES KAPITEL

Einer der Farmer fuhr mit seiner Mähmaschine über die Wiese, um das Gras zu schneiden, ein anderer legte ein Stromkabel vom Gemeindesaal zu den Bäumen am Fluß, damit eine Girlande mit bunten Lämpchen zwischen den Zweigen aufgehängt werden konnte. Eine Gruppe Jugendlicher ordnete Stuhlreihen und Strohballen in einem Halbkreis an, und die Frauen des Landfrauenverbands hatten bereits einen Tisch vorbereitet, auf dem eine Häkeldecke lag, darauf standen Blumen und Kerzen, und daneben lag eine Bibel. Im Gemeindesaal bauten sie das Buffet auf, für das sie Platten mit Sandwiches, Kuchen und Gebäck zurechtgemacht hatten.

Der Priester der anglikanischen Kirche brachte eine tragbare Orgel mit. Es war ein herrlicher, aber auch ein sehr heißer Tag gewesen, und als die Sonne unterging und es etwas kühler wurde, erhob sich eine leichte Brise, welche das Tal für die Familien, die allmählich aus allen Richtungen eintrudelten, in eine angenehme Oase verwandelte.

Man begrüßte sich lautstark, und die Kinder tobten ausgelassen über die Wiese. Die älteren Jungen hockten auf dem Zaun oder in Gruppen beisammen, alberten herum und beobachteten die Mädchen, die sich feingemacht hatten und jetzt kichernd herumstanden. Die Erwachsenen gaben sich die Hand oder umarmten sich. Die Männer unterhielten sich über das Wetter, die Preise und die Wirtschaft im allgemeinen, ihre Frauen tauschten sich über den Stand ihrer Weihnachtsvorbereitungen aus. Alle waren sich darüber einig, daß die Landfrauenvereinigung sich selbst übertroffen hatte. Es würde sicher ein wunderbarer Abend werden. Mr. Richards traf ein und wurde von den McBrides begeistert begrüßt.

Als die Sonne schließlich ganz hinter der Hügelkuppe verschwunden war, traten die Priester der drei Religionsgemeinschaften, angeführt von einer Gruppe von Kindern, die ein Kreuz und Kerzen trugen, aus dem Gemeindehaus. Die kleine Prozession bewegte sich langsam die Anhöhe herunter auf das natürliche Amphitheater an der Biegung des Flusses zu, gefolgt von einer stetig anwachsenden Menschenmenge.

Die Organistin Mrs. Doherty begann bereits das erste Weihnachtslied zu spielen, während die einzelnen Familien sich ihren Platz suchten. Der Himmel glühte in rosa und violetten Tönen.

Die Kerzen auf dem Tisch wurden entzündet, und als alles bereit zu sein schien, trat Reverend Charles Hill, der anglikanische Priester, nach vorn und gab der Organistin ein Zeichen, die daraufhin rasch einen Schlußakkord spielte.

»Danke, Mrs. Doherty«, sagt er so leise, daß man es ihm nur von den Lippen ablesen konnte, und hob seine Stimme dann auf Kanzelniveau. »Liebe Gläubigen, ich möchte Sie alle anläßlich dieses schönen Zusammenseins herzlich willkommen heißen. Auch im Namen meiner geistlichen Kollegen möchte ich Ihnen sagen, daß wir uns sehr über Ihr zahlreiches Erscheinen freuen. Es ist ein wahrer Segen, daß wir die Feier dieses Weihnachtsfests bei Kerzenschein und Liedern in einer solch schönen Umgebung zelebrieren können, denn hier ist es so einfach, die Anwesenheit Gottes zu spüren. Die Natur um uns herum stimmt uns froh, so wie die Ereignisse, die sich vor so langer Zeit in einem kleinen Stall in Bethlehem zutrugen, die Welt froh stimmten.

Er schwieg einen Augenblick und blickte sich lächelnd um. »Ich kann mir nicht helfen, aber hier riecht es heute auch ein bißchen nach Stall.« Die Menge brüllte vor Lachen. »Ich wollte sagen ... natürlich spreche ich von den Strohballen«, fügte er hinzu und erntete dafür begeisterten Applaus, so daß er, als er an seinen Platz zurückging, sehr zufrieden mit sich war, weil er für gute Stimmung gesorgt hatte.

Als nächstes trat eine füllige Dame in geblümtem Kleid mit langen weißen Handschuhen vor, die für den Abend die Rolle der Dirigentin übernommen hatte. Sie gab Mrs. Doherty das Zeichen, und bald war das Tal mit der Melodie eines Weihnachtslieds erfüllt. Der schlichte Glaube, der diese starken guten Menschen zum Fest der Liebe zusammengeführt hatte, offenbarte sich in ihrem vielstimmigen, freudigen Gesang.

Das schimmernde Licht der Dämmerung wich der samtigen Schwärze der Nacht, und der Himmel begann sich mit Sternen zu füllen. Mrs. Anderson blickte zu den McBrides hinüber, die aus voller Kehle mitsangen. Sie wußte, daß auch sie sich an den Abend zurückerinnern mußten, an dem genau an diesem Ort Abby und Barney getraut worden waren. Und trotzdem strahlten ihre Gesichter nichts als Frieden und Frömmigkeit aus, und ihr Zusammenhalt und ihre gegenseitige Liebe schienen so vollkommen, daß es Mrs. Anderson ganz warm ums Herz wurde. Sie erhaschte den Blick von Mr. Richards, der etwas weiter weg neben Gwen saß, und die beiden tauschten ein Lächeln aus.

Als das Weihnachtslied verklungen war, erklärte Reverend Hill, daß die Kinder, die die Priester begleitet hatten, während des folgenden Liedes mit brennenden Altarkerzen durch die Reihen gehen würden. Am Ende jeder Reihe würden sie eine Kerze entzünden, deren Flamme von Sitznachbar zu Sitznachbar, von Kerze zu Kerze weitergegeben werden sollte, bis jeder ein Licht in der Hand hielt.

Auf seine Ankündigung hin wurden eilig Taschen und Päckchen geöffnet, mitgebrachte Kerzen kamen zum Vorschein und wurden auf verschiedene Halter gesteckt. Einige hatten silberne Familienerbstücke bei sich, andere befestigten die Kerzen auf einfachen, mit Buntstift bemalten Pappdeckelchen. Als über den Hügeln New Englands erneut die Stimmen erklangen, begann das kleine grüne Amphitheater mit jeder Kerze, die neu entzündet wurde, zu funkeln wie der Sternenhimmel, der sich über der Festgemeinde erstreckte.

Gwen beugte sich zu Brian hinüber, der in seinem Schulranzen wühlte und Kerzen an die einzelnen Familienmitglieder verteilte. »Hast du daran gedacht, auch eine für Mr. Richards mitzubringen?«

»Genial, wie ich bin? Natürlich«, grinste er und gab seinem Vater eine Kerze, die dieser an Gwen weiterreichte. Sie drehte sich um, »Hier, Mr. ... «, und stockte. Er war nicht da. Der Platz neben ihr war leer.

Gwen stand auf und blickte den Gang zwischen den Stuhlreihen entlang. Ganz hinten sah sie zwei Gestalten, die unschlüssig herumstanden, auf die versammelten Menschen starrten, einen oder zwei Schritte nach vorn machten, dann wieder stehenblieben und offensichtlich nicht wußten, wo sie hingehen sollten. Aus dem Augenwinkel heraus sah sie eine dritte Person hinter ihnen auftauchen und glaubte für den Bruchteil einer Sekunde, es sei Mr. Richards, aber dann blickte sie wieder zu den beiden zurück und begann zu zittern.

Ein Irrtum war ausgeschlossen, trotz des Dämmerlichts erkannte sie eindeutig die hochgewachsene Gestalt Phillip Holtens und neben ihm an seiner Hand einen aufgeregten kleinen Jungen.

»Mein Gott – das ist Richie«, murmelte sie.

Während sie noch ungläubig auf die beiden schaute, erschien neben ihr ein kleines Mädchen mit einer Altarkerze. Ohne die Augen von dem Jungen zu nehmen, zündete Gwen ihre Kerze an und hob sie dann ganz langsam auf Schulterhöhe. Der Mann und das Kind kamen auf sie zu.

»Bob!« flüsterte sie.

Phillip Holten führte den Jungen heran, und einen Augenblick lang sahen sie sich alle nur wortlos an.

»Ich möchte Ihnen allen fröhliche Weihnachten wünschen«, sagte Phillip und beugte sich dann zu dem Kleinen hinunter. »Richard, das ist das Überraschungsgeschenk, das ich dir versprochen habe … der Rest deiner Familie.« Mit einem Blick auf Gwen, erklärte er. »Und das ist deine Großmutter.«

Richie strahlte und hielt Gwen seine Kerze hin. »Hallo, Großmutter. Kannst du mir jetzt meine Kerze anzünden?«